東京大空襲をくぐりぬけて

中村高等女学校執務日誌

昭和二十年三月九日～昭和二十二年九月十三日

戦　災　　絵：竹内絵視

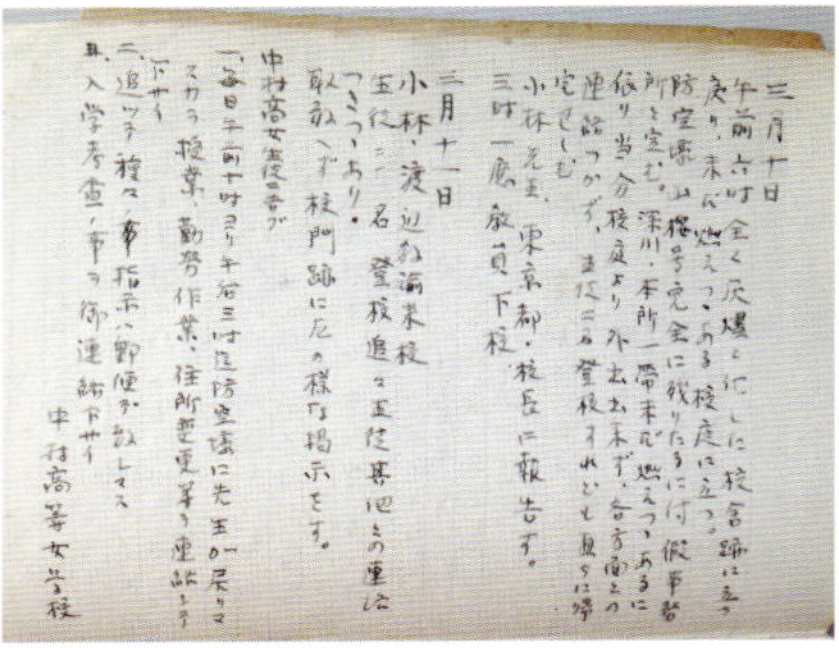

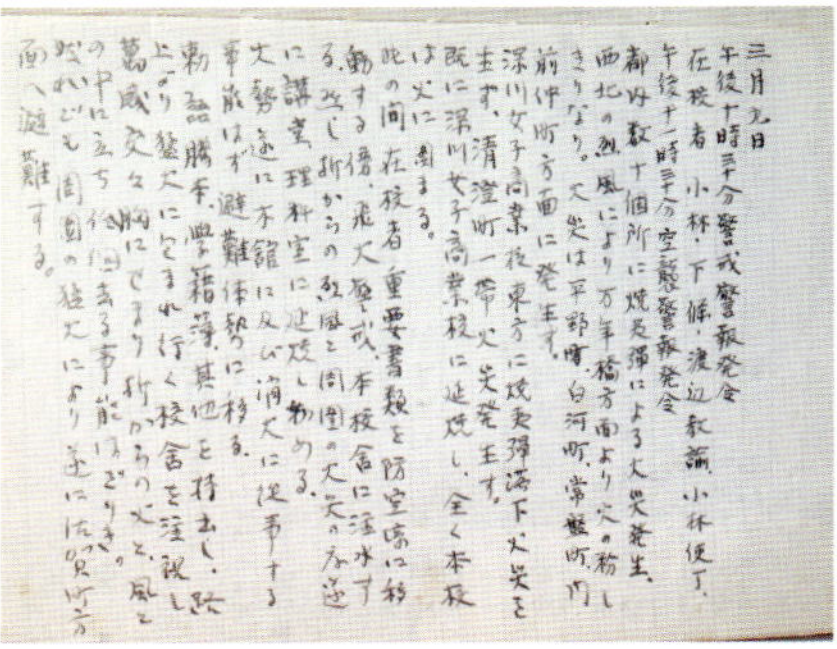

執務日誌

この日誌は昭和20年３月９日に書き起こされ、昭和22年９月13日までの約２年半日直に当たった教師が毎日の様子を綴った日誌である。

運命に抗い、耐え、希望を失わなかった教職員、生徒達の記録である。

三月九日
午後十時三十分警戒警報発令
在校者　小林・下條・渡辺教諭、　小林使丁、
午後十一時三十分空襲警報発令
都内数十個所に焼夷弾による火災発生
西北の烈風により万年橋方面より火の粉しきりなり。　火災は平野町、　白河町、　常盤町、　門前仲町方面に発生す。
深川女子商業校東方に焼夷弾落下、　火災を生ず、　清澄町一帯火災発生す。
既に深川女子商業校に延焼し、　全く本校は火に圍まる。
此の間　在校者　重要書類を防空壕に移動する傍、　飛火警戒、　本校舎に注水する、　然し折からの烈風と周圍の火災の為、　遂に講堂、　理科室に延焼し初める、
火勢遂に本館に及び　消火に従事する事能はず、　避難体勢に移る。
勅語謄本、　學籍簿、　其他を持出し、　路上より猛火に包まれ行く校舎を注視し　萬感交々胸にせまり　折からの火と、　風との中に立ち徊去る事能はざりき。
然れども周圍の猛火により遂に佐賀町方面へ避難する。

三月十日
午前六時　全く灰燼と化した校舎跡に立ち戻り、　未だ燃えつゝある校庭に立つ。
防空壕山櫻号　完全に残りたるに付　假事務所と定む。　深川・本所一帯未だ燃えつゝあるに依り当分校庭より外出出来ず、　各方面との連絡つかず、　生徒二名登校すれども直ちに帰宅せしむ
小林先生、　東京都、　校長に報告す。
三時　一應　教員下校、

西村伊作設計清澄校舎

関東大震災で全焼した小名木川沿いの旧校舎にかわり、大正14年現清澄町に建てられた新校舎。設計者は文化学院長で建築家でもあった西村伊作であった。鉤型の屈曲部に洒落た塔屋をのせたイスパニア風教会堂式の校舎は地元の話題となった。この校舎は、３月10日の空襲で全焼した。

空襲後再建された校舎

木造２階建増築
（昭和25年竣工）

フェニックスの壁画を掲げた校舎
（昭和51年竣工）

現在の校舎　地下１階地上７階建（平成11年竣工）

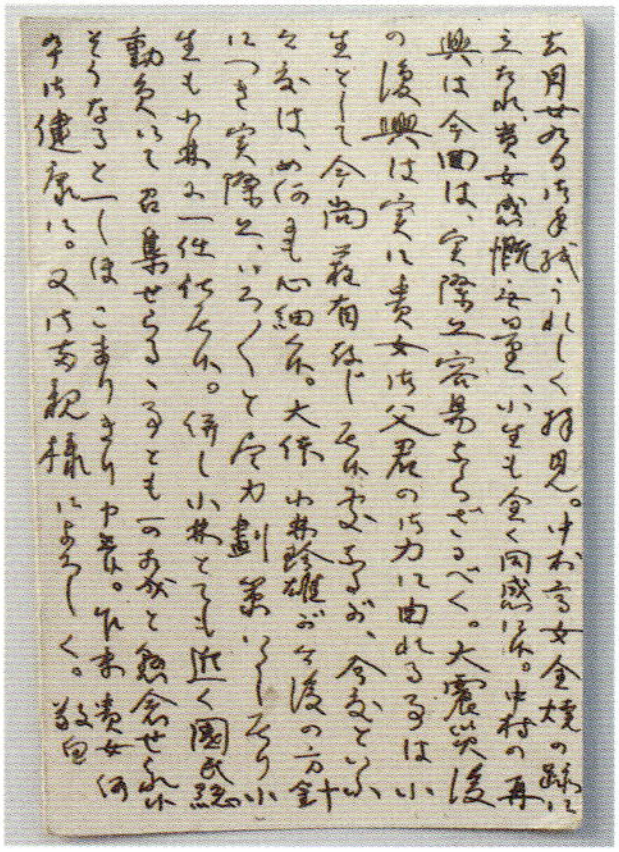

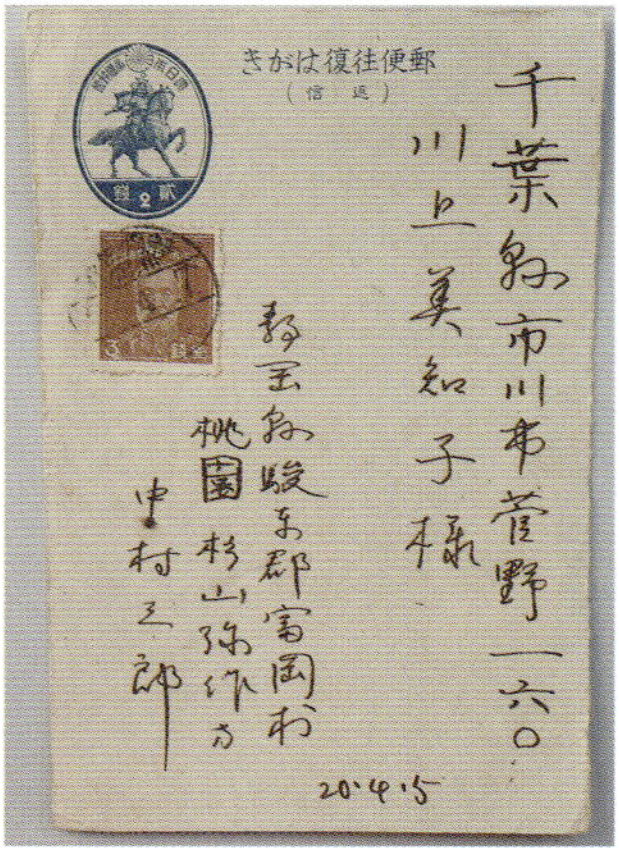

中村三郎から川上美知子に宛てたはがき（昭和20年４月５日付）

第４代校長中村三郎は現在の静岡県裾野に疎開していた。川上美知子は昭和15年の卒業生である。川上の父は歌人でもあり、与謝野鉄幹、晶子夫妻とも交流があった。校舎再建の容易ならざること、娘婿で校長代行の小林珍雄が召集されるおそれがあることなどが文中からうかがえる。

（上書）

千葉縣市川市菅野一六〇
川上美知子様

静岡縣駿東郡富岡村
桃園　杉山弥作方
中村三郎

20.4.5

（裏面）

去月廿九日御手紙うれしく拝見。中村高女全焼の跡に立たれ、貴女感慨無量、小生も全く同感に候。中村の再興は今回は、実際上容易ならざるべく。大震災後の復興は実に貴女御父君の御力に由《よ》れる事は小生として今尚難有存じ居候処なるが、今度といふ今度は、如何にも心細く候。大体　小林珍雄が今後の方針につき実際上、いろ〳〵と尽力劃策いたし居り小生も小林に一任仕居候。併し小林とても近く國民総動員にて召集せらる、事とも可相成と懸念せられ候そうなると一しほこまりきり申上候。乍末貴女何卒御健康に。又御両親様によろしく。敬白

活字におこしたはがき文面

戦後復刊、会報第一号

中村高等女学校が新制中村高等学校となった門出にふさわしく、昭和23年に戦前の会報が復刊された。巻頭の「街々の焼跡にも柔らかい若葉の芽がふき始め、たのしい春がやって参りました」のことばで始まる50ページほどのこの復刊第一号には、長い冬眠から目覚めた部活動のたくましい胎動が感じられる。会報及び『みやこどり』は後の『八十年史』、『百年誌』編集の際に、常に第一級の資料として活用されてきた。

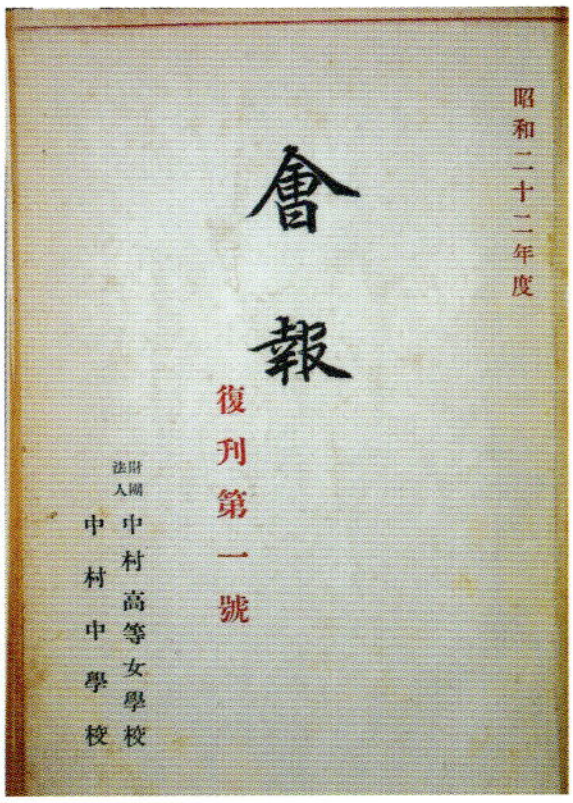

みやこどり

No.61（平成20年）

（昭和13年）

会報

現在の校誌『みやこどり』の前身にあたる。年一度刊行されていたが昭和19年から22年の間は戦争のため休刊となった。

慰め草

昭和14年卒の生徒達が編んだもの。当時の女学生は前線で戦う兵士達に心をこめて慰問の手紙を送った。どのページを見ても、その達筆さに驚かされる。

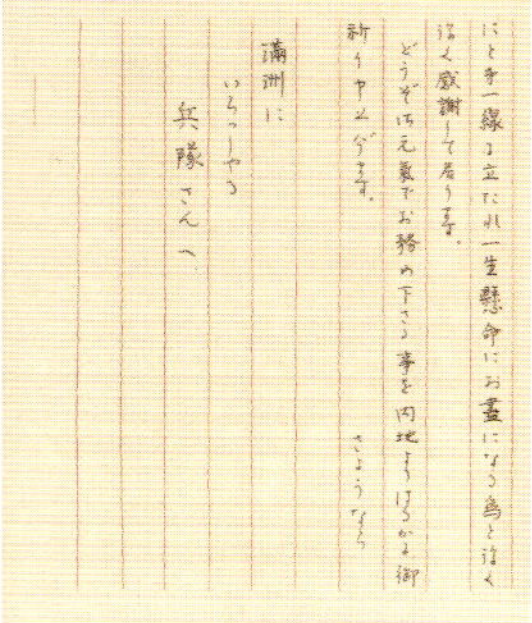
にと第一線に立たれ一生懸命にお盡しになる為と深く
深く感謝して居ります。
どうぞ御元氣でお務め下さる事を内地よりはるかに御
祈り申上げます。　さようなら
満洲に
いらっしゃる
兵隊さんへ

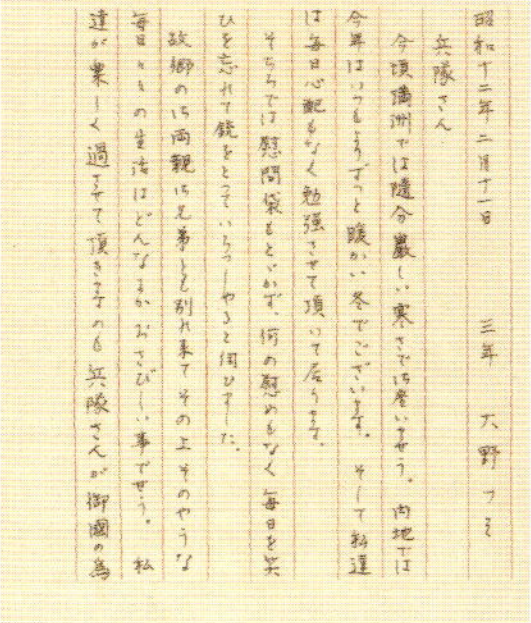
昭和十二年二月十一日　三年　大野フミ
兵隊さん
今頃満洲では随分厳しい寒さで御座いませう。内地では
今年はいつもよりずっと暖かい冬でございます。そして私達
は毎日心配もなく勉強させて頂いて居ります。
そちらでは慰問袋もとゞかず、何の慰めもなく毎日を笑
ひを忘れて銃をとっていらっしゃると伺ひました。
故郷の御両親や兄弟とも別れ来て　その上そのやうな
毎日毎日の生活はどんなにかおさびしい事でせう。私
達が楽しく過させて頂きますのも兵隊さんが御國の為

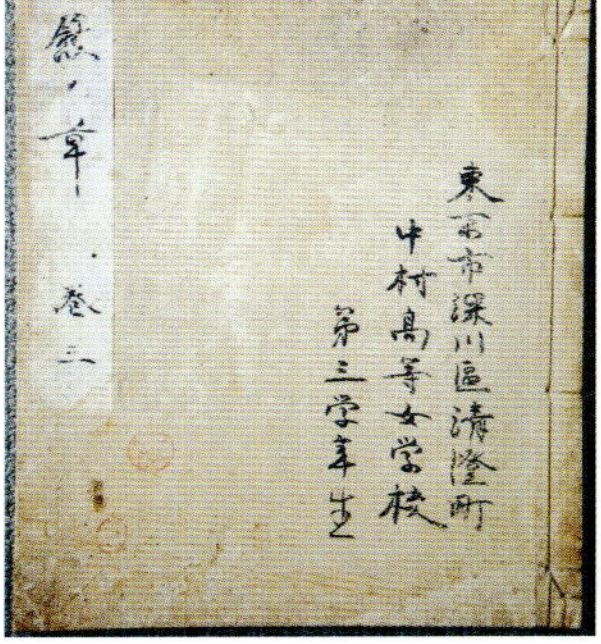

演劇部
「たけくらべ」稽古中　仮校舎の明治小学校屋上にて。（昭和23年）

あるこう会
稲毛海岸で潮干狩りを楽しむ。（昭和23年）

親睦試合　バレーボール部員対教員の熱戦
まだ瓦礫が残る校庭でバレーボール部の猛練習が続けられた。校舎の塀はなく、写真の奥には観戦している通行人の姿が見える。（昭和25年）

吉原先生と一緒に（昭和16年入学式）

吉原ユウは英語の先生であり、演劇部の顧問でもあった。昭和20年３月10日の空襲で、当時住んでいた白河町の同潤会アパートにおいて、小学生の一人息子とともに焼死している。吉原は当時、生徒の保護者を通じて息子の疎開先を探していたようであるが、不幸な結果を迎えることになった。（吉原先生の左隣は中村三郎校長）

あるこう会（小金井堤　昭和17年頃）

あるこう会が催されたのは昭和６年、中村三郎の一人息子であった邦之助が学業中途死去した翌年のことであった。勉強よりも「健康第一」と中村三郎の発案でほぼ毎月一回、全校生徒が制服姿で３、４時間も歩いたのである。戦況が厳しくなった昭和18年には「行軍」と改められた。

高校最後の思い出写真　新校舎玄関にて（昭和25年）　　鈴木喜久子　前列左

鈴木喜久子の軌跡

昭和６年９月	江東区平野町日蓮宗玉泉院住職、父井上寛政《かんせい》、母ゆき子の長女として生まれる。
昭和19年３月	明治第二小学校卒 当時、冬期は朝礼時に「同胞相愛、献身報国、八紘一宇」と全員で合唱しながら乾布摩擦をしたという。
４月	中村高等女学校入学
昭和20年３月10日	空襲の火をくぐりぬけ、校門前で小林珍雄に「早く清澄庭園に逃げなさい!」と怒鳴られ、言われたとおり清澄庭園の池に首までつかり九死に一生を得た。
昭和24年	中村高等女学校最後の卒業生。新制中村高等学校に編入して、翌年の昭和25年に新制中村高等学校一期生として卒業
昭和25年	卒業と同時に結核治療のため、３年間の長期入院を経験。
昭和33年３月10日	鈴木邦義と結婚　同年８月16日夫病死 以後和裁専門学校師範科を経て和裁講師として働く。一方で書道の研鑽を積み、師範認定を受けて書道講師として生計の道を立てる。

現在は玉泉院事務所勤務。住職は実兄の井上日宏。

尚、鈴木は平成３年より12年まで同窓会の会長を務め、この間に明治期の第１回卒業生から戦前の卒業生も含めた400ページを超える同窓会名簿を完成させている。平成元年３月から20年３月までは評議員、平成20年から現在に至るまで学園理事として、母校発展に尽力している。

清澄庭園、清澄公園

本校７階美術室より望む（撮影　平成26年９月）

明治時代に三菱の創始者岩崎弥太郎が築いた。当時は両者合わせて深川親睦園と呼ばれていたが、大正時代の関東大震災を機に岩崎は現在の清澄庭園に当たる部分を東京市に寄贈した。昭和20年当時は周りを塀に囲まれ、樹種も火災に強い木が生い茂り、大空襲時にここに逃げ込んだ多くの市民を救った。鈴木喜久子も池に首までつかって助かっている。一方で現在の清澄公園の方は当時は貯木場として利用され、塀もなければ猛火を防ぐ木もほとんどなかった。ここに逃げ込んだ人の多くが池の中で亡くなっている。空襲後、登校する生徒達は池の中に、まだ片付けられていない焼死体を見ながら登校したのである。

清澄庭園東縁店舗住宅

関東大震災後に建造されたもので、今も当時の面影を残す。鉄筋コンクリート造りで一階は店舗、二階は住居とする個性的な長屋建築で、昭和初期の頃は大変な人気であった。父が住職を務める玉泉院は大空襲で焼け、鈴木は終戦まで浦和に疎開した。終戦後東京に戻った鈴木は、一時期この長屋の一角（左より二軒目）を借りて移り住んでいた。

演劇部「秋の集い」

昭和24年、新制中村高等学校の一期生となった12名の生徒達が、鈴木喜久子を中心に戦前の演劇部を復活した。顧問の長尾は校舎再建の募金活動の一助として、秋にマルティーネス＝シェルラ作「ゆりかごの唄」(原題は「子守唄」)を上演することを決定。スペインのとある修道院の門前に捨てられた女の赤ん坊を修道女達が守り育て、結婚させるまでの生涯を描いた作品である。京橋公会堂で上演されたその年の「秋の集い」では、満員の客席から拍手が鳴りやまなかったという。

伊豆修善寺　卒業旅行

卒業旅行ということで昭和24年３月頃実施。錦糸町のインタビューに参加した卒業生のうち富田和子だけが欠席している。当時富田の父は失業中であった。両親は和子に参加するよう促したが、親思いの和子は参加しなかった。最前列右は長浜である。戦前戦後、小林、渡辺、下條らと獅子奮迅の活躍をしたが戦後健康を害した。執務日誌に見るように昭和21年半ば頃から欠勤が多くなり、昭和22年に入るとほとんど欠勤が続き、５月には退職している。長浜はこの卒業旅行、さらに明治小学校での卒業式には無理をして参加したと思われる。その後長浜はまもなく死去している。

戦後の新制高校第一回卒業記念　（昭和25年３月20日）
背景は工事中の木造校舎
鈴木喜久子は前列中央、右端は母ゆき子（初代母の会会長）。
後列左端は渡辺泰行、その右は小林珍雄。

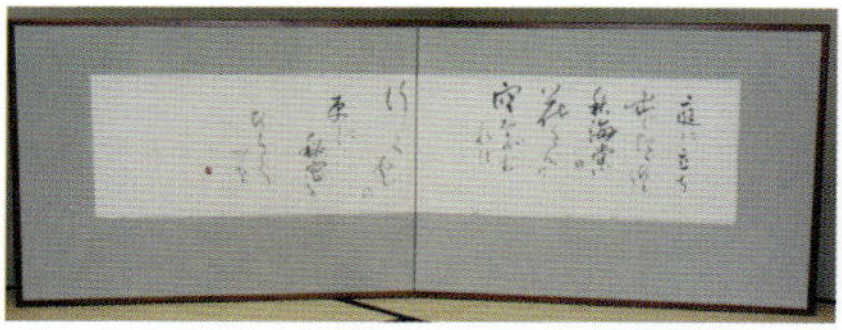

かわいい後輩達のために自筆の二双の屏風を寄贈。澄心庵に飾られ生徒達を温かく見守っている。

東京大空襲から70年が経った現在、生家の玉泉院で事務を執る日々。
近影：鈴木喜久子（玉泉院玄関前にて）

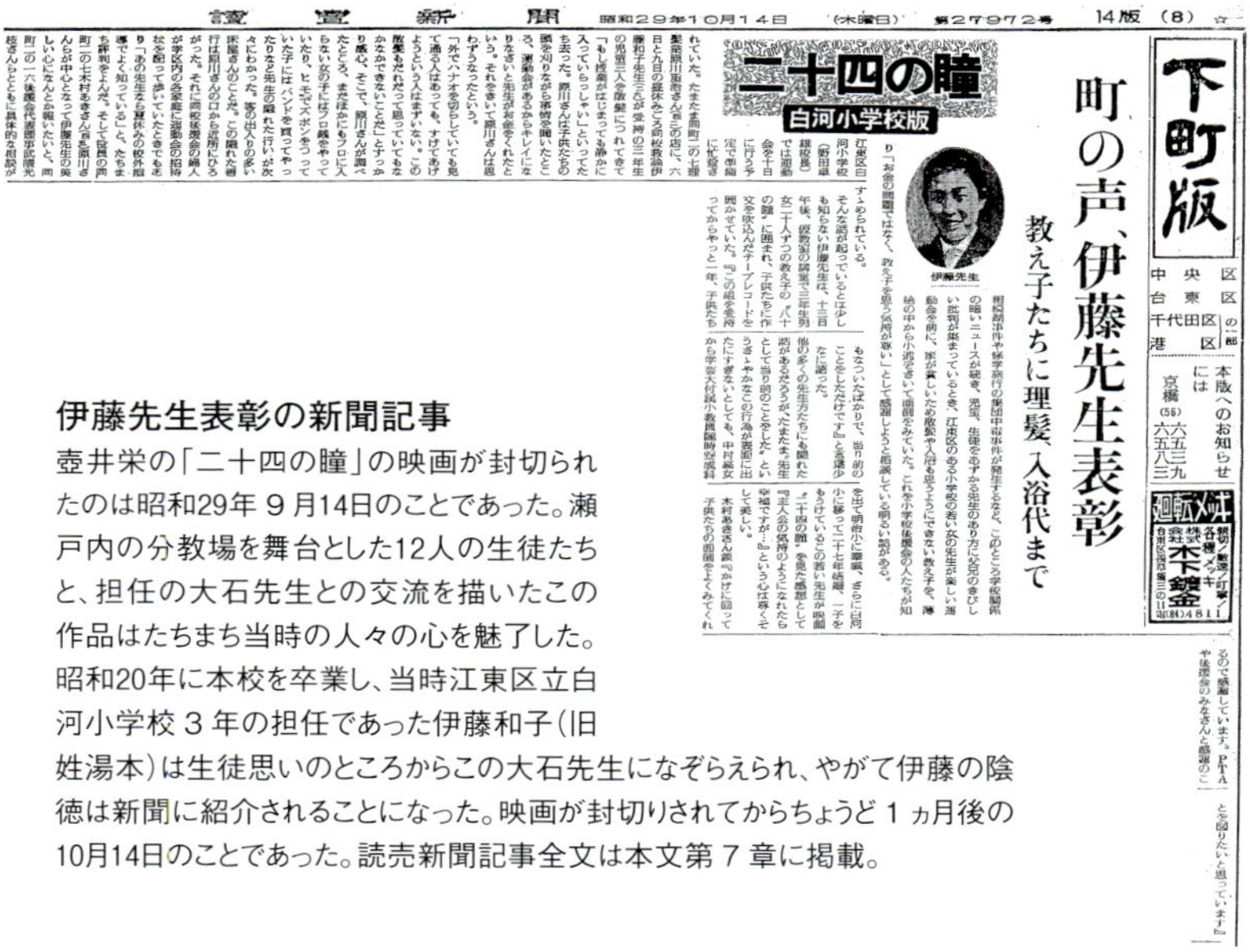

読売新聞 昭和29年10月14日 (木曜日) 第27972号 14版 (8)

下町版

中央区 台東区 千代田区 港区 の一部

本版へのお知らせには 京橋(56)六五三九 六五八三

町の声、伊藤先生表彰

教え子たちに理髪、入浴代まで

相模湖事件や修学旅行の集団中毒事件が発生するなど、このところ学校関係の暗いニュースが続き、児童、生徒をあずかる先生のあり方に父兄のきびしい批判が集まっているとき、江東区のある小学校の若い女の先生が楽しい運動会を前に、家が貧しいため散髪や入浴も思うようにできない教え子を、薄給の中から小遣をさいて面倒をみていた。これを小学校後援会の人たちが知り「お金の問題ではなく、教え子を思う気持が尊い」として感謝しようと相談している明るい話がある。

伊藤先生

二十四の瞳 白河小学校版

江東区白河小学校(野田卓雄校長)では運動会を十日に行う予定で準備に忙殺されていた。たまたま同町二の七理髪業原川国市さん(四三)の店に、六日と九日の昼休みごろ同校教諭伊藤和子先生(三)が受持の三年生の児童三人を散髪につれて来て「もし授業がはじまっても静かに入っていらっしゃい」といってたち去った。原川さんは子供たちの頭を刈りながら事情を聞いたところ、運動会があるからキレイになりなさいと先生がお金をくれたという。それをきいて原川さんは思わずうなったという。

「外でハナオを切らしていても見て通る人はあっても、すげてあげようという人はまずいない。この散髪もだれだって思っていてもなかなかできないことだ」とすっかり感心、そこで、原川さんが調べたところ、まだほかにもフロに入らない女の子にはフロ銭をやっていたり、ヒモでズボンをつっていた子にはバンドを買ってやったりなど先生の隠れた行いが次々にわかった。客の出入りの多い床屋さんのことだ。この隠れた善行は原川さんの口から近所にひろがった。それに同校後援会の婦人が学区内の各家庭に運動会の招待状を配って歩いていたときでもあり「あの先生なら夏休みの校外指導でよく知っている」と、たちまち評判をよんだ。そして役員の同町二の七木村あきさん(四五)原川さんらが中心となって伊藤先生の美しい心になんとか報いたいと、同町二の一六後援会代表理事武隈光枝さんらとともに具体的な相談がすゝめられている。

そんな話が起っているとは少しも知らない伊藤先生は、十三日午後、仮教室の講堂で三年生男女二十人ずつの教え子の『八十の瞳』に囲まれ、子供たちに作文を吹込んだテープレコードを聞かせていた。『この組を受持ってからやっと一年、子供たちもなついたばかりで、当り前のことをしただけです』と言葉少なに語った。

他の多くの先生方たちにも隠れた話があるだろうが、たまたま〝先生として当り前のことをした〟というささやかなこの行為が表面に出たにすぎないとしても、中村高女から学芸大付属小教員臨時養成科を出て明治小に奉職、さらに白河小に移って二十七年結婚、一子をもうけているこの若い先生が映画『二十四の瞳』を見た感想として『主人公の気持のようになれたら幸福ですが…』という心は尊くそして美しい。

木村あきさん談『かげに回って子供たちの面倒をよくみてくれるので感謝しています。PTAや後援会のみなさんと感謝のことを図りたいと思っています』

伊藤先生表彰の新聞記事

壺井栄の「二十四の瞳」の映画が封切られたのは昭和29年９月14日のことであった。瀬戸内の分教場を舞台とした12人の生徒たちと、担任の大石先生との交流を描いたこの作品はたちまち当時の人々の心を魅了した。昭和20年に本校を卒業し、当時江東区立白河小学校３年の担任であった伊藤和子（旧姓湯本）は生徒思いのところからこの大石先生になぞらえられ、やがて伊藤の陰徳は新聞に紹介されることになった。映画が封切りされてからちょうど１ヵ月後の10月14日のことであった。読売新聞記事全文は本文第７章に掲載。

江東区立扇橋小学校卒業式

無事に６年生を送り出した伊藤先生。

戦後50年　本物の卒業証書を手にする

東京大空襲のあった昭和20年の卒業式は明治小学校の仮校舎で同年４月10日に行われた。紙資源の不足から手渡された証書は小さなわら半紙にガリ版で印刷されたものであった。それから50年後の平成６年に本校は創立85周年を迎えたが、記念事業の一環として小林和夫校長は当時の校長中村三郎の名で印刷された美濃紙の正規の卒業証書を用意した。

式典の際に代表として受け取ったのはクラス会幹事であった伊藤和子である。

平成７年６月６日　　久美会　卒業証書授与記念

卒業生達への授与式は平成７年６月６日、クラス会会場となった葛西臨海公園内のホテルで行われた。集った三十二人の一人ひとりに正規の卒業証書が小林校長から手渡されたが、この時の授与式の様子は翌日の新聞で詳しく報じられた。前列左から５人目が伊藤和子。その隣は、小林和夫。久美会とは宮﨑ひさ子先生の名前からとられたクラス会の名である。

学校周辺地図（昭和20年）川に囲まれた地域

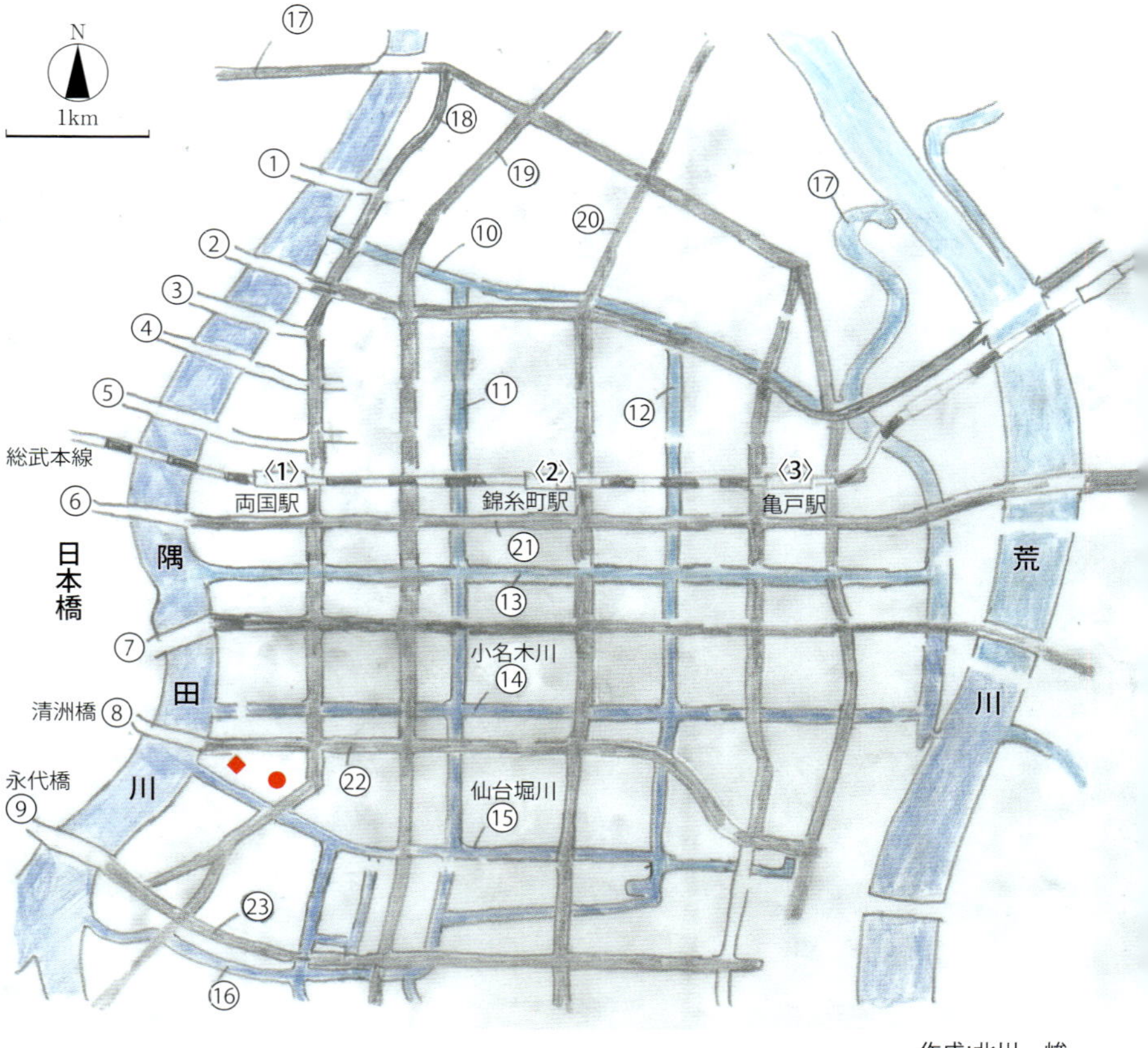

作成:北川　峻

◆中村学園　●清澄庭園

①言問橋　②吾妻橋　③駒形橋　④うまや橋　⑤蔵前橋　⑥両国橋
⑦新大橋　⑧清洲橋　⑨永代橋　⑩北十間川　⑪大横川　⑫横十間川
⑬竪川　⑭小名木川　⑮仙台堀川　⑯大島川　⑰旧中川　⑱清澄通り
⑲三ッ目通り　⑳四ッ目通り　㉑京葉道路　㉒清洲橋通り　㉓永代通り
国鉄総武本線　〈１〉両国駅　〈２〉錦糸町駅　〈３〉亀戸駅

（撮影　平成24年９月　株式会社松田平田設計　提供）

本校付近上空より北を望む。手前に清澄庭園の緑が広がり、遠くに東京スカイツリーがそびえる。西側には隅田川が悠久の時を刻む。
空襲で、下町は一面焼け野原と化したが、生徒達は焼け跡にたくましく芽をだす雑草を見つけてふるい立った。今、下町深川には元気な声が響き合っている。

目次

第一話　トタン板に飛ばされ、葛西橋へ……………昭和十九年卒　竹内絵視　79
第二話　またあしたと別れた友の死………………昭和二十年卒　片山幸子　81
第三話　空襲警報の中、母校で働く……………昭和二十年卒　山田喜美子　92
第四話　母と弟をさがしに東京へ………………昭和二十年卒　坂西祐子　96
第五話　ちいさな水まんじゅう…………………昭和二十四年卒　日下部ます子　99
第五章　疎開先奈良で校歌を口ずさむ…昭和二十年卒　西岡照枝の疎開記録　104
なつかしき清澄の地に母の母校あり……………………長男　西岡由郎　112
第六章　生きるたくましさ　インタビューを通じて
一　大忙しの私の青春時代……………………昭和二十年卒　最上富美恵　121
二　私達ね、今も大の仲良しなの………………………………………125
昭和二十四年卒　富田和子　武藤修子
昭和二十五年卒　鈴木喜久子　佐藤美枝　山田佳子
三　片隅の、ちっぽけな図書室で……………昭和二十九年卒　岩井久子　139
インタビュー、その後………………………………………………岡﨑倫子　157

まえがき

今、目の前にA五判の大学ノートが二冊ある。大きさは同じだが表紙のデザインが違うので、とりあえず揃えたものだろう。

一冊目の表紙は角が破れて無い。二冊目は梅干し大のインクの染みで汚れている。手に取ると綴じがはずれ表紙が落ちた。No.1と左上に小さな文字が見える表紙に、執務日誌　昭和二十年三月九日起　深川区深川二、二三　明治第二國民校内　中村高女　と几帳面に墨で書かれている。

この日誌は空襲から教師が生徒のいのちを守った記録である。守れなかった記録である。ひっきょう一面焼け野原と化した灰の中から生徒も教師も懸命に生き、復活した記録である。日誌に書かれた万年筆の文字は各人各様。インクが退色して読みづらい日もあるが、当番の教師が毎日欠かさず記したものである。

今年。空襲、敗戦から七十年たつのを機会にとらえ、この日誌を一日ももらさずありのままに活字におこした。一九四五(昭和20)年三月九日から一九四七(昭和22)年九月十三日まで二年半、その間書かれた五百九十六日分である。

加えて、当時在学していた卒業生を訪ねてインタビューした。座談会を開いた。卒業生はみな傘寿（八十歳）から米寿（八十八歳）の長寿を寿ぐ年齢になっていた。亡くなった方もいた。思い出したくないと話を断わる方もいた。一方、十代の女学校時代の思い出だけでなく、戦後七十年を生きた「わたしの半生記」を綴った方もいた。幸いにも遺族から手記が寄せられた。

これら時代の証言を一冊の本に纏めた。始まりは、空襲による死者の声からにする。死は肉体が終わるのであって、死は、その人すべてを失うことではない。肉体が無いがゆえに記憶の中で死者は折々に生き、今を生きるわたしたちに語りかけてくる。この本が喜びと悲しみという人間の本質を正直に表わし、わたしたちに明日を生きる勇気をあたえんことを願って止まない。

とくに中学生高校生に読んでほしい。そのわけは三つある。一つ。この本の主人公は同じ十代の女学生である。あなたは本の中で友と巡り会える。二つ。三月十日未明の空襲は二時間二十分つづいた。十万人を超える者がいのちを無くした。がしかし死者一人ひとりが、自分の名前を持った唯一無二の人間であることを忘れてはいけない。あなたは耳を澄まして、この死者一人ひとりの声を聞いてほしい。三つ。学校は丸焼け。校舎も机も椅子も黒板も教科書もノートも焼けた。家も焼けた。ろくに食べ物も無い。無い無いづくしのその中に、あなたは何を見るか。愛か誠か。あるいは何を聞くか。超越者の声か人間の声か。若い感性の答えを聞かせてください。

わたしも多くのインスピレーションを得た。そのいのちへ向かう祈りと、いのちが発するパッションについてあなたに伝えたい。

わたしたちは首を垂れて死者に手を合わせ魂の幸福を祈る。天を仰いで神仏に善いことがあるように悪いことがおきないように祈願する。

菩薩は生きとし生けるものすべての苦悩や迷いを救うため合掌する。

中高生が修学旅行で行く東大寺三月堂（法華堂）におわす日光菩薩と月光菩薩は、胸高く両の掌を合わせる。たなごころの間のちいさな空間に「あなたは生きよ」と無限の祈りを包みこむ。半分閉じた目は、鼻先にとまった虫から宇宙の果てまでを見つめている。

修学旅行で行かなかった人は、入江泰吉と土門拳の写真集で菩薩に会える。二人の写真家は敗戦に接し、たまたま同じ言葉を独りごつ。国破れて山河ありと。

入江は奈良で生まれ育つ。敗戦時には、三月十四日の大阪大空襲で焼け出され東大寺近くに下宿していた。入江は大和の寺と仏、風物が「よくぞ遺った、という感動で目頭の熱くなるのを覚えた」だが耳に「アメリカが、この三月堂の仏さまも持っていくに違いなかろう。とにかく無条件降伏なんだから、どんなことをされても仕方があるまい――」と話す声が聞えてきた。「持ち去られないうちに、せめて写真に記録しよう。いやしなくてはならない、とその夜、思いつい」て翌日から無我夢中でシャッターを切る。後に仏の入江といわれる。土門は鬼といわれたが、二人が追い求めたものは日本の心のふるさとではなかっただろうか。

記憶というのは、ひとことで言えば事実を巡るパッションだと思います。

執務日誌の記録も卒業生の証言も戦争、貧しさ、飢え、そしてついには生死という世の中の矛盾に押しつぶされずに、しなやかに生きる姿をあらわしている。女性の柔らかさ、母の強さが満ち潮のように迫り来て、下町深川のバイタリティが潮風となって吹き抜けて行く。その時、わたしたちはあらためて人間生死の原風景と出会う。いのちへ向かう祈りといのちが発するパッションは、一つの文学とも芸術ともなってわたしたちの前に立ちあらわれる。
いのちはどの一瞬でも輝いている。そして一瞬は永遠になる。
過去現在未来、母校中村には友がいる。先生がいる。校舎がある。本がある。何は無くとも愛が在る。

わたしには、ベートーヴェンが耳の聞こえない苦悩を超えて作曲したピアノソナタ『熱情APPASSIONATA』が聞こえてくる。ゴーギャンが人生永遠の謎に挑んで描いた大作『我々は何処から来たのか、我々は何者か、我々は何処へ行くのか』が見える。未来を切り開くことができるのは他ならぬ若い人です。世のため人のため、あなたは生きよ。天の声がそう命じている。

巻末に参考図書をあげた。† (短剣・オベリスク) 印をつけたのは、わたしがこの本を編集するにあたり読んだものである。若い人はこれら古今東西の文学をぜひ読んでほしい。

二〇一五(平成27)年一月一日

平和のシンボル　ひつじのとしを迎えて

小林和夫

中村高等女学校　卒業生・生徒および教職員戦災死亡者芳名録

昭和十六年　卒業生
大島えい
小野フサ
中西道子

昭和十九年　卒業生
東組
石井富美子
井上悦子
江沢てう
加藤玲子
川合キミ子
黒須サイ
近藤美代子
古谷篤子
山分ヒロ子
吉田節子

西組
北島禹子
杉本信子
荻原照江
花島ちま
横内たま

昭和二十年　在校生
五年生百十三名と四年生百十六名は、昭和二十年四月十日、四年生の繰り上げにより同日に卒業した。一か月遅れの卒業式であった。

五年　脇田芳江
　　　斉藤ハル
四年　若松和子
　　　神田幸子
三年　未詳
二年　未詳
一年　未詳
教職員　吉原ユウ（英語）・小学生の息子

〈補記〉二〇一五年一月現在、判明した戦災死亡者は記述のとおりである。空襲後の混乱、資料の焼失を鑑みると、実際はかなりの数にのぼると思われる。

凡例

一、本書は中村高等女学校教職員が、東京大空襲の当日に書き起こし、その後二年十ヶ月にわたり綴った執務日誌の復刻を柱として編集したものである。日誌の原本は学校法人中村学園が所蔵する。

二、日誌の校訂に際しては原文をそのまま復刻することを原則としたが、表記については以下の諸点に留意した。

(一) 日誌の原文は縦書きで記載されている。本文19～232頁の上部に全文を掲載した。

(二) 明らかな誤字・脱字については右脇に［ママ］と付記した。

(三) 判読不明な個所については●で一字として示し、文字数のみを明らかにした。

(四) 原本に押された氏名印は、［㊞小島］のように表記した。

三、本文編集にあたっての方針は次の通りである。
（一）用字用語については、原則として常用漢字、現代仮名遣いを用いた。
ただし、固有名詞・専門用語・慣用語はこれによらない。
（二）引用文については次の通りとした。
＊用字用語は原本のままとした。
＊漢字は新字体を使用した。
＊読みやすくするために、適宜、句読点を付した。
＊明白な誤植は訂正した。
＊現在は使われていない用字用語、あるいは未詳の事項については右脇に
［ママ］と付記した。
（三）人名の敬称は、物故者、ご存命の方を問わず省略した箇所がある。
（四）数字は基本的に漢数字を用いた。
（五）年月日は原則として西暦を用い、適宜元号を記した。

序章

執務日誌から学ぶもの

瀧澤　潔

今から七、八年前のことになるが、本校創立百周年記念誌の執筆にあたり、戦前に卒業された多くの方々とお話する機会があった。昭和十二年(一九三七)七月には、蘆溝橋事件に端を発した日中戦争、昭和十六年十二月八日には真珠湾攻撃に始まる太平洋戦争が勃発していたが、昭和十七年まで戦争は学園生活に直接その暗い影を落としていないかのような印象を持った。同級生との華やいだ会話、緊張の中にも上級生との親密な触れ合い、先生方との温かな交流、そのような下町の女学校らしい伸びやかな雰囲気に本校は包まれていたように感じた。クラブ活動はもとより、本校独自の全校あるこう会、京都・伊勢への修学旅行もお米持参で実施されていた。

ところが昭和十八年以降から校内の様相はがらっと変わってくる。当時発行されていた本校の会報の紙質は前年と比べ極端に劣悪となり、会報に掲載される生徒家族応召者数も昭和十六年四十三人、翌年は六十三人、翌々年は九十六人と急増している。大概は本校生徒の兄が召集されているが、中には二人、三人の兄が召集される場合もあった。また戦争の恐怖を肌身に感じ始めたのは、都市部空襲や勤労動員の開始と符合するが、これらはいずれも昭和十八年以降に始まっている。

緊迫した世情の中であるが、生徒の強い希望や、広い視野を持たせたいという中村三郎校長の考えもあり、五年生対象に希望者のみであるが六月に六泊七日の関西旅行が実施され、また四年生対象にも同月に二泊三日の箱根旅行が行われた。これらは賛否両論の中で実施されたものである。他校ではすでに昭和十二年頃から修学旅行は姿を消している。

生徒も教員も政府の閣議決定から出される矢継ぎ早の法律に翻弄された。学校からは次第に授業がなくなっていった。動員先の勤務状況や出欠状況が生徒の学業成績の判断材料となり、教員の仕事も動員先工場への引率、現場での監督、各官庁や隣組との諸連絡に変わっていった。日常化した空襲から生徒の生命を護るために疎開を勧め、転校を斡旋し、そのために必要な書類の作成に教員は日々追われた。その日一日を無事に終えることだけが目標でもあった当時の生徒達にとって、動員先工場の片隅での、しかもわずかの休憩時間に行われた授業は女学生時代の忘れ得ぬ楽しい思い出となった。

今回出版することになったこの書は、日直教員が記録した二冊からなる執務日誌を底本とし、当時を知る卒業生や学園と縁のある人々のインタビューや作文、補注などを加えて一巻としている。日誌はあの昭和二十年の東京大空襲前夜の三月九日に渡辺泰行により書き起こされ、幾人かの日直によって終戦後の昭和二十二年九月十三日まで書き継がれている。中でも三月九日の記述は衝撃的である。

荒川と隅田川に挟まれた深川の地は、新開発の焼夷弾が最初に投下された場所であり、空襲による猛火がもっとも激しく天を焦がした地域であった。深川にあった本校は完全に焼失し、その人的被害の規模の大きさは、本校に限って見ても焼死した生徒の正確な人数が把握できていないことに象徴されている。執務日誌の記載によれば、空襲後に三〇〇名近い在校生に通知を出しても焼けた校舎に集うことが出来たのはわずか一二〇名、さらにそのうちの三分の一に当たる四〇名が空襲で家を失った罹災者であった。

当時このような状況のなかで学校に通いつめた小林珍雄、渡辺泰行、下條治恒、長浜敏夫、熱田などの教職員達は生徒の生命確保や学園存続のために渾身の力をふりしぼる。一方、出張で不在がちな教職員に代わって卒業したばかりの伊藤（旧姓湯本）和子や山田（旧姓井上）喜美子が事務職員として奮闘する。時には教員が一人もいない明治第二国民学校の仮校舎の一室で、来客の応対や動員された生徒達の報酬金支払いの事務をこなす。学校に当座の資金がない時は自宅に取って返して、代わりに用立てることもあった。校舎復興のために、貯金の一部を寄付金として自ら学校に持参した卒業生もあった。空襲が何時行われるか分からない状態の中での彼女たちのこうした健気な行動は、ただ賛嘆するのみである。

執務日誌を読まれるといろいろなことに気付かれると思う。記述は淡々としているが、読み返すたびに新しい発見をする日誌である。昭和二十二年九月十三日でこの日誌は終わっているが、校舎はまだ明治小学校の校舎を借用したままであり、食糧事情などはまだかなり悪いことが伺われる。しかし授業は少しずつ行われ、戦前において連戦連勝の記録を誇ったバレー部もいち早く活動を再開し、本校独特の行事である「あるこう会」も復活した。

将来への確かな希望の光を残してこの日誌は閉じている。絶望、混沌そして希望とが織りなすこの日誌から何を学ぶか、それは人それぞれであると思うが、困難な中にあっても努力を惜しまない人間の尊さ、美しさを感じてくれればと願っている。

昭和十八年箱根修学旅行　箱根の山々　　絵：布山夏希

執務日誌(一)

昭和二十年三月九日起

深川区深川二、一二三
明治第二國民校内
中村高女

三月九日
[注1]午後十時三十分[注1]警戒警報発令
[注ア・イ・ウ]在校者[注ア]小林・[注イ]下條・[注ウ]渡辺
[注エ]教諭、[注エ]小林使丁、
[注2]午後十一時三十分[注2]空襲警報発令
都内数十個所に焼夷弾による火災発生

第一章
すべては一冊のノートから始まった
今を生きるあなたへの授業

岡﨑倫子

清澄の三月は静かにやってくる。卒業式と終業式をひかえた学校は、いつもの賑やかさをほんのひととき失って、新しい季節の訪れを待つ。川面をすべる柔らかい風。眠たげにつぼみをたたえる樹々。清澄の三月は、静かに春の訪れに耳を澄ます季節だ。

しかし、今あなたが窓の外に望むおだやかな早春の景色が、全て炎に包まれて焼かれるという悲惨な出来事がかつてあっ

執務日誌㈠
昭和20年3月9日〜12月10日

西北の烈風により万年橋方面より火の粉しきりなり。火災は平野町、白河町、常盤町、门前仲町方面に発生す。

深川女子商業校東方に焼夷弾落下、火災を生ず、清澄町一帯火災発生す。

既に深川女子商業校に延焼し、全く本校は火に圍まる。

此の間　在校者　重要書類を防空壕に移動する傍、飛火警戒、本校舎に注水する、然し折からの烈風と周圍の火災の為、遂に講堂、理科室に延焼し初める、
火勢遂に本舘に及び　消火に従事する事能はず、避難体勢に移る。

注3・注4
勅語謄本[注3]、學籍簿[注4]、其他を持出し、路上より猛火に包まれ行く校舎を注視し　萬感交々胸にせまり　折からの火と、風との中に立ち低徊去る事能はざりき。

然れども周圍の猛火により遂に佐

た。何もかもが焼けた。私たちは一度、全てを失った。一九四五（昭和20）年三月十日、日本は太平洋戦争の末期にあった。この学校で、七十年前に起こった出来事をお話ししよう。

三月九日
午後十時三十分警戒警報発令　在校者小林、下條、渡辺教諭、小林使丁、午後十一時三十分空襲警報発令
都内数十個所に焼夷弾による火災発生
西北の烈風により万年橋方面より火の粉しきりなり。火災は平野町、白河町、常盤町、門前仲町方面に発生す。
（執務日誌（一）より）

あなたは警戒警報と空襲警報の違いを知っているだろうか。そもそも、それらの言葉を聞いたことがあっただろうか。警戒警報は敵機が来襲するおそれがある場合に発令されるものだ。そして空襲警報は、本当に敵の飛行機が飛んできたのが確認されて、これは危ない、今すぐ避難したほうがいい、というときのものだ。低い音から高い音へ、それがうねるように繰り返さ

賀町方面へ避難する。

三月十日
午前六時　全く灰燼と化した校舎跡に立ち戻り、未だ燃えつゝある校庭に立つ。
防空壕山櫻号　完全に残りたるに付　假事務所と定む。深川・本所一帯未だ燃えつゝあるに依り当分校庭より外出出来ず、各方面との連絡つかず、生徒二名登校すれども直ちに帰宅せしむ
小林先生、東京都、校長に報告す。
三時　一應　教員下校、

三月十一日
小林、渡辺教諭来校
生徒二十名登校　追々生徒其他との連絡つきつゝあり。
取敢へず校門跡に左の様な掲示を示す。
中村高女生徒ニ告グ

執務日誌(一)
昭和20年3月9日～12月10日

れるサイレン音。こちらは映画などでも聞いたことがあるだろう。

一九四五年三月九日、夜十時三十分。三月になっても寒さはおさまる様子がなく、西北から強い風が吹きつけていたこの晩、清澄の町に発令されたのは警戒警報のほうだった。自分のいるこの町が今から爆弾で焼かれるかもしれないなどと知らされたら、あなたはどんな行動を取るだろうか。あなたは勉強もスマートフォンも投げ出して、身を縮めるかもしれない。ドキドキしながら窓を開けて、外の様子をうかがうかもしれない。しかし、清澄の町に住む人々は、もう馴れたものだった。なぜならこの警戒警報は、一日に何度も耳にするものになっていたからだ。空襲警報のサイレンでさえ、珍しくなかった。だから当時の人々は、いつでも逃げられるように、寝る時でも枕元に靴を置いておいた。きっとその夜も、彼らは空襲の標的にならないように部屋の灯りを消して、静かに待機していたはずだ。本当に空襲が来るのであれば、この後でサイレンが鳴るだろう。それがあれば、すぐさま防空壕に避難しなければならない。人々は耳をすまして様子をうかがった。それでも、いつまで

一、毎日午前十時ヨリ午后三時迄防空壕に先生が居リマスカラ授業、勤労作業、住所変更等ヲ連絡シテ下サイ
二、追ッテ種々ノ指示ハ郵便デ致シマス
入学考査ノ事ヲ御連絡下サイ
中村高等女学校
富山教諭来校。

三月十二日
[注オ・注カ]小林、[注オ]長浜、下條、渡辺、[注カ]宮崎教諭来校
生徒　名登校　連絡の為、
金庫を開く、書類全部無事
勅語謄本を氷川國民學校へ保管依頼に下條先生行く（東京都の指示により）、
[注キ][注キ]吉原先生死亡の報あり、下條先生の調査による。

三月十三日

経ってもサイレンは鳴らなかった。レーダーで空を観察していた日本軍は米軍のB29戦闘機が遠のいたのを確認し、警戒警報を解除したのだ。今夜はもう空襲はないのだろう。人々は少し安心して、眠りについた。明日は三月十日、陸軍記念日（日露戦争で日本の陸軍が勝利したことを記念した日）で祝日なのである。この日に卒業式を予定している学校も多くあったため、田舎へ疎開していた小学六年生たちも、たくさん東京へ帰ってきていた。大人も子どもも、いつもより少しくつろいだ気持ちでいたのかもしれない。

その晩、清澄町の中村高等女学校の校舎では四名の人物が夜を明かそうとしていた。公民と英語を教えており後に第五代校長となる小林珍雄先生、国語・体育の渡辺泰行先生、数学の下條治恒先生、それから小林政子さんという用務員さんだ。小林先生と渡辺先生は、前年の十一月から毎晩学校に泊まりこみをしていて、もし空襲があれば大切な書類を持って逃げることになっていた。サイレンが鳴らないのを確認し、安堵したのは先生方も町の人々と同じであったのだろう。

しかし、信じられないことが起こった。約一時間半後、日付

小林、長浜、渡辺教諭登校
長浜先生　[注5]興亜航空、[注6]ライオン製薬、[注7]三田土ゴム工場へ連絡に行く。
渡辺、[注8]藤倉工場
理事神馬氏、堤氏、監事島津氏、小池先生宅へ連絡に行く。
生徒　　名　連絡の為登校
[注9]三野村の一室を假事務所として使用する事を約す。
　氷川国民学校　増岡五兵衛先生より謄本預りの名紙をいたゞく
（下條先生より

三月十四日
小林、長浜、渡辺　登校
生徒　　名　連絡の為登校
三時より校長會議　[注10]大東亜會館にあり　小林先生出席す。
小池先生来校

三月十五日

が変わって三月十日午前〇時八分、突然米軍による激しい爆撃が始まったのである。空襲の危険はまぬがれたのではなかったのか。人々は慌てふためいて家の外に飛び出し、周囲の光景に息を飲んだ。逃げるにはもう、遅すぎたのだ。辺り一面、火の海である。人々は全てを捨てて逃げた。

※先に掲載した記録では「午後十一時三十分空襲警報発令」となっているが、様々な資料を調べてもこの時刻に警報が発令された記録は残っていない。後になって思い返してつけた記録であるため、記憶違いがあるのかもしれない。当時のさまざまな記録を確認すると、空襲警報は「三月十日午前〇時十五分」に発令されたとしているものが多い。つまり、空襲警報は実際の空襲開始より後に発令されたのだ。

深川女子商業校東方に焼夷弾落下。火災を生ず、清澄町一帯火災発生す。既に深川女子商業校に延焼し、全く本校は火に囲まる。
この間在校者　重要書類を防空壕に移動するかたわら、飛

小林、渡辺　登校
校舎使用の件にて明治校、区役所、都廳へ行き交渉を済ます。（小林先生）
校長、長浜、下條先生来校

三月十六日
小林、渡辺　来校
生徒　　名　連絡の為登校
明治校へ再交渉の為　小林、渡辺行く

三月十七日
職員會議
校長、小林、長浜、下條、冨山、
[注ク・注ケ]宮崎、[注ク]足立、小池、丸山、[注ケ]小
[注コ・注サ]島、[注コ]島田、[注サ]市万田、渡辺来校
十時より約一時間にて終了す。
当分　整理として小林、長浜、下條、渡辺の四人が担当する事となる、
他は一時　休職とする、

火警戒、本校舎に注水する、然し折からの烈風と周囲の火災の為、遂に講堂、理科室に延焼し初める、火勢遂に本館に及び消火に従事する事能はず、避難体勢に移る。

（執務日誌（一）より）

警戒警報の解除に安堵していた先生方は驚いた。そして逃げる間もなく、中村のすぐ隣にあった深川女子商業学校の東側に焼夷弾が落ちた。清澄町の辺りは木造家屋が多かったため、火は恐ろしいほどのスピードで広がった。こちらまで来るのも時間の問題だ。先生方は注水をし、校舎を守ろうとした。しかしそうしている間にも、焼夷弾は次々と降ってくる。強い風は炎をあおり、走らせ、とうとう中村の講堂と理科室に火が移った。

この夜のことを、当時の在校生であった鈴木喜久子さんはこのように回想している。

「焼夷弾が輪を画く様に外側から次々に落とされ、私の家が学校の近くだったため火の手のない清洲橋まで逃げようと駈けては転び、転んでは起きつ逃げまどううち学校の前を通りか

高橋孝二氏来校
[注シ]池田先生父君　来校、
生徒　名　連絡の為　来校
三月十八日
渡辺来校
押本氏来校
卒業生今井マリ子氏卒業証書焼失
の件にて来校す。
校長會議　於九段中学　下條先生
出席す。
生徒　名　連絡の為　来校
三月十九日
長浜、下條、渡辺来校
生徒　名　連絡の為　来校
明日より明治校へ移転の交渉を長
浜、渡辺倶に行く。
三月二十日
長浜、下條、渡辺来校
[注11]明治才二國民学校へ移転完了

かった時、ちょうど小林珍雄先生が鉄かぶとにゲートル姿で、校門の前で落ちてくる焼夷弾をふせぎながら何やら大声でさけんでいらっしゃいました。『先生』と声を掛けると『早く清澄庭園へ逃げなさい！』と授業には見られない、叱られている様な厳しい声が今でも私の耳の底に残っています」（『中村学園八十年史』）

　先生方は、校舎の外から必死で消火活動をした。しかし炎は燃え広がるばかりである。そんな中、一人の先生が校舎の中に飛び込んだ。渡辺泰行先生である。

　渡辺先生が炎をくぐり抜けて向かった先は、事務室だった。ここには在校生の学籍簿や歴代の卒業生台帳が保管されている。これが燃えてしまったら、たくさんの生徒達が中村に集った証がなくなってしまう。途中で煙に巻かれて、危ないところを小林先生に助けられながら、渡辺先生はどうにか校舎を抜け出すことができた。運び出した書類はごく一部であったが、それらは無事に防空壕へ移された。本当に大事なものだけは、渡辺先生が持って逃げることにした。

す。
生徒四名手伝い、
旧校門へ左記を表示
　中村高等女学校　移転先
　深川区明治才二國民学校
　　種々連絡ハ右ニ願ヒマス
東京都教育局私立学校係　竹内氏
に移転届を提出す。
[注12]恩給財団へ手帖焼失者名簿を
提出す。

三月二十一日
長浜、下條、渡辺　登校
生徒　月島方面三名登校　教室整
理す。

三月二十二日
小林、長浜、下條、渡辺　登校
生徒　三名　手傳
本日　入学者発表（旧校内）
入学手続開始
手続完了者　二年　二名　一年

勅語謄本、学籍簿、其他を持出し、路上より猛火に包まれ行く校舎を注視し萬感交々胸にせまり折からの火と、風との中に立ち低徊去る事能はざりき。然れども周囲の猛火により遂に佐賀町方面へ避難する。

（執務日誌（一）より）

身の危険を感じながらも、大事な書類を守る責務も感じながらも、渡辺先生はすぐに校舎を立ち去ることができなかった。炎の勢いが強かったせいではない。さまざまな思いが胸にこみ上げたのだ。渡辺先生は中村に勤め始めてから三年目の若い先生だった。ここでたくさんの生徒に出会った。尊敬する先生方にも出会った。失敗もした。でも、生徒と共に奮闘してきた日々は、いつだってこの校舎と共にあったのだ。それが燃えているのを見て、渡辺先生はどんな気持ちになったのだろう。あなたならどう思うだろうか？

空襲は三時間近く続き、落とされた焼夷弾は三十八万一千二

二十八名

三月二十三日
小林、下條、渡辺　登校
入学手續者　四名
在校生通知　二百九十七通、発送
（内　切手代　六、〇〇）
計一三〇、―
小林先生ニ渡ス

三月二十四日
小林、長浜、下條、渡辺　登校
入学手續者　十一名　計四五―
小林先生ニ渡ス

三月二十五日（日）
小林、渡辺
前夜、渡辺に令状来り四月一日入団のこととなる。
入学手續者　一名　計四六

三月二十六日（月）

百発にも及んだ。死者は推定十万人以上、負傷者は四万人以上と言われている。そのほとんどは老人や女性、子どもなど「非戦闘員」と呼ばれる人たちだった。夜が明け、朝日に照らされた清澄の町には、黒焦げになったおびただしい数の死体が横たわっていた。中村は、門柱と校庭のローラーを残して全てが焼けた。他には何も残らなかった。先生方はそのまま佐賀町方面に逃げ、一命を取りとめた。そして再び朝の六時に清澄へ戻り、変わり果てた学校の姿を目にすることとなる。

逃げ延び、夜明けを待ちながら、渡辺先生はどんなことを考えたのだろう。信じられないような悲劇に襲われ、多くの方が命を落としたその時、生き残った人々は何を思うのだろうか。場所がどこであったかはわからないが、渡辺先生はこの夜、どこかで一冊の大学ノートを開いた。逃げてきた人々のざわめき、そこから漏れ聞こえてくる悲惨な情報、それらが飛び交う中で、先生は自分の運び出した書類を抱えたままペンを執った。そして癖の強い字で黙々と、そのノートに書き物を始めた。渡辺先生は、自分が体験した今日の出来事を記録することにしたのだ。校舎に火がついた時のこと、事務局で書類をかき集め

小林、下條、長浜（長浜午后早退）
入学手續者　四名　計五〇名

三月二十七日（火）
十時　新入生打合せ会
小林、下條、長浜
入学手續者　五名　計五五名
打合せ会では父兄に　本校の方針、授業、奉仕、転学等の注意す
足立区小右衛門町四二九　平野忠三（ミシン屋）に焼跡ミシン譲渡す
新入生中　下田、津賀、上村、白石、石井、皆藤、日下部は四月分を納入す。

三月二十八日（水）　快晴　十時
　在校生打合せ会
　集る者　約百二十名　内　罹災者四十名
小林、長浜、下條、渡辺
　学校の方針、授業、勤労、轉校

たこと、逃げていく時に堪えきれず一度だけ立ち止まって校舎を振り返ったこと。自分の感情はなるべく省いて、短く、でも丁寧に書いた。

　後に「執務日誌」と呼ばれるこの資料は、こうして誕生した。ノートには一九四五年三月九日という恐ろしい一夜からの二年半、中村がたどった復興の道のりがつぶさに記録されている。そこには苦悩があり、喜びがあり、別れがあり、再会がある。中村学園がフェニックスのように蘇るまでにどのような物語があったのか、ここからはあなたの目で読み取って欲しい。

古ぼけた大学ノート　　　絵：伊藤愛華

執務日誌(一)
昭和20年3月9日～12月10日

その他につき注意す
なお渡辺先生　四月一日入団につき　壮行式を兼ねしむ
之により生徒安否　大部分明かとなると共に、学校にふみ留るもの一年より四年までで大体五十名内外なるべきことも累々明かとなれるを以て、この基礎にもとづき近日　都庁勤労課と懇談することとす
入学者　一名　計五十六名
なほ明日より三月中、非罹災者を三班に分ち　一班毎に毎日登校せしめ　校内整理、焼跡整理に当らしむることとす。
三月二十九日（木）　快晴
約十六名　非罹災生徒登校し　校内清掃に当る
小林、長浜、下條、
午前九時頃　熱田君来訪　長浜と三人で野尻湖畔勤労のことをは

第二章
東京と空襲

岡崎倫子

一　三月十日以前

「東京　空襲」という言葉を、たとえばインターネットで調べてみる。すると画面に並ぶのは、一九四五（昭和20）年三月十日未明に起きた空襲の情報がほとんどである。しかしよく調べていくと、東京が空襲の被害に遭ったのはこの日だけではないことがわかる。太平洋戦争において東京が受けた空襲の回数は約百回にも及ぶのである。

一九三七（昭和12）年、日本はいずれ来る空襲をにらんで「防空法」という法律を制定した。これは防空訓練や夜間に上空か

かる
とり敢へず下條を上野駅に派し
明朝までに柏原駅までの切符入手
できるかどうか連絡せしむ
午後[注ス]　熱田[注ス]と共に小林が伊藤常
介氏を訪問
　野尻への紹介後援のことを頼む
夜[注13]　裾野[注13]の校長に右　立案に
つき大体を報告す
入学者　三名　計五十九名

三月三十日　快晴
十一時　下條来り　切符は三日入
手、四日出発のこととなる。
小林、長浜、下條、熱田、
四、五年生六名　清掃手助け
十一時五十分　敵機来襲し、附近
に爆弾投下す。
入学者　四名　計六十三名

三月三十一日　快晴
小林、長浜、下條、

ら標的にされやすい灯りのもれを規制する灯火管制などについて、各地域で計画を作ることを命じる法律だった。それに基づき、一九四一（昭和16）年には市民が空襲の際に取るべき行動が示された『防空必携』という冊子が各家庭に配られた。そこには火災になったら「被服を水で濡らし消火に当たる」「燃えているところにどんどん水をかける」などの行動の指示や、日頃の備え、警報の種類などが細かく記されている。人々はそれらを読み、防火水槽や灯りの整備に配慮し、防空訓練などの備えをしていた。

　しかし、それでも実際の空襲を初めて経験した時の人々が受けた衝撃は大きかった。東京での最初の空襲は一九四二（昭和17）年四月十八日、太平洋戦争勃発からわずか四ヶ月程のことであった。当時警視庁で記録写真の撮影を担当していた石川光陽は、出勤後に爆発音を聞いたものの、防空訓練をしているのだろうと思って同僚たちと共にのんびりその様子を見ていたことを日記に綴っている。

「これは矢張り防空演習だね……。しかしそれにしてもうま

入学者　四名　計六十七名
十時　富山先生来訪あり
教務、会計、庶務、生徒課の掲示をす
十二時　警戒警報発令　別状なし
非罹災生徒二名　生徒焼跡踏査
　他の三名　清掃

四月一日（日）　休み

四月二日（月）
十時　入学式・始業式
　式次才
一、開式辞
一、国民儀礼[注14]
一、国家奉唱
一、教育勅語
一、新入生氏名点呼
一、校長訓辞
一、在校生挨拶
一、校歌合唱
一、閉会ノ辞

いものだね、あの飛行機の前後に高射砲弾が炸裂していて、一つも当てないところなんざ大したものだ」腕を組んで感心しているものもいた。（中略）その時いきなり、ブーと空襲警報のサイレンがひびき渡った。屋上に集まっていた多くの庁員は、はじかれたように「本物だッ」「空襲だぞッ」と叫びながら、急いでそれぞれの部署に戻って命令を待った。時計を見ると○時二十九分。

この青天の霹靂に東京市民は初めて戦争の現実を肌で感じたのであった。

（『〈グラフィック・レポート〉東京大空襲の全記録』石川光陽）

この日の死者は三十九人、中学生も死傷した。しかしそれらは情報統制の中、ほとんど一般の報道では知らされることもなかった。当時は国内の空襲で大きな被害が出たことはもちろん、海外の戦地で日本軍が大敗しつつあったことも、日本国内では正しく報じられることがなかったのである。多くの国民は正しい情報を得ることができないまま、日本は必ず戦争に勝つと信じさせられていた。

式後
　教務課より注意
　学生課より注意
　連絡網形成
出席　一年　二四
　　　二年　六
　　　三年　二四　計　八十二名
　　　四年　二八
　それに卒業生六名手伝いにくる。
入学者　五名　計七十二名
月　謝　一年十三名　二年一名
　　　計十四名
　　　　　四月分納付
九時頃　警報ありしも　すぐ解除
昨夜も一時頃より二時頃まで空襲
警報、帝都西部に四、五十機入来
　そのため出足にぶりし如し、
[注15] この日より、[注15]深川家政学校、才
六室で事務をとり始む。
午後一時頃、生徒みな帰る
　郵貯三東の秋葉京子のはいろ組16002の

その後、東京への空襲が激化したのは一九四四（昭和19）年のことである。日本が占領していた南洋諸島が米軍の攻撃により次々と陥落し、そこに米軍の基地が完成したことによって、日本への飛行距離が大幅に縮まったのがきっかけであった。南洋のマリアナ諸島から飛び立ったＢ29による空襲は十一月から本格化していく。

二　その夜、何が起こったのか

東京で最も死者が多かった三月十日未明の空襲では、わずか三時間のあいだに二七九機のＢ29が一六六五トンもの焼夷弾を投下した。非常に広い範囲が被害に遭ったが、その中でも特に多くの死傷者を出したのが本所区（現在の墨田区南部）、城東区（江東区東部）、浅草区（台東区東部）、そして中村高等女学校のあった深川区（江東区北西部）だった。亡くなった人の数は約十万人と言われているが、正確にはわからない。逆に言えば、多くの研究者が調査しているにもかかわらず他の空襲に比べて正確に死傷者の数が把握できていないというところに、この空襲の被害のすさまじさが表れているのだろう。把握するこ

由、自分でもっていたのを示す。
[注16]報償金、それからの貯金も追々整理し　返すべきは早く支払いたし　二年村上たかほ父　先日より郵貯のことで再三来るので　今日
五十円代払いしておいた。

四月三日（火）
[注セ]小林、長浜、下條、熱田、湯本[注セ]新入生二名　入学式のつもりで来る　蓋し一日朝九時頃警報ありたればなり
事務の主要部は　転校手続き　なるを以て二　三日前　左の掲示す
轉校の手続き———㈠轉校願（県知事宛）㈡転校願（先方の学校長宛）以上二つの用紙は本校より差上げます　㈢疎開又は罹災証明写し。以上三つを本校に届ければ、本校から　なおその他の書類（在学証明書、成績書、調書）を足して、県知事に送り、県知事より先

とができないほどに、その夜起こった出来事は大きなものだったのだ。そして同時に、政府が民間人の被害状況を把握しようとしなかったことも見えてくるのである。
　この空襲は、どうしてそこまでの被害を出したのか。後で詳しく述べる同年五月の空襲は三千トン以上の焼夷弾が投下されているが、死傷者の数は三月十日より少ない。この三月の空襲でこれだけの死傷者が出た理由は次のように指摘されている。

（一）空襲警報が遅れ、警報より先に空襲が始まり、奇襲となったこと
（二）木造家屋の密集地に大量の焼夷弾が投下され、おりからの強風で大火災になったこと
（三）川が縦横にあって、安全な場所に逃げられなかったこと
（四）避難場所も火災に見舞われたこと
（五）踏みとどまって消火しろとの指導が徹底されていて、火災を消すことが出来ないで逃げ遅れたこと

（山辺昌彦　講座資料「東京大空襲の実相を資料からとらえ直す」二〇〇九年
東京大空襲・戦災資料センター主催　岩波ＤＶＤブック刊行記念連続公開講座より）

　まず、空襲警報の遅れは多くの被災者の証言からも明らかで

方の学校に書類が廻り、その学校から父兄に通知があることになっています。
本校の宛名は深川区深川二ノ二三
明治オ二国民学校内ですから、
轉校希望者は至急右の三つをここへ届け（郵送も可）て下さい
なお時節柄、地方の女学校には転校希望者が殺到していますから予め　心当りの学校と連絡して轉校の可否をたしかめる必要があります。

――

正午頃　警報発令、
罹災数調査をもって長浜、小林
都教育局に赴く、祭日とて休み（!!）なりしが、当直の私学係と懇談[注17]す。学徒令が目下[注17]枢密院にありそれが文部省に廻って伝言され都庁をへて各校に　新規動員令あるまでは　元通り　勤労乃至授業を続けるほかなき由、　　各校で

ある。九日夜十時三十分の警戒警報は解除され、多くの人々は防空壕に避難していなかった。初め、米軍機が首都圏上空に現れたのを日本軍がレーダーで確認して警戒警報が出されたのだが、その後米軍機は房総半島沖に去ったと日本軍は誤解し、警報を解除してしまった。しかし米軍機は去ってはいなかった。焼夷弾の投下が始まったのが十日〇時七分、空襲警報が鳴ったのが〇時十五分、人々が空襲警報のサイレンを聞いた時、すでに東京は火の海だったのである。

焼夷弾投下から大規模な火災にいたるまでの時間が短かったのは、日本向けに開発された焼夷弾の特徴と関係がある。例えばドイツは第二次世界大戦においてドレスデンを初めとする多くの都市で空襲による死傷者を出したが、ドイツで用いられた焼夷弾と日本で用いられたそれとは種類が異なっている。石造りの建築物が多いヨーロッパでは大きな爆発を起こす焼夷弾が用いられたのに対し、木造建築の並ぶ日本は爆発力よりも火災を引き起こす力の強い油脂焼夷弾が用いられていた。これはナパームと呼ばれる油脂が爆発と同時に飛び散って周囲にこびりつき、火災を促すものであった。この空襲においては爆弾の爆

農場等立案して動員下令までそこに臨時働らくことさえ（臨時教室を他に移すことさえ）不可能の由、地方轉出の唯一の可能性は従[注18]来関係ありし[注18]工場疎開に便乗してその疎開先に赴くほかなし（才一高女の実例あり）。中央集権　過度の弊《ママ》害ここに顕著なり。下から盛上るよき創意をもう少し生かす雅量を要すべし。然らずんば事務は渋滞して、時局に後手後手をうつほかなし、手を拱いて敗戦を待つのみ（?!）
　とにかく　二、三日中に小林もう一度　都教育局動員課と談ずることとす。

四月四日（水）　小林のみ出勤、雨
昨夜一時―四時　空襲あり　京浜工場地帯ヤラル　佐賀町焼残りの一部もヤラレ　交通所々不通となる

発というよりも、炎の広がりによって人々は命を失ったのである。あちこちに火柱が立ち、風にあおられて炎は流れるように広がった。人々に炎は燃え移り、多くの人が飲み込まれ、焼かれて死んだ。

　しかし人々の中には、すぐには逃げようとしなかった者もいた。先に述べた『防空必携』やそれにもとづく日頃の訓練では、空襲によって火災が発生した時にはすぐに逃げるのではなく、まず消火活動をするように指導されていたのである。「初めは近所の人々と協力して防火用水を汲んでバケツリレーで火にかける作業をしていたが、これはもはや消すことが難しいと諦めてあわてて逃げた」という証言は多くの書物に散見される。思い出の詰まった我が家と家財道具を捨てて逃げる辛さは計り知れないが、そういった思いからではなく日頃の防災訓練が仇となって多くの死傷者を出したのであれば、当時の指導者たちの反省すべき点は大きいだろう。

　さらに、多くの被害を出した本所区、城東区、浅草区、深川区は、いずれも川の多い地域である。学校の周りを流れる隅田川、小名木川、仙台堀川も、多くの悲劇を生んだ。周囲に住ん

独り出勤して　免状を昨日の分をつづけ　五年の分のみ　かき終る　今朝九時　都庁勤労動員課に　出動可能数調べを報告し、併せて卒業生の定着問題をたづねしが、要するに地方に轉出せるものはその地の動員署を通じ自由に就職するほかなき由、恰も再び警報なりしをしおに引上げたり。もっとつき込んで農場出動問題など相談せんと思いしも、のれんに腕押しと思い返して　そのまゝ帰れり。

　生沢消防署長見え　中村にをかんとせしも新入の娘　空襲におびえるを以て如何すべきかを相談さる　とりあえず田舎にやり一学期休学してはとすゝめる中、又警報となり、職業柄すぐ立戻られたり。

　明日　登校日なるを以て　なるべく　疎開轉校又は当分休学して田舎に行くことをすゝめんと決心

でいた人々は炎から逃れるために川を渡らなければならなかった。その結果、多くの人が一斉に橋の方向へ向かったために、避難が円滑に進まなかったのである。橋の上で身動きが取れなくなった人々の上にあっという間に火がかぶさり、折り重なるようにして皆が焼け死んだという記録や、橋の上で危険を感じて川に飛び込み溺死したという記録、川の中を歩いて命をとりとめたという記録など、川と橋に囲まれた地形であるがゆえの厳しい被害の様子がうかがえるものが多いのも特徴的である。深川の歴史と常につながりをもち、人々の生活を支えてきた清い水の流れが悲劇を生んだことは、なんとも皮肉な結果であった。

　翌朝の東京は焼け野原だった。建物は見渡す限り瓦礫と化し、男女の区別もつかないほどに焼け焦げた死体がそこらじゅうに横たわっていた。学校の周りでも永代橋に火が移り、多くの人が亡くなった。臨海国民学校には多くの人が逃げたが、学校が焼け、多くの死者を出した。富岡八幡宮も本殿が焼け、その門前でも多くの人が亡くなっている。清澄庭園に逃げた人は助かっている。空襲後、あまりにも多い死体をどうすることも

執務日誌㈠
昭和20年3月9日〜12月10日

す　登校規定を　前夜十二時以後一度でも発令されたら順延することに改む
　四東寺田郵貯　いろ色
四月五日（木）生徒登校日　曇寒冷
小林、長浜、下條、熱田、湯本、生徒五十七名来る　一年は校歌練習
　二年以上は焼跡整理
十二時　警報　一同返す
入学者一名　月謝二名
四月六日（金）曇寒冷
小林　長浜　下條　熱田　湯本
免状を書き終る
轉校手続　既出の分　郵送をすます
とにかく切符を手にいれ　野尻と交渉し　そこがダメなら　伊藤氏の紹介で岩原スキー小屋をかりることとし　今日　熱田君が伊藤氏

できず、公園や寺社は仮の土葬場所となった。『執務日誌』にも、清澄公園にそのままにされている死体のことが描かれている。戦後、それらの亡骸の多くは墨田区の東京都慰霊堂に、関東大震災の死者と共に安置された。

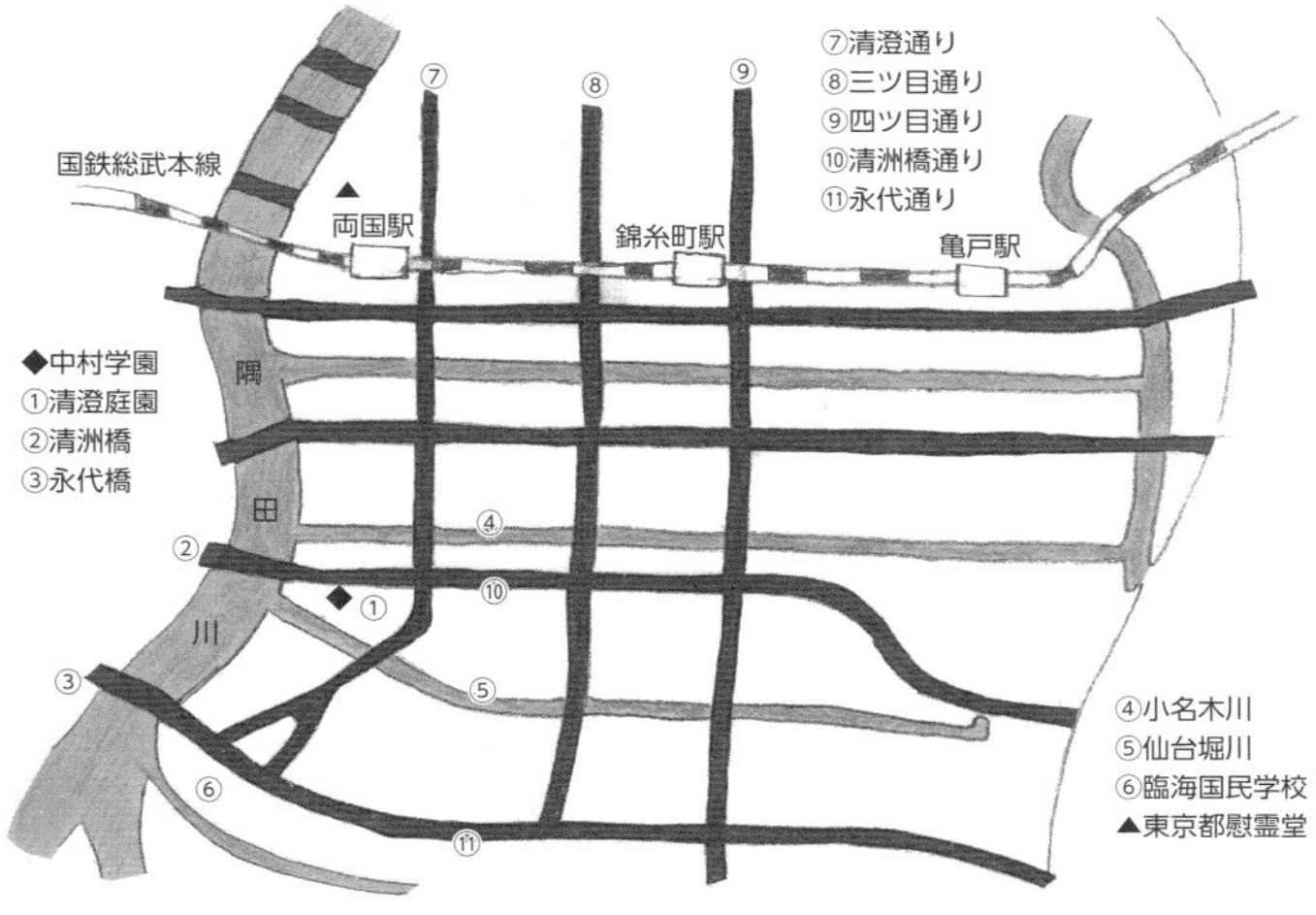

作成：北川　峻

の所に相談にいくこととし、下條は上野に切符の件　たゞしにいく
入学者一名
　午后　都庁にて　村田視学（勤労係）と会談
㈠とにかく中村の動員下令はしばらく延期しておく　㈡その間農場にいくなら　私学係りと相談すべきこと（臨時教室移転につき）又は工場疎開に伴うのが可との結果をえたれば　帰校してすぐ[注19]長浜氏に[注19]糧秣本廠と当り　その疎開先に便乗してくれぬか　たづねてもらうこととす。

四月七日（土）　快晴　やゝ温くなる　小林のみ登校
七時半　敵編隊北上中との警報あり　ただちに登校す
十時二十分頃　空襲警報、新宿中野方面に黒煙上る
十一時十分前　空襲解除

三　それでも空襲は終わらない

三月十日で一命をとりとめた人々は、その後どうやって生きていけばいいのか途方に暮れた。家も家族も失った中で何を頼りにすればいいのか。立ち尽くす人々に追い打ちをかけるように、その後も東京には空襲が続いた。特に規模が大きかったのは四月十三・十五日、五月二十四・二十五・二十六日である。

四月十三日は東京都西北部が爆撃の中心となり、二〇三八トンの焼夷弾と八二トンの爆弾が投下された。豊島区、荒川区、王子区（現在の北区）、足立区に大きな被害があった。十五日は東京南部から川崎に七五四トンの焼夷弾と十五トンの爆弾が投下されている。蒲田区・大森区（ともに現在の大田区）、麻布区（港区）に被害が大きい。この二日間における死者はあわせて約三三〇〇人と言われている。

五月二十四日は大森区、目黒区、芝区（港区）など、東京の市街地が被害の中心になっている。投下された焼夷弾は三六四六トンと、東京の空襲の中では最も規模が大きいと言える。死者は七六二人と言われている。

執務日誌(一)
昭和20年3月9日〜12月10日

学校隣の池に死体まだ二つういてゐる
その他の河にもまだ〳〵収容し切れぬ死体多いらし、
来客なし
午后　熱田　湯本　来校し　相当多くの来客ありし由
興亜　報償金を持参せり

四月八日（日）　休

四月九日　曇
小林、下條、長浜、湯本
生徒登校日　一年　九　二年　八
三年　十三　四年　十一　計四十一名
一、二年数学、　三、四年生物
十一時まで　青年体操、オ三体操
そののち　十一時二十分午食
午食后　十二時防空壕への待避訓練　一時下校せしむ

五月二十五・二十六日は皇居の周辺が攻撃された。渋谷区、中野区、淀橋区（新宿区西部）、小石川区（文京区西部）、芝区、赤坂区、麻布区（三つとも現在の港区）、牛込区、四谷区、（ともに現在の新宿区）世田谷区、杉並区などに被害が出ている。三二五八トンの焼夷弾と四トンの爆弾が投下され、死者は三二四二人であった。

投下された焼夷弾は三月十日以上でありながら死者の数が十日より少ないのは、十日の空襲においてはやはり前章で述べた五つの要因が大きく影響しているのだということの表れでもある。この地域は住宅の密集地域ではなく、火災の広がりがおさえられたこと、そして三月十日の被害を漏れ聞いた人々が消防よりもまず逃げることを優先するようになったことが大きかった。それにもかかわらず警視庁の資料に「三月十日ノ大空襲ノ結果、一般都民ヲシテ焼夷弾ノ密集投下ニヨル初期防火ハ不可能ナリノ観念ヲ助長セシメタルノミナラズ、火災ニ対スル甚大ナル恐怖心ヲ醸成シ居リタルタメ、大部分ガ避難態勢ニアリ、全ク防火準備ヲ怠リタルモノト認ム」と人々の様子を批判的に述べた文章が残っていることには驚きを禁じ得ない。

月謝十八名　　入学一名
十二時半頃警報発令　すぐ解ける

四月十日（火）　十時
小林、下條、長浜、富山、市万田、足立、小島、
雨天につき焼跡をやめて明治校にて挙式（卒業式）
卒業生五年　五十名　　四年　六十名ほど
在校生　四十名ほど　来る
　講堂にて
一、口民儀礼――本校関係者黙弔
二、君ヶ代
三、勅語奉読
四、卒業生氏名点呼
五、卒業免状下附
六、優等
　　修練
　　体育　　賞下附
　　皆勤
　　華道、茶道

しかし決して被害が小さかったとは言えない規模である。死者の数は記号ではない。これらの数字ひとつひとつに人生があることを忘れてはならない。親を失った子はどうしていたのか、子を失った親は何を思ったか。それらについて思いを馳せることのできる正しい知識と想像力を私たちは持たねばならない。

規模の大小はありながらも、空襲は終戦の八月十五日まで続いた。

四　空襲の歴史と向き合う

空襲という方法が戦争において多く採られるようになったのは、一九一四年に勃発した第一次世界大戦からである。その後、技術の進歩と共に被害規模は拡大の一途を辿った。一九三七年のスペイン内乱ではゲルニカに三〇トンもの爆弾が投下され、一〇〇〇人以上の市民が無差別に殺傷された。その悲劇はピカソの有名な絵画「ゲルニカ」に描かれている。

その中で、日本軍も空襲を行った。特に規模の大きなものには、一九三八年から四三年という長期間にわたって中国の重慶

七、仰げば尊し
八、訓辞
九、蛍の光
十、校歌

終って　午食　のち卒業生に卒業后の就職や報償金貯金支払猶予について注意す
　學校徽章出来、残金をもって小島先生　須田町までとりに行って下さる　七百五十箇
卒業生　転校生などに　五十箇位売れる

四月十一日（水）　曇
小林、熱田、湯本、下條、長浜
小林、神田に寄り十時半頃出校、既に多数卒業生来り免状を貰っていた。
長浜は興亜航空会社と疎開の件につき談合

に対して行った無差別爆撃がある。激しく攻撃していたのは三九年から四一年、特に三九年の初めての本格的な空襲では死者四〇〇〇人以上という当時における史上最悪の凄惨な被害をもたらした。開発されたばかりのゼロ戦も、この攻撃に加わっていた。つまり日本人は空襲の被害者であるとともに、加害者でもあるのだ。

　東京大空襲は町の中や人々に残った傷跡と共に、深く記憶に刻まれた。東京だけでなく、日本国内のあちこちに残る空襲の記憶、沖縄の地上戦の記憶、広島・長崎の原爆の記憶——、それらは体験した人々の言葉を通し、今を生きる私たちに幾度となく訴えかける。戦後七〇年を迎えようとする今なお戦争を描いた小説や映画が生まれ、それらを読む者、観る者は、生きたくとも生きられなかった人々の思いを前に言葉を失う。私たちはこうして戦争の記憶を受け継いできた。

　しかし重慶での出来事を、国内の空襲や原爆のことと同様によく理解し語ることのできる日本人がどれだけいるのだろう。これだけ日本の空軍やゼロ戦を扱った物語が流行する社会に暮らしていながら、彼らが落とした爆弾の行方に、そしてそれを

下條は大蔵省に　六万円火保にて
文部省からの借金返済方　交渉に
行き　共に午后　登校
正午頃　警報発令　すぐにとける
昨日欠席の卒業生に免状を送る
手製封筒に　中村の宛名を印刷す

四月十二日（木）　晴　長浜　下條
㊞下條
午前九時頃　警戒警報発令直チニ
空襲警報発令セラル　午前十一時
五十五分頃警戒警報解除セラル
生徒二、三名転入学手続ニ来校
空襲警報中ハ地下室に待避シ皆無
事
午後〇時四十分再ビ警戒警報発令
　直チニ解除セラル
熱田　湯本登校

四月十三日（金）　晴
長浜　下條　湯本㊞下條
午前九時頃　警戒警報発令　直チ

受けて命を落とした誰かの人生に、今まで考えが及ばなかったのは私だけだろうか。

加害者として歴史と向き合うことは、被害者として歴史に向き合うこととはまた異なる勇気を要する。それでも残された記録を誠実に見つめて正しい知識を得ようとすること、それだけが唯一、過去と同じ道を辿ることを回避する方法なのではないかと思われる。被害者であり加害者である私たちが、なぜそのような道を行くに至ったのかを忘却の淵に追いやってはならない。その足取りから学び、それらを人類共通の知恵とする地道な行為こそが、私達に残された課題である。

焼け跡の清澄町　　絵：中村美紗

ニ解除
深川郵便局ニ赴キ焼失郵便貯金通帳ニ関スル手続払戻ノ方法ハ二週間以後ニソノ方法ヲ指令スルト申渡サル
安田銀行ノ名義変更ノ件　両三日中ニ何等カノ方法講ゼラルル由
明十四日　長浜先生　浦和市ノ糧秣廠ニ午前中　出張ノ予定
卒業生ノ秋山百合子、小林富美恵二氏、長浜先生ノ御手伝ニ来校ス

四月十四日（土）　晴　長浜　湯本
昨夜ノ空襲ニヨリ都内各所ニ交通機関破壊セラレ　早稲田　洲崎間の都電、東京駅　砂町間ノ都バス、月島　柳島間ノ都電モ運転中止トナル
尚　昨夜ハ明治学校ノ周囲ニモ相当多数ノ焼夷弾投下セラレタルモ全部消シ止メ本校仮校舎ニハ何等ノ被害ナシ

第三章
戦時下の中村高等女学校

早川則男

第一節　戦争で失われていく日常生活

戦争とは、ある日、突然暮らしの中に介入してくるのではない。進行の遅い病のようにじわじわと身体をむしばみ、気づいたときは取り返しのつかない状態にまで人を追い込んでいく。

この節では、平和とは「当たり前の日常生活が継続する状態であること」ととらえ、昭和初期から太平洋戦争で空襲が本格化する一九四五年初頭の時期をあつかう。中村高等女学校の生徒の楽しいはずの学校生活が失われていった過程を、データを

執務日誌(一)
昭和20年3月9日～12月10日

長浜八糧秣廠ニ出張ノ予定ナリシモ省電不通ノタメ平生ノ通リ登校シ執務ス

四月十六日（月）　曇後晴
出席者　湯本一名　　生徒十九名
本朝は何時になき深いモヤがたちこめて十米先も見えない位
昨夜の空襲にて小林先生始め諸先生お見えになりませんでした。
十時　全登校生徒　點呼朝礼ノ為、職員室に集合さす。　後　耖《ささや》かなる手傳をす。
月謝四名提出　　記章二十五名購入　住所録控へ　等整理を終はる
晝食後解散
来客者　逸見氏始め八名参る
来客者内一名月謝提出す、

四月十七日（火）　晴
下條、湯本、小林
十三日の空襲にて下條家半壊　十

まじえながら出来るだけ具体的に述べたいと思う。そして、そこに描かれた事実を通して、戦争が軍や政府によって人為的にもたらされたものであることを明らかにしていきたい。

第一　忍び寄る戦争の翳《かげ》

（一）戦前の伸びやかな学園生活

昭和初期の中村高等女学校の生活は明るく伸びやかなものであった。一九二九年に創設された排球部（現バレーボール部）は、一九三二年には明治神宮奉祝勝大会で第二位となり、一九三四年には、関東女学校体育連盟大会で念願の初優勝を果たした。

第四代校長中村三郎先生の個性の完成を目指す教育方針のもと、あるこう会、時事講演会、展覧会・博物館・国会・裁判所見学などがあり、クラスごとの芸能発表も年二回行われていた。弁論会もクラス対抗の形で年二回開催され、現在の思考・判断・表現活動を重視する教育の先駆けであった。

四年次に塩原へ、五年次には京都・奈良方面への一週間の修

執務日誌（一）
昭和20年3月9日〜12月10日

五日ので小林家被害
昨日は交通不通にて登校できず
今日登校せるや直ちに
　急告
四月十六日以降当分の間　休校と
す
その向　生徒は疎開し先方の学校
に転校するを可とす　転校でき
ざる者は五月一、十、二〇、三〇
登校日とす　但し夜半以後発令な
らば次の登校日に出校のこと
という趣旨の掲示をし　かねて四
月以降　登校せることある生徒約
九十六名にこの旨の葉書を出す
　午後　堤氏を尋ね　学校の方針
を説明す
四月十八日（水）　晴　㊞下條
長浜　下條　熱田　湯本
新入学者三名　久保　高崎テ
ル子、天野やす子　手続済
湯本氏　月謝　入学料　考査料

学旅行も実施され、人々の日常生活には、まだゆとりがあり、若者の健全な学びの場が保障されていた。

学び舎を想う　　絵：中村美紗

（二）満州国建国と皇民化教育

一九二九年、アメリカから始まった世界恐慌は日本にも深刻な影響を与えた。特に、一九三一年の北海道・東北地方は大凶作に見舞われ、乳幼児の死亡率が急増した。女子の身売りが相次ぎ、都市には失業者があふれた。一九三一年九月十八日、関東軍の一部は柳条湖《りゅうじょうこ》事件を起こした。その後、満州侵攻を開始し、翌一九三二年満州国樹立を宣言した。軍部は石炭などの資源豊富な満州を支配下に置けば、この困難な状況を打開できる

ヲ徴収ス
疎開転入学手続　数名アリ
長浜氏　親戚ノモノ出征ノ為メ正午退去セラル
午後〇時十分頃警戒警報発令セラル
熱田氏モ午後一時退出ス
熱田氏ノ宅全焼ス……空襲被害ノ為メ愛書其他焼失ス
午後一時五分解除セラル

四月十九日（木）　曇　㊞下條
下條　湯本
早朝ヨリ本日天気悪シ
十二時頃迄　諸先生お見えにならず　後　下條先生登校
十時朝礼スルヤ否ヤ空襲警報発令サル　全員二十一名地下壕ニ待避スル
十時五十分頃解除ニナッタ。後地下壕及ビ教室ヲ掃除ス。（一、二年ハ帰宅ス）

と考えた。しかし諸外国から非難を浴びた日本は、一九三三年、国際連盟を脱退し、孤立化を深めていく。

満州国皇帝に就任した溥儀《ふぎ》が、一九三五年に来日した。本校の生徒も歓迎のため動員された。当時三年生であった浅川美代（昭和13卒）は次のように回想する。

満州国の溥儀、あの方が日本へ見えた時は、学校の校旗を持って、宮城のところへずっと並んだんですね。そしたら井樽先生が『今は不穏分子がいつ襲うかもわからないから、あなたたちは人垣と同じですとおっしゃって。（中略）ちょっと緊張しましたね。その時は。そういう時代です（『中村学園百年誌弐』、二〇〇九年より。「中略」は筆者記す）。

一九三二（昭和7）年、五・一五事件により政党内閣に終わりを告げ、一連のテロ行為に政府も神経をとがらせていた。溥儀の警備にも万全を期したのだろう。生徒を楯として並ばせたとも考えられる。それを引率の先生も意識していた。時代は明らかに変わりつつあった。

書食後　解参《ママ》ス。後　本日ノ残務
整理終リ三時頃　下校ス。

四月二十日（金）　曇
長濱　湯本
午前十一時三十分頃警戒警報発令
　生徒十名ト共ニ待避ス、十一
時五十分解除、全員無事ナリ
[注20]都立造船工業学校ヨリ四月二十
六日（木）午前十時第七組常会開
催ノ旨　通知アリ
下條先生ニ出席依頼スルコトトス
午后一時小林先生登校
東部軍ヨリ明治學校長ヲ通ジ　二
階假校舎ヲ借用シタキ旨　申シ入
レアリ　職員室及一教室ヲ残シテ
返還ス

四月二十一日（土）　晴　小林　湯
本
熱田の家やけ　大森に避難せるに
つき　小林登校時　見舞う

一方、学校現場でも天皇を神とあがめ祖先を敬う皇民化教育が強化されていった。地方から東京を訪れる修学旅行では宮城遙拝や明治神宮、靖国神社参拝が欠かせないコースとなった。また、中村高女の七泊八日の修学旅行でも伊勢神宮参拝が盛り込まれていた。

第二　日中戦争

（一）総力戦体制へ

一九三七年七月、蘆溝橋事件をきっかけに日中戦争が始まった。政府はこの戦いを「支那事変」と一方的に命名し、九月には「国民精神総動員運動」を始め、総力戦体制をしいていった。同年、十二月十三日、日本軍が南京を占領すると、国内は祝勝ムードに酔いしれた。しかし、戦火のかげで将兵による大量虐殺があったことは国民には知らされなかった。

一九三八年になると、戦線は膠着した。中国軍の頑強な抵抗にあい、消耗戦となったのである。それに伴い国民生活も窮迫していった。

学校火保の件につき安田火災（大手町野村ビル三階）に行きしも雑[注21]踏のためひきかえす。[注21]安田貯蓄より後援会、報国団の金一万四千五百円ひき出し裾野校長に渡すことゝす
下條不来　長浜は浦和糧秣廠と交渉のため出張　午后帰路登校の筈　堤氏よりの人来りしを以て　校長よりの学校の将来方針（廃校の可否）説明の書状を託す　堤氏ニ三日中に來校の由
四月二十三日（月）　晴　㊞下條
長浜、下條、湯本
生徒来校　二十二名
轉校願ノ父兄　數名来校
第七組常会ニ来ル二十六日　出張ヲ命セラル
長浜先生ハ三田土ゴム、興亜航空会社ノ仮事務所ニ出張ス
正午　警戒警報発令セラル、疎開

同年の四月一日には国家総動員法が公布された。この法により、戦争目的のために人や物を国や軍が思い通りに統制できるようになった。これは、個人の権利が戦争で完全に奪われるという絶望的なことを意味していた。

五月からはガソリンも切符制となった。日中戦争が始まる前の日本は、石油の八〇％以上を輸入していた。その主な輸入先がアメリカであった。戦争で軍需生産に拍車がかかり、国内では鉄材、ガソリンが急騰した。軍や政府は国民に石油の節約を求めたが、効果はなかった。タクシーの一日のガソリン割当量は七ガロン（約二六リットル）と制限され、鉄道と並行するバス路線は廃止された。街には代用燃料車（木炭自動車など）が見られるようになった。国民生活は目に見える形で損なわれていった。

（二）皇紀二六〇〇年

一九三九年二月には、国民精神総動員強化方策が決定され、物資と戦力の不足を精神力で補おうとする運動が広まっていく。街では、ポストや公園のベンチなど日常生活に影響のない

書類全部発送ズミ　零時四十分解除セラル

四月二十四日（火）　晴

下條、湯本　㊞下條

午前八時頃　警戒警報発令、同八時半　空襲警報発令、同九時四十分　空襲警報解除、同九時四十五分　警戒警報解除。零時ヨリ警戒警報ニ入ル　零時四十分解除セラル。

午後一時　長浜先生登校セラル。姪ノ結婚式ニ長浜先生参列ノ為メ明二十五日欠勤セラルル由　通達セラル。北千住三田土ゴム工場ニ午後一時十五分出張セラル

他に用件も

長浜先生談ニ依レバ

　陸軍糧秣廠ハ目下　土木事業ノ[注22]●ニテ　[注22]女子勤労動員ノ必要ナシト　然シ山梨県下ノ塩山ニ一応問合セルトノ由

鉄製品の回収が始まった。鋳なおして軍艦や砲弾につくりかえようというのだ。日本の鉄資源は底をついていた。

一九四〇（昭和15）年には、「日本人なら、ぜいたくは出来ないはずだ」の戦時標語がポスターに書かれた。様々な生活必需品の配給統制が行われていった。

二月　米穀統制令

三月　青果物配給統制規則

五月　砂糖切符制（月一人当たり三六〇グラム）

　家庭用マッチ（家族十人以上で徳用大型一箱、五人以下の世帯は並型一包）

十月　砂糖配給統制規則、牛乳及び乳製品配給統制規則

いよいよ、統制は食生活にも及んだ。食糧不足により、病気になる生徒もいた。バレー部に所属していた細川照子（昭和16卒）は脚気の症状に悩み、体操部に移らざるをえなかった。脚気とは手足のむくみや倦怠感が生じ、歩行すら出来なくなる病気だ。症状が重いと死に至ることもあった。ビタミンB_1不足が主な原因であった。八百屋からは野菜がほとんど姿を消していた。

亦興亜航空機木材ノ方ハ女子勤労動員ノ必要ナキ故動員ヲ解キ度シトノ話ニ付　他ニヨキ方法ヲ講セラレ度シト
来ル二十六日ノ打合セ会第七組常会ニ提出ノ書類作成上御尽力ノ程願ヒ度シト長浜先生ヨリ小林先生ニ御通達セラルル様依頼セラル
午後三時半退出ス

四月二十五日（水）　晴
小林、下條、湯本
明廿六日ノ屰七組学校常会提出ノ書類ニ関シテ小林先生ノ指導ノ下ニ於テ作成ス
　鈴木角五郎氏来訪セラル　ライオン製薬工場ニ午後出張　学徒ノ動員ニ関シ打合セニ赴ク
下條先生出張後　轉校願、證書発送、書類整理シ　三時小林先生下校　後　直ニ書類発送ニ着手　五時下校ス。湯本

一九四〇年という年は、皇紀二六〇〇年（神武天皇即位から二六〇〇年目の記念の年）にあたり、国中が祝賀ムードで賑わった年でもある。前述のように、東京からの修学旅行コースには伊勢神宮参拝が含まれていた。各学校では一糸乱れぬ行進練習が行われた。名倉喜代子（昭和15卒）は、一九三九年五月に実施された本校の修学旅行について次のように語っている。

特急つばめで東京駅から名古屋駅まで行き、そこから鳥羽線に乗り換えて二見ケ浦で一泊しました。翌日は伊勢神宮を参拝し、吉野山へ行き、古戦場など見学し吉野に泊まりました。（中略）引率に体育の井樽先生がいたので、京都御所の参道を歩くときは号令をかけられて、四列縦隊できちんと歩かされました。道行く人から『女学生えらいね』とほめられました。

（『中村学園百年誌　壱』）

本校でも体育の授業で行進練習を積み、伊勢神宮参拝に向かった。胸を張って歩く名倉の姿が想像できる。

同年の六月二十日、文部省は小学校の修学旅行の制限を通達

四月二十六日（木）　曇
小林、湯本、長浜
下條　ｵ七組学校常会ニ出席
ナホ安田貯蓄深川支店ニアヅケアル出動生徒各自名義の貯金引下ゲ方ヲ銀行ニキイテ貰フコトニスル
長浜ト相談シ　三四年生（計四十名位）ハ六月初旬頃出動さすべく両配置ヲ都庁ニ願フコトニスル、一、二年ハコノ学期中ナホ様子ヲミルコトトスル
正午頃　下條先生常会ヨリ帰る
別に新しき事項なし
昨日ライオンと談合の結果　脈あるを以て明后日再び長浜先生にかけ合って貰うことゝする
小池先生来訪さる　学校の将来を語り適当に他に就職方を希望す
本日　會議ニ於テ次ノ事項ヲ定ム
㊞下條（越中島　都立三商校ニ於テ）

執務日誌㈠
昭和20年3月9日〜12月10日

した。非常時で贅沢は許されないとの判断だった。国鉄は翌一九四一年、交通輸送の逼迫を理由に団体旅行を中止した。臨海学校や修学旅行といった学校生活の最大の楽しみが奪われていった。本校の修学旅行は二泊三日に短縮されながらも皆の努力により一九四三年まで継続された。

第三　太平洋戦争

（一）衣食ともに足りず

一九四〇年九月、日本は日独伊三国同盟に調印した。日本の中国侵攻も継続する中、アメリカは屑鉄の対日輸出を禁止した。翌年、ドイツのソ連侵攻をきっかけに日本が南部フランス領インドシナを占領すると、アメリカは石油の対日輸出停止も決めた。

時局の変化は教育にも大きな影響を与えた。一九四一（昭和16）年の四月、小学校はナチスドイツに倣って国民学校へと変わった。皇国（天皇の治める国）にふさわしい「少国民」の育成に最重点をおいたのである。朝の宮城遙拝、日の丸掲揚、君

学徒ニ対シテハ
一、焼跡整理ニ関スル件
二、農耕作業ノ強化、学校農園ノ発展等ニ務ム　亦共同作業ニモ努力スルコト
三、焼跡ノ農場化　区役所ト連絡シテ速カニ実行スルコト
四、罹災職員ノ処置　死亡ノ原因ト状況ハ警察署ト学校長ニ於テ作成シ提出ノ事
五、罹災又ハ事故ニ依リ生死不明ノ生徒ニ対シテハ本人ノ願出ヲ待タズ　登校セザル日ニ遡リ休学ヲ命ズモノトス
六、上級学校ニ籍アルモノモ　六月マデ　中等学校ニ籍ヲ置クコト

四月二十七日（金）　晴　㊞下條
下條、湯本
長浜先生ハ午後急用ノ為メ退出
冨山先生来校　安田銀行ノ件ニ

が代斉唱が義務づけられ、武道が正式の教科として組み込まれた。

同年十二月八日、日本は米英に対し宣戦を布告し、太平洋戦争が始まった。この戦争を日本側は「大東亜戦争」と呼び、アジアを欧米支配から解放し新秩序「大東亜共栄圏」を確立するための戦争と位置づけた。現実は生活物資すら不足していた。一九四二年には、味噌、醤油などの調味料も配給制となり、衣料も切符制であった。衣食ともに底をついていた。

開戦時、食品全体に占める輸入の割合は少なかったが、塩のかなりの部分、砂糖の九二％、大豆の大半、米の三分の一近くは海外に依存していた。国民生活には制海権の維持が不可欠だった。しかし、当時の日本は戦艦建造に重点をおき、護衛艦を持たなかった。一九四三年にアメリカが魚雷で海上封鎖を始めると東アジアの米を輸入できなくなっていく。

輸入が減る一方で、食糧の需要は高まった。本土に駐留する軍人が増え、国産米の多くを消費していたからだ。都市住民には収穫物のごく僅かしか供給されなかった。東南アジアからの米の輸入は途絶え、政府は代用食で都市部の米不足を補った。

ツキテ打合セヲナス
小池先生一寸来訪
他ニ何等ノ異状ナシ
五ノ西　福島、渡辺二氏ハ学校動員ノ際ハ参加ヲ申込ム

四月二十八日（土）晴　下條、湯本　㊞下條
午前十時三十五分警戒警報発令セラル
同　十時五十分解除
堤氏ヨリ本月下旬又ハ五月上旬来校の由　通達セラル
正午　長浜、市万田、足立三氏登校セラル
市万田、足立二氏ニ本校教員タル証明書ヲ提出ス
亦　午後〇時十分警戒警報発令セラル　同〇時三十二分解除セラル

四月三十日　晴（月）　下條、湯本　㊞長浜

農民にはさつまいも栽培が奨励された。カロリーが米や小麦よりも高く、肥料不足にも耐性があったからだ。

一九四三年なかば時点で、一般市民も食べ物を闇市場に頼った。外交評論家の清沢洌は、日記で次々に変わる政府の無能ぶりに対し、嫌悪感をあらわにした（『暗黒日記②』ちくま学芸文庫、二〇〇二年）。一九四三年十二月には「野菜物などは大根一、二本しか与えられない由」、一九四四年三月には「野菜は大根半分を四人家族に二日分ぐらい」、四月には「野菜の配給は一人一日一銭の由。一銭といえば葱一本にもならざらん」と記している。そしてとうとう六人家族への野菜の配給は「一にぎりのもやしのみ」となっていった。

日本軍の占領地でも食糧不足は深刻であった。破滅的な「地域ごとの自給自足」政策を実施していたからである。一九四三年以降は日用品の自由な移動を禁止した。日本軍は食糧を輸入に頼っていたマレー半島の農業改革に失敗した。現地米を強制的に供出させ、一〇〇万から二〇〇万のベトナム人餓死者を出した。日本軍自体が補給を軽視していた。兵士らは太平洋の島々に投げ出され、飢えに苦しんだ。

本日午前八時半警戒警報発令直チニ空襲警報発令　零時十分警戒警報解除、防　空　要員ニ対シテ配[注23]米通知ヲ受リ　又[注23]蒙古徳王寄贈牛肉ノ配給ノ書面到達ス情勢不穏ノ為メ小林先生　長浜先生　湯本登校セズ　午後一時半退出

　午前八時登校　聊カナル掃除終リシコロヨリ警報発令サル　十五分ノ後　空襲警報発令サルヤ清澄町ノ家ニ戻《モド》ル　九時半頃再登校セルモ誰レモ来ヌタメ又帰リ　晝食後（三度目登校）来タル。下條先生、来テスグニオ帰リノ由、小使さんより承る。
五時頃マデ月謝台帳整理ノ為残ッタ
来客五名アリ、（湯本　記、四月三十日）㊞湯本
　長浜ハ浦和糧秣本廠ニ出張　帰途ライオン製薬株式会社ニ藤久常

コラム　コメおよび籾輸入高（一九四一〜一九四五）

コメとは東南アジア産のいわゆる「外米」のことだ。農林省の統計によれば、「外米」が多く出回ったのは一九四〇（昭和15）年から四三（昭和18）年までで、仏領インドシナ（通称仏印：現在のベトナム及び周辺の地域）、ビルマ（ミャンマー）、シャム（タイ）などからの輸入であり、特に仏印産が主流を占めていた。

　仏印からの輸入は一九四三年に五八％とピークを迎え、四四年になると激減している。これは本文でも記した

コメおよび籾輸入高1940～45年（単位はトン、下段は％）

	1940	1941	1942	1943	1944	1945
仏領インドシナ	439,300	562,600	973,100	662,100	38,400	—
	25.9	25.2	37	58.3	4.9	—
台湾	385,100	271,800	261,500	207,200	149,800	9,000
	22.7	12.2	9.9	18.3	19.1	6
朝鮮	60,000	520,000	840,000	72,000	559,500	142,000
	3.6	23.3	32	6.3	71.5	93.9
ビルマ（ミャンマー）	420,000	437,500	46,600	18,000	—	—
	24.8	19.6	1.8	1.6	—	—
シャム（タイ）	284,000	435,400	508,000	176,500	35,500	200
	16.8	19.5	19.3	15.5	4.5	0.1
総計	1,694,000	2,232,700	2,629,200	1,135,800	783,200	151,200
100						

出典：農林省・船舶運営会のデータによる

務ヲ訪問シテ勤労動員ニ関スル協議ヲ行フ　近日中ニ　ライオン製薬ヨリ連絡、打合セノタメ来校ノ約ヲ得タリ　午後二時半登校　湯本ト残務整理シテ四時下校

五月一日（火）

[注ソ]湯本、[注ソ]井上、長浜、小林、下條

生徒登校日　六十九名来校

朝礼ののち　学校の行方、勤労奉仕の状勢を説明し、そののち　焼跡整理に赴く。

四年生七名は下條先生と共に築地市場に蒙古徳王寄贈の肉をとりに行く。焼跡では三、四年は運動場の金属整理、一、二年はスレートを片付け、次の機会にカボチャでもうえるつもり也　現に隣りの製材工場敷地は兵隊さん二、三十名で既に立派な畑地になっている。

正午帰路、警報吹鳴

昼食後　肉配給、なお下條先生に

とおり、輸送船がアメリカの潜水艦の餌食になったからだ。

仏印産のコメのほとんどはベトナムからだった。そのコメによって日本人は食糧難の時代を生き抜いた。しかし、ベトナムではコメの供出により一〇〇万〜二〇〇万人が餓死したとされる。この点も私たちは記憶に刻まなければならない。

一九四一年四月、生活必需物資統制令が公布され、コメが配給制となった。まず東京・大阪などの六大都市で実施され、一日の配給量は年齢、労働状態などによって細かく決められた。

◎五歳以下　一二〇グラム（〇・八四〇合）
◎六歳〜一〇歳　二〇〇グラム（一・四〇五合）
◎一一歳〜六〇歳　三三〇グラム（二・三二〇合）
◎六一歳以上　三〇〇グラム（二・一〇八合）

肉体労働者の場合は、甲種・重労働の乙種に分けられた。男女差も考慮され、配給量は三九〇グラム（約二・七合）から最高五七〇グラム（約四合）までとされた。しかし、戦局が悪化すると遅配や代用食の配給もおこり、配給量自体も減っていった。

（早乙女勝元『東京空襲下の生活日録』東京新聞、二〇一三年などによる）

生徒三名付添い、防空米配給十二キロをとりに行く、米は二升を非常米に残し、他は三先生に分つ、
卒業生井上　今日より出勤す

五月二日（水）　雨降り　長浜、下條、湯本、井上　㊞下條
五人程転入学願書申込者アリ、
午後一時頃　小島先生来校
他ニ異状ナシ
[注24]緊急[注24]隣組常会来ル四日（金）午前十時ヨリ都立造船工業学校（深川区越中島ニ於テ）デ開催通知ヲ得受ク

五月三日（木）　曇　長浜　下條
湯本　井上　㊞下條
深川区深川電話局ノ卒業生四名
午後一時頃来校
長浜先生モ殆ンド同時ニ登校セラル　明四日晴天ノトキ隣組ノ農会ノ為メ欠席セラルトノ事

（二）本土空襲と疎開

日本に接近した空母から星マークをつけた双発の中型爆撃機B25十六機が帝都東京などを襲ったのは一九四二（昭和17）年四月十八日のことであった。鉄の守りを豪語していた日本軍部はただの一機も打ち落とせず、全機を取り逃がした。初空襲による被害は全国で死者約五〇名、重軽傷者が四百数十名。軍の信用と面目は丸つぶれであった。

一九四四年七月、サイパン島が陥落すると、マリアナ基地を飛び立った「超空の要塞」B29爆撃機による北九州八幡や長崎・佐世保などへの空襲が本格化した。十一月一日にはB29一機が偵察のため東京・関東地区に初飛来、二十四日には一一一機、二十七日には八一機が大規模な東京空襲を行った。この時の第一目標は、戦闘機のエンジンを製作している武蔵野の中島飛行機製作所で、第七三航空団の一一一機による攻撃だった。しかし、目標上空の天候が悪く、出撃したうちの五〇機は第二目標に切り替えて東京市街地と港湾地域、関東地方の各県に爆弾攻撃をしている。都内の品川、荏原、杉並、江戸川の各区が被災し、四一人が亡くなった。

執務日誌(一)
昭和20年3月9日～12月10日

（焼跡整理）
小生ハ深川区越中島ノ造船工業学校ニ於ケル才七組学校隣組常会、明四日午前十時ヨリ出席の予定
第一学年鈴木妙子　入学手続ヲ済ス（月謝入学料　湯本預ル）
蒙古政府徳主席ニ対シ牛肉ノ寄贈ノ礼状ヲ差出ス　学徒一同感激シ更ニ一層増産ニ邁進ヲ誓フ旨通達ス

五月四日（金）　晴　下條、井上　㊞下條
警戒警報時々発表　直チニ解除セラル
深川区越中島　都立造船工業学校ニ於テ才七組常会を開催、目下ノ非常戦局ニ対スル対策ノ打合セニ出席、午後　学校ニ戻リ事務ヲトル
堤氏、本日　小林先生ニ面談ニ来校セラルル由　通達セラル

B29による空襲は当初は特定の軍需工場を目標とする精密爆撃であったが、悪天候を口実に市街地の人も家も焼き尽くす絨毯爆撃へと移行していった。

四三年十二月、政府は「都市疎開実施要綱」を出し、空襲による火災などの被害を最小限に防ぐために各分野での疎開活動を発令した。疎開の一つめは都市部から軍需工場を分散移動させる工場疎開である。二つめは消火活動を容易にさせるための密集地からの建物疎開であった。対象地区の住民は立ち退き先を探さなければならなかった。三つめは学童疎開である。地方の親戚や知人のところへの縁故疎開もあったが、ほとんどは国民学校三年生から六年生までを対象とする「学童集団疎開」であった。四四年の六月の閣議決定により、まず重要十三都市の生徒が対象となり、八月から実施された。本土空襲の危険が迫るにつれて、子どもが防空活動の足手まといになるのを恐れた。やがて次の世代の戦力育成と少国民の練成の機会として学童疎開を位置づけていったのである。

一九四五年に集団疎開した児童数は全国で五十万人を超えていたとの説もある。物資窮乏のため、児童も労働に従事した。

藤倉電線ノ一川氏ヨリ動員掛ノ長浜先生ニ至急御相談致シ度キ件アルトノコト茲ニ付記ス
湯本氏病気ノ為メ欠勤スル旨　申出サル　小林先生零時半頃来校
他ニ異状ナシ
明五日　堤理事、ライオン製薬、藤倉電線等ニ出張ス

五月五日（土）　晴　長浜、下條、井上　㊞下條
午前十時五十分警戒警報発令、同十一時三十五分解除
堤理事訪問　来ル九日上京ノ由
市万田先生も同窓會ノ用件デ来校セラル

五月七日（月）　晴　長浜、下條、井上　㊞下條
午前八時五十分警戒警報発令、同十時三十五分解除、
午前十時四十三分警戒警報発令、

栄養不良・非衛生状態が、精神面でも児童に特異な影響を与えた。

第二節　『執務日誌』で読み解く勤労動員の仕組み

戦争中の記録は空襲で焼失されたのみならず、戦後の責任追及を逃れるためもあり関係当局により意図的に焼却された。戦時中の勤労動員についても、戦後、多くの証言集が学校や地域により文集として編まれているが、関係した者の記録は稀有である。そのような中で『執務日誌』（以下、日誌と略記）は、学校が生徒の勤労動員に具体的にどう関わったのかを知る上での貴重な記録の一つであると言えよう。この節では日誌をもとに勤労動員の仕組みについて若干の考察を試みてみたい。

（一）勤労動員とは何か。

一九四三（昭和18）年、四月十八日に山本五十六連合艦隊司令長官がブーゲンビル島上空で敵襲に会い戦死した。五月にはアッツ島玉砕、八月にはキスカ島を失い、日本軍は千島から撤退する。九月二十一日の閣議で「国内態勢強化方策」が決定さ

同十一時二十五分解除、
昭和十九年度卒業生杉田重子来校ス
島田先生久シ振リデ来校セラル、頗ル元気旺盛デアル
零時十分警戒警報発令
午後〇時ヨリ長浜先生、藤倉電線ニ出張、
下條、ライオン製薬、中央電話局等ニ出張ス
同〇時三十一分解除セラル
長濱、藤倉電線ヨリ報償金、小切手ニテ受領ス

五月八日（火）　晴　長浜、下條、井上、湯本　㊞下條
午前十一時五十分空襲警報発令
同十二時二十分解除、一時地下室ノ待避所ニ入ル
轉入学希望者ト許可セラレル者ノ名簿ヲ取調ベル
他ニ異状ナシ

れた。この方策に従って本土決戦のための準備が始まる。

理工系統の学生には徴兵の延期措置がとられたが、文科系の学生の徴兵猶予は停止された。男子の多くが出征するようになり、軍需工場での働き手も不足していった。そこで、女学校を卒業した二五歳未満の未婚者は女子挺身隊に組み込まれ、団体で軍需工場に出勤するように命じられた。

十月十二日には「教育に関する戦時非常措置方策」が打ち出された。これにより、中等学校以上の学生・生徒を一年のうち三分の一の期間、勤労動員することが可能になった。また、中等学校の生徒は就業四年で修了が認められ、一九四五年三月から繰り上げ卒業が行われた。

一九四四年二月には「決戦非常措置要綱」が閣議決定され、中等学校三年生以上の授業が無くなった。勤労は原則、一年間継続となった。同年四月、文部省に学徒動員本部が設置されて、動員が本格化した。学校が工場となり軍隊が常駐した。本校の小さな体育館でも食糧を送るための袋に豚の血粉を塗る作業が行われた。

そして四五年三月十八日には「決戦教育措置要綱」の閣議決

昨七日　ライオンニ赴ク　福島県下ニ学徒動員ニ関シテハ横鎮（横須賀鎮守府）ノ命令デ縣下ノ国民学校児童五十名ヲ以テ作業ニ従事セシム　仕事ノ状況ハ目下多数ヲ要セズト　然シ六名程ナラバ採用スルモ差支ナシト　先方ノ主任小森谷氏ノ談　更ニ労務課長、仙台ヘ出張中故　帰京ヲ待ッテ再ビ交渉ニ赴ク筈

五月九日（水）　晴　下條、井上

㊞下條
三田土ゴムノ新井氏来訪　学徒及ビ付添教員ノ報酬金ヲ持参ス　更ニ当会社ニ希望ナキトキハ動員中止ノ事ヲ都庁ニ発送スルトノ事念ノ為メ記載ス　受領書ヲ直チニ渡ス
小生　明十日教職員恩給財団事務所、安田銀行ヘ交渉ニ赴クタメ中食頃来校ノ予定ナルヲ以テ予メ記

定がなされ、それまでは授業を受けることが可能であった中等学校一、二年生も軍事動員に組み込まれていく。まさに根こそぎ動員であった。

（二）中村高等女学校生徒の動員先

さて、「勤労動員の実態調査」によれば、本校の動員先は以下の通りである。

執務日誌三月十三日には長浜先生が興亜航空・ライオン製薬・三田土ゴムへ、渡辺先生が藤倉電線に出向いた。動員先の生徒の安否確認と学校焼失と国民学校移転の連絡のためと推定される。動員先に関する執務日誌の記述は前掲の実態調査の結果とほぼ一致する。

動員先の作業内容は様々であった。中村に移る前に片瀬の女学校で軍刀に束をはめる仕事をしていた佐藤美枝（昭和25卒）は、棚から落ちた刀で手を縫うほどの

中村高等女学校勤労動員先

学年	期間	所在地	工場名	形態	作業内容	報酬
5	19年３月～	東京	ゴム会社	通勤		不明
4	19年～	東京	藤倉電線	通勤	電線増産	不明
3	19年～	東京	ライオン工場	通勤	プロペラづくり	不明
3	19年～	東京	ベニヤ工場	通勤	プロペラづくり	不明
不明	19年４月～	東京	学校工場	通勤	血粉を塗る作業	不明

出典：「勤労動員の実態調査」（戦時下勤労動員少女の会『記録　少女達の勤労動員』西田書店）

載ス
本日　防空要員ニ対シ区役所ヨリ四月分配給十二瓩ヲ至急配給所ニ取リニ赴ク様ニト通知アリ　明十日赴クコトトナス
午後三時　退出
長浜　澁谷方面ニ野菜種子及印形購入ノタメ出張シ　午後二時十分登校　藤倉電線ニ関スル書類ノ整理ヲナシ午後三時三十分退出　㊞
長浜

五月十日（木）　晴　小林、下條、湯本、井上　㊞下條
生徒集合日、市万田、足立二先生来校
〇時十分警報発令　防空要員ニ対スル配給米取リニ赴ク、生徒ノ動静報告提出ノ件ノ書類ヲ発送ス
（下條）
　残留確実なる者約七十名登校す
二十日に具体的動員先を明かに

怪我をした。山田佳子（昭和25卒）は北千住の昭和ゴムで潜水艦用の部品を作っていた（一三六頁参照）。一九四四年から三年生以上の勤労動員は通年化し、作業の一部は危険を伴うものであった。

（三）三月十日以後、何人の生徒が東京に残留していたのか

三月十日の空襲以後、何人の生徒が本校に在籍し、東京周辺に残っていたのか。

次の表は戦時中の本校生徒在籍者数の推移を示すものである。

これによれば四二年度以降の生徒減少が目につく。四三年度から四四年度の在籍者数の少なさは、「都市疎開実施要綱」（四三年十二月二十一日閣議決定）による影響があると思われる。この決定により、建物疎開が促進されたからである。対象とされた地域住民は

中村高等女学校生徒数

年度	在籍者数
1940	577
1941	575
1942	485
1943	392
1944	329
1945	157
1946	210

出典：『中村学園百年誌資料集』

する旨を告げ　なお最近の世界状勢を説明してかへす
足立、市万田先生にも廿日にきて貰うこととし、場合によりてはこの両先生を工場に付添って貰うこととす
　又下條先生に今明日中に三田土とかけ合い五月二十五日頃出勤できるよう運んで貰うこととす
（小林）

五月十一日（金）　曇　下條、井上、湯本　㊞下條
本日、小林先生ノ御命令ニ依リ校用ニテ出張　校務上ノ事務御願イ致シマス（下條）
敵ノ情勢不穏ノ為メ事務午前中ニテ切上ゲル　然シ情勢稍良好ナルタメ再ビ事務開始ス　熱田氏来訪セラル★午後セイコー社ヨリ卒業生、挺身隊宇田川二名の罹災後の住所をきゝにくる。

立ち退き先を探さねばならなかった。

四五年三月九日から十日の空襲では戦災家屋が約二七万戸、一晩で推定一〇万人以上が亡くなった。焼け出された多くの人々が親戚を頼り東京を離れた。

本校在籍者数に関する日誌の記述に目を向けてみよう。三月二十八日「集る者約百二十名内罹災者四十名」とある。この一二〇名の中には、四四年度卒業生も含まれていると考えられる（卒業式は遅れて四月十日、明治第二国民学校で行われた）。四月二日に実施された入学式では、七二名の入学生を迎え、在籍者数は一五七名となっていた。また、四月以降の登校者ものべ九六名にも及んだ。

この人数をどのように評価すべきか。三月十日を過ぎても東京を離れられない生徒がこれだけの数に及んでいたと見るのが妥当ではないか。軍の防空システムが無力であることはすでに国民周知の事実であった。しかし、多くの生徒が在京せざるを得なかったのはなぜか、その原因について考えてみよう。

その大きな要因の一つは四一年の改正防空法の新規定にあった。追加されたのは「都市からの退去禁止を命令することがで

五月十二日（土）　雨　長浜　下條井上　㊞下條
小生　午前中三田土ゴム動員ノ打合セニ赴ク　更ニ月曜日再度行クコトト定ム
午前十二時五十分警報発令セラルルモ直チニ解除セラル
都廰ヨリ、学校ノ罹災後ノ善後策ニツキテ至急相談シ度トノコト故
小林先生ノ裾野ノ宅ニ至急電報ヲ打ツ
書類　長浜先生自宅ニ持参スル筈

五月十四日（月）　晴　長浜、下條、熱田　㊞下條
本日　時々警報発令セラルルモ校内無事。
富山先生　恩給ノ件ニツキ来校セラル。
長浜先生　午後動員所ニ出張セラル。
三田土ゴム動員ニ関スル件御報告

きる」（八条の三）と「空襲時の応急防火義務」（八条の七）である。あらかじめ都市からの転居も出来ず、空襲の猛火からも逃げてはいけないという発想に基づくものだ。応急防火義務に背いた場合は「五百円以下の罰金に処す」と定められていた。この罰則は違反者に「国民の義務を守らない非国民」という烙印をおすものでもあり、社会からの疎外を意味した。

さらに四三年十月二十八日に「防空法」は改正され、それを受けて一二月に「都市疎開実施要綱」が閣議決定された。この決定の要点は以下の二点である。

第一に建物疎開が優先され、人員疎開は後回しにされたこと。原則、人員疎開の対象は老幼病者で、移転先の確保は縁故先に求める「自己責任」の方針だった。政府は疎開の手配や支援は一切しなかった。

第二に防空要員の確保という点。政府の方針に基づき、都道府県が疎開せずに防空・防火に従事する残留者を指定した。東京都の「帝都疎開促進要目」による残留者は次の通りであった。

申上ゲマス　労務係長不在ノ為メ労務課長谷川氏ニ面談
出勤及ビ退所時刻ハ前住住所ノ遠近ニヨリ手加減ヲ施ストノ事
晝食ハ雑炊ニテ十銭支払トノ事、作業服其他ノ（手配）不可能ナルコト　然シ更ニ交渉シテ見ルコト、ナス

五月十五日（火）　曇　下條、井上、熱田　㊞下條
熱田氏　午後用務ノ為メ退出　他ニ記載ス可キ事項ナシ

五月十六日（木）　晴　㊞下條
下條、井上、
午前十一時五十分頃警戒警報発令セラル、
小島先生　恩給財団ノ件ニ就キ来校ス
動員先ノ打合セノ為メ埼玉県大宮市ニ出張スル為メ明十七日午後二

①軍需生産に従事する者
②交通、運輸、通信関係の業務に従事する者
③電気、瓦斯、水道その他重要公共交通施設の従事者
④医師、歯科医師、薬剤師、産婆、看護婦、保健婦等
⑤警防団員、防空監視員等の防空業務従事者
⑥食糧配給等国民生活の確保または現下戦争遂行上欠くことの出来ない重要業務従事者

当時は、小さな町工場も含めた繊維・鉄工・電機・土木などあらゆる業種が軍需産業に向けられていて、そこに勤務する者はすべて疎開が認められなかった。例えば、父母が軍需生産と直接関わってなくとも、子どもが学徒動員により軍需工場で仕事をしている場合も対象とされた。以上のように、多くの人々が防空法のために、疎開を足止めされ、東京に残らざるを得なかったのである。

四五年四月二十日、東京・名古屋・大阪が焼け野原になり十数万人が死亡したにもかかわらず、政府は防空方針を変えなかった。そして「現情勢下ニ於ケル疎開応急措置要綱領」を出し、「疎開の真義」は国土防衛体制と必勝生産体制の確立にあ

時半帰校ノ予定
然シ時間ノ都合デハ明後十八日報告ニ登校スル
午後一時頃　小林先生、富山先生来校セラル　午後一時十分解除
小林先生　罹災善後策措置ニツキ当局へ出張ス

五月十七日（木）晴天　井上　熱田
午前十時　藤倉ヨリ贈呈シタキモノアルニツキ御出ヲ乞ウ旨ノ速達ニ　井上行クモ　係ノ者不在ニテ引モドル。
十一時三十分警報発令サレ空襲警報ニナリ全部準備スルモ敵機来ラズ、一時後解除トナル。報償金処理ノ仕事アリ。
転校許可証四通来送。特別入学手続一名（篠塚かよ子）アリ。
二時十分　小島先生来校。卒業生ノ依頼ニヨル卒業証書送付方希望ニツキ連絡アリ。

ると説いた。人命保護が目的ではなく、老幼病者や学童疎開など以外の疎開を認めないという考えだ。全国の上空を敵機が悠々と飛来した。本来ならば更なる犠牲を食い止めるための退去・避難を励行すべきであった。しかし政府は国民に「最後まで逃げるな」と要求し続けた。

軍や国家が恐れたのは空襲への恐怖心や敗北的観念の蔓延による国民の戦意喪失であった。そして悲劇的な「必勝撃敵」「本土決戦」が叫ばれていく。

（四）第一高女に倣う工場移転に伴う疎開計画

国策として退去の機会を失われた人々は自衛の手段を講じなくてはならなくなる。日誌の各所に本校独自で時局に立ち向かおうとしている動きを見ることが出来る。以下、四月三日の記載内容を中心に見ていく。

連日、空襲警報は発令され、毎日が死と隣り合わせであった。一刻でも早く一人でも多く、生徒の生命を救いたいと教師は願った。転校は手続きが煩雑で思うように進捗しなかった。縁故疎開も同様だったと考えられる。小林先生たちは東京にとど

昨十七日　埼玉県下ノ大宮町ニ出動、市長代理松島課長ト打合セノ結果、埼玉県学務課長ト打合セラルル様命セラレ、本日　長浜先生ト相談ノ結果、三田土ゴム方面デ更ニ交渉スル方　可トスト明十九日　長浜先生ト同伴ニテ赴クコトヲ内定ス（下條）

五月十八日（金）　晴　長浜、下條、熱田、井上　　㊞下條
時々警報発令セラルルモ校内無事、
卒業生ノ父宿見氏来訪　日立製作所ノ動員ノ件ヲ予備的ニ依頼ス
卆業生ノ動静の通告書ヲ謄寫ス
文部省ノ官吏出張　学校ノ今後ノ情況調査ニ見エラル……文部省教学官吏補石川好郎（文部省國民教育局中等教育課）

五月十九日（土）　晴　小林、長

まる生徒の将来を憂慮した。特に入学したばかりの生徒を思う気持ちは強かったと想像できる。そこで、動員命令が出るまでの間、生徒が地方の農場で臨時に働くことができるようにと移動教室の開設を求め都庁を訪ねた。しかし、答えは「不可」であった。都庁職員の硬直な官僚主義に小林先生は激しい怒りを隠せなかった。「中央集権、過度の弊害ここに顕著なり」のことばにそのときの気持ちが込められている。残された地方転出の途は「工場疎開」に便乗して東京を離れることであった、小林先生はこの可能性のモデルとして「第一高女の実例」に注目した。この実例とは何か。

第一高女とは都立第一高等女学校（現東京都立白鴎高等学校）のことである。『百年史』（東京都立白鴎高等学校編、一九八九年）をもとに第一高女の勤労動員について概観してみよう。第一高女は一九四四年五月、学校工場に指定され、西館二・三階が東京無線の施設に、東館一階が葛原工業の作業場にあてられた。一年生を除く生徒が無線機の組み立てや携帯食料の包装などの勤労作業に従事した。ところが空襲が本格化すると四五年二月に「工場緊急疎開要綱」（閣議決定）が出され、

浜、下條、熱田、井上　㊞下條
午前中　長浜氏ト共ニ、三田土ゴムニ行ク（動員ノ問題ニ就キテ）
　然シ途中　空襲警報発令セラレ
　正午過ギ登校ス
都廳ヨリ動員ニ就キテ小林先生ニ出張セラルル由（期日ハ来ル二十日）
動員所員来校　動員ニ関シ打チ合セヲ行フ
他ニ異状ナシ

五月二十日（日）　雨　小林、長浜、下條、熱田、井上　㊞下條
生徒ノ登校日
オ一学年生　十名、オ二学年生　十五名、オ三学年生　二十九名
二十二名、合計七十六名
小林先生ノ号令ニ依リ国民儀礼ヲ行ウ　後勤労動員上ノ注意ト國史ノ重要問題ヲ提出
掃除其他用事ヲ終リ午後二時解散

工場の地方移転が決められた。当時の大館龍祥校長はこの移転に伴う全校生徒の疎開計画を積極的に進めた。行動は迅速だった。疎開は四月から五月にかけて六回に分けて行われた。新三年生以下三四四名は葛原工業（戦後は人造米などを製造した会社）の疎開先長野県北安曇郡北城村へ、新四年生一五二名は東京無線の疎開先、長野県蓼科郡松代町に移った。親元を離れて食糧も乏しい勤労生活であったが、一時的とはいえ、B29の焼夷弾攻撃を免れることはできたのである。

　なるほど、学校ぐるみの移転ならば国策にも反しないわけだ。小林先生は窓口である都庁との直接交渉を進め、本校生徒の地方移転の可能性を模索していた。交渉は、まさに第一高女の第一回移動が実施されている時期に行われている。そして、小林先生は四月四日、「なるべく疎開転校又は当分休学して田舎に行くことをすゝめん」と本校の方針を決定する。四月六日には都庁で村田視学（勤労係）と会談し、「中村の動員下令はしばらく延期」し、「工場疎開に伴うのが可」との回答を得た。その後、興亜国内航空と陸軍糧秣《りょうまつ》本廠《ほんしょう》の疎開に伴う動員受け入れの可能性について長浜先生を担当に命じ、折衝にあたらせ

ス
本日　市万田、足立、島田ノ三先生登校セラル
上衣ノ生徒用配給ノ調査ヲ行ウ

五月二十一日（月）　曇　小林、長浜、下條、熱田、井上　㊞下條
本日、生徒ノ登校日　七十九名出席
正午頃　学校ノ上衣配給所ニ赴ク
現品少数　更メテ明二十二日　交渉ニ赴ク筈
明二十二日ハ日立製作所村山工場動員ニ対シ　熱田ト共ニ長浜氏出張ノ筈
島田先生登校セラル

五月二十二日（火）　曇　下條、井上、　㊞下條
長浜、熱田二氏出張ス
同窓會ノ安田貯蓄銀行ニ対スル手続完了

た。

しかし受け入れ側との交渉は難航した。四月二十四日付けで、長浜先生談として次のように記されている。

「陸軍糧秣廠ハ目下土木事業ノ●ニテ女子勤労動員ノ必要ナシト」
「興亜国内航空機木材ノ方ハ女子勤労動員ノ必要ナキ故動員ヲ解キタシトノ話」

一九四五年になると、肝心の現場の工場でも資材不足のため、仕事そのものがない状態であったことが予想される。長浜先生による糧秣廠関係の交渉は、五月十七日の記述にも見られ、粘り強く継続されていった。

勤労動員　　　　絵：布山夏希

同　報国隊[注25]ニ対スル貯金ノ手続
モ完了スル筈
中坪洋服配給会社[注26]ニ赴ク来ル二
十四日　上衣第二号約百名程　分
配セラルル由、残余ハ六月上旬ニ
決定スル
中村高女校ノ配給枚数ハ約二百六
十名ノ予定ナルコトヲ知ル
湯本氏稍々快復　午後二時頃来校
ス

五月二十三日（水）雨　下條、井上
㊞下條
中村高女校報国隊ニ対スル安田貯
蓄銀行深川支店貯入ノ富山義信名
義ノモノ払戻ニ町会長ノ罹災証明
書必要ナルタメ三野村合名会社ニ
赴キ証明書ノ点書ノ項ハ明二十四
日（木）午前中　小林先生ノ命令
ノモノ完了スル筈、
卒業生ノ石原　東京都庁社教課勤
務決定ノ報告アリ

（五）動員先の決定に学校がどのように関わることができたか

一九四四年四月、文部省に学徒動員本部が設置されて、動員が本格化した。八月二十三日に勅令として「学徒勤労令」が出された。これ以後、矢継ぎ早に法令・通達が出された。全面動員のシグナルであった。動員先については、居住地の近くに工場のある場合はその工場に、また初期段階には学校に施設を作って工場にした所も多い。系統だった動員体制が必ずしも整っていなかったという指摘もある。

このような中で、学校側が動員先の決定に関して一定の役割を果たしていた場合もある。例えば、長野県など公立の学校では校長会が主導した記録が見られる。宮城県では遠隔地の動員先について各県立学校に平等に割り振ったという報告もある。

私立の場合は、学校長が運用面で関わりの中心となっていた。本校の場合は、裾野に疎開していた中村三郎校長先生に代わり、小林珍雄先生が指揮を執り、前述のように長浜先生が交渉の任に就いていた。

工場疎開に伴う動員受け入れ交渉と同時に、東京に残る生徒の動員先の決定も当面の課題となった。ここで候補にあがった

五月二十四日（木）　足立、熱田
㊞熱田
今暁の空爆の為　交通不自由にして結局、職員二名なるも生徒出席數は六十六名にして　正午より一時間　作文〝学徒としての勤労動員の理想〟と題して書かす、
十二時頃警報発令さる。
三角、中山、二人　卒業生ノ通知ノ作業
真面目にやって二時半帰る
池田外四名の作業は家の持帰りを許す、熱意の程度を疑う。一般に生徒の訓育の中絶により最善の指導を要す。
一時過　生徒を帰す。
芦田サダ江死亡の通知あり。島津佳子の移転通知あり。外に父兄二氏程来校。
足立先生　一時半退所。四年菅野母子来校、轉校に関し問合せあり。三時半熱田退所

のがライオン製薬（四月二十六日の記述）、三田土ゴム（五月十四日の記述）、日立製作所（五月十八日の記述）、平田製薬（六月五日の記述）があった。この中で、日立製作所（立川工場）と平田製薬は受け入れ先として不適当という自主的な判断が為されている。前者については、飛行機製作という業種並びに陸軍立川基地に近いという立地条件から空襲の標的にされやすいと判断したのだろう。後者については「種々ノ点ヨリ見テ生徒ノ出動先トシテ不適当ト認メテ断リ」と六月五日の日誌で明記されている。前掲の「勤労動員の実態調査」でも平田製薬への他校の生徒が動員されたという記録は見られない。他の製薬会社での薬品関係の業務として注射液のアンプル関係の作業などが報告されている。薬品の種類、効能、製法の講義を受ける必要等があり、安全性や様々な制約を受けることなどを考慮した上での判断ではなかったか。

そして六月十八日の日誌の記録に目を移そう。動員先は「昭和ゴムと内定」した（三田土ゴムは一九四五年五月に昭和ゴムに吸収合併された）。ちなみに作業内容について、山田佳子（昭和25卒）は「潜水艦で使うゴムホース」を作っていたと記憶し

執務日誌㈠
昭和20年3月9日～12月10日

[注27]鎌倉東京間ノ省線電車、品川、東横浜折返ノ為メ登校困難ナルタメ出勤セズ御了解ヲ乞ウ　㊞下條

五月二十五日（金）　小林、井上
京浜線、横須賀線復活につき　早朝　小林登校、九時半井上来る、八時半頃又々警報発令、　日立（立川）への出動の件は二十二日長浜、熱田出張の上、受入態勢としては上の部なれど場所的に大いに危険なるを以て見合はすべき旨昨夕　熱田　小林家を訪れ報告ありしにつき、再度　打合せに小林は都庁に赴く。
小林預り中の[注28]衣料切符と代金二一三九円二〇銭は井上に託し、下條先生に渡して貰う。
本日　安田銀行ニテ富山先生ノ名義　報国隊ノ年利貯金ヲ小林先生ノ年利貯金帳簿ニ編入ス。小林先生ニ同窓會ノ引出金額ヲ渡ス

ている（一三六頁参照）。ちなみに合併前の三田土ゴムでは防毒マスクや戦闘機の操縦席の関連部品を製造していたとの証言もある。彼女たちの労働は戦争に直結していたのである（『中村学園百年誌』第二巻）。

（六）報酬金はどのように支払われたのか。その価値はどれくらいであったか。

動員学徒のみならず監督教官にも報酬金として給料が支払われていた。以下、五月七日、五月九日の記録である。

「長浜、藤倉電線ヨリ報償金、小切手ニテ受領ス」
「三田土ゴムノ新井氏来訪　学徒及ビ付添教員ノ報酬金ヲ持参ス」

このように会社から学校あてに報酬金が支払われ、本人や保護者が受け取りに行くのが一般的であった。一九四四年五月三日に発せられた「工場事業等学徒勤労動員受入側指導要領ニ関スル件」によれば、高等女学校の生徒の月給は四〇円、中等学

㊞下條
（小林）
同窓会より四千百円引出し　諸先生へ各見舞金を出すこと、かねて下條先生と銀行と交渉中今日　引出せるを以て一部　先生に渡す
午後　昭和ゴムニ長浜氏出張[注29]ス、小林先生都廳ニ出張　共ニ動員問題ニ就イテ

（五月二十六日（土））
本日、小林、長浜、下條、井上出勤ス
午後　空襲警報発令セラルモ直チニ解除セラル　三角　山中　四年生出動シテ事務ノ一部ヲ分担ス

五月二十八日（月）　晴　小林、下條、長浜
二十五日夜　空襲にて都内破壊多く交通悪し、

校男子三年以上及び女子専門学校生は五〇円、男子大学生は七〇円であった。

報酬金四〇円は現在の貨幣価値に換算したらどのくらいか。昭和二十年当時の諸価格（現在の相場）、四〇円の現在の円換算で表してみよう。

・公務員の初任給七五円（一八万円）九～一〇万円
・銭湯二〇銭（四〇〇円）八万円
・米一〇キログラム三・六円（四〇〇〇円）四・四万円
・映画館入場料一円（一八〇〇円）七・二万円

比較する品目により異なるが、当時の四〇円は現在の価格にして四万円～一〇万円位の価値であったと推定できる。いずれにしろ、女子学生にとっては滅多に手にすることのない相当な金額であった。しかし、全額が彼女たちの手元に届いたわけではない。まず月々の授業料が学校に支払われ、次に貯金が奨励された。しかも、物資不足は顕著であり、お金で買える物自体がほとんど無かった。

日誌によれば、六月二十七日の「（卒業生の）報償金積立金に対する郵送整理す」以後、にわかに教職員の業務が一変し、

十時半　小林登校
朝礼し勤労奉仕説明中　警報あり
　直ちに帰へす。十一時　下條、
長浜登校
中坪洋服配給所ヨリ二号夏衣（上衣）二百枚受取り、學校へ持参ス
来ル三十一日（木）ニ生徒ニ配布スル筈
　長浜、下條

五月二十九日（火）　晴
湯本　㊞湯本
本早朝ヨリ警報発令セラルタメ登校ス
十四时頃　都立三商ヨリ書類来タル。
来客二名有リタルモ直チニ帰宅ス、十一時頃一旦帰宅　後　二時頃ヨリ登校ス。
本日ハ大空襲ニ付キ　諸先生登校されず。

慌ただしくなる。報酬金支払い準備ができたという通知を受け取った卒業生や保護者が七月に明治第二国民学校に殺到したからだ。七月十九日には「今日も一人、又千円たてかへるがやはり間に合わず　午後来校者　蔵田、秋山、佐藤久、河村支払い出来ず」と井上氏は業務不能に陥った状況を記す。千円とは少なく見積もっても一〇〇万円前後の大金だ。如何に献身的な対応であったかがわかる。

第三節　決戦準備と敗戦「自分で食べて、勝手に戦え」

この節では、日誌で敗戦までの道のりをたどっていく。

戦局の悪化に伴い、国内の食糧事情は逼迫していた。一九四四年八月時点ですでに配給物資のカロリーは一四〇〇カロリーで人間に必要とされる量の六割に過ぎなかった（清沢『暗黒日記』）。一九四五年には物資の配給は滞り、七月には家庭主食配給量が一割減となった。

一方、米軍上陸後の備えも本格化していく。三月二十三日に

五月三十日（水）　晴
湯本　　　　　　　　　　　　㊞湯本
本日ハ晴天ナリ、
九时　登校ス、来客　三名、轉校願書類手渡ス、生徒一名　登校ス、十一时下校ス。

五月三十一日（木）　快晴
小林、長浜、下條、熱田、湯本
引続く空襲にて京浜間及び都内交通状態わるく、登校困難となり又　出先工場選定の交渉も支障をうくること多し、
二十八日　長浜　下條両先生が京橋より運ばれたる洋服（ホ二号のみ百二十着）を登校生徒に手交す足立、市万田先生も登校、十一時発令につき直ちに生徒をかへす。長浜は昭和ゴムと出動打合せずに出発す。

六月一日（金）　曇　下條、井上

は「国民義勇隊」を組織する閣議決定がなされた。国民義勇隊とは民間人の部隊のことだ。まず、「食糧増産と国土防衛」の目標が掲げられた。学校や職場・地域で執られたのは「戦災地戦力化」の方針である。具体策は「焼け後の片づけ」と「空地の農場化」である。日誌にも関連の記載が見える。

四月二十六日（木）曇
本日、會議ニ於テ次ノ事項ヲ定ム。（越中島　都立三商校ニ於テ）
学徒ニ対シテハ
一、焼跡整理ニ関スル件
二、農耕作業ノ強化、学校農園ノ発展等ニ務ム　亦共同作業ニモ努力スルコト
三、焼跡ノ農場化　区役所ト連絡シテ速カニ実行スルコト

四月二十六日、第七組学校常会の内容が職員会議で報告され、学校農園開設が決まった。また、閣議決定に基づき、六月には帝国議会で「義勇兵役法」が成立、施行された。一五歳か

午前十一時半頃　警戒警報発令セラル、
午後〇時十分頃　解除ス
校内平穏　㊞下條
福島県廳ニ提出ノ横田一江、北条智子ノ編入学ノ不許可ノ件ニ対シ問合セニ父兄来校、先方ノ動員所デ交渉スル様要求ス
校長先生ノ焼失ノ電話ノ件ニツキ東京中央電話局ニ再度赴キ凡テノ手続ニ向ッテ是非共北村氏ト面会シ談合セン必要ヲココニ記載シ置ク
渋谷　又来校ス　亦《マタ》更《アラタ》メテ登校ノ趣旨ヲ約束ス
鈴木角五郎氏ノ娘、第一学年ニ入学ノ人ノ夏服ニ着ノ注文ヲ受ク

六月四日（月）　曇　井上、小林、足立、下條、長浜足立、富山、小池三先生登校セラル、　㊞下條

ら六〇歳までの男子と、一七歳から四〇歳までの女子はすべて「義勇兵」となり、竹槍で米兵の喉元を突き刺す訓練や戦車に飛び込む「肉弾訓練」などに駆り出されるようになった。政府は国民にも軍人の心得を押しつけて、降伏せずに死ぬまで戦うことを強要した。敗戦間際の八月八日の記録に次のような記載がある。

「義勇戦闘隊編成表ヲ越中島ノ造船工業ト都庁ニ提出ノ書類ヲ明治国民学校ノ使仕丁ニヨッテ提出セシム」

本校でも義勇隊は編成され、本土決戦に備えていた。しかし実態として日本の組織的戦闘は不可能であった。「戦災地戦力化」とは「自分で食べて、自分で戦え」ということだ。主要都市の焦土化の現実の前にすでに「死に体」となっていた。三月に米軍が上陸した沖縄では県民のおよそ四分の一に当たる十二万人以上が犠牲となった。戦争が長引き、実際に本土決戦となっていたら、全国で同じ悲劇が繰り返されていた。事、この状況に及んで軍や国家は悲痛な精神主義を唱えるばかりであま

東京都廳宛ノ動員ニ関スル一、二年生徒ノ出席状況、中等学校教員調等調査書類提出ニ出頭ス
生徒ノ出席者総数ハ四十五名

六月五日（火）　晴　井上、下條　㊞下條
昨四日午後三時東京都廳ニ赴キ動員ニ関スル書類ニ通提出済シ外　中等学校教員数調ハ規定ノ様式ニ則リ、向ウ十日間以内ニ作成提出スルコト　本校罹災ノタメ
　様式焼失簡単ノ調査書類ヲ作成セシモ参考トシテ閲覧ニ供ス
三角、山中ノ二名　卒業生宛ノ〝はがき〟ノ宛名ヲ書キニ登校ス
午後二時　三角、山中仕事終了シ帰宅ス、
長浜、井上　残務ヲ整理シ　三時退出ス
尚　昨四日　深川警察署特高天野氏ヨリ招介《ママ》アリタル平田製薬會社

りにも無策であった。

八月六日には広島に、九日には長崎に原子爆弾が投下され、日本は十四日ポツダム宣言を受諾した。日誌は運命の日を次のように記す。

　八月十五日（水）
午後　工場より出動　事務ヲ執ル　頗ル平穏
歴史上　未曾有ノ　国辱事件現出　国民ハ更ニ新秩序ノ建設ニ奮励努力セラレタシ

文中の「国辱」とは天皇の玉音放送で告げられた日本の敗戦のことである。国民の多くが一瞬にして絶望、喪失、屈辱の中に投げ込まれた。日誌の記録者下條先生は、新たな日本の建設をしなくてはと述べている。自分を奮い立たせようとした悲痛な叫びか。

この戦争で都市部地域の四〇%が破壊され、将兵、民間人を合わせて日本人三百数十万の貴い生命が奪われた。降伏後、三ヶ月の間に東京で千人以上が栄養失調で死亡したという説も

ニ同日午後二時出張、調査ノ結果、種々ノ点ヨリ見テ生徒ノ出動先トシテ不適当ト認メテ断リテ同所ハ打切リトセリ、午後一時半出頭　長浜

深川女子商業学校理事長　関口安五郎ニ学校デ面會　●校負債　其他ノ関係上　学校解散スベキヲ告グ　御校ハ如何ニト　目下小林先生ノ指導命令ノ下ニ依リ学校経営継続中ナル旨　解答《ママ》ス　　下條

六月六日（水）　曇　井上、下條
㊞下條

東京都中等学校隣組常会開催の件、

疎開並ビニ罹災轉学ニ関スル手続上ノ注意、大日本教育会東京都支部専門部会中等学校部々則等

第七組都立造船工業校ヨリ通達アリタリ

六月分ノ常会開催日ハ九日、十七

ある。そして食糧難が深刻さを増すのは、むしろ多くの同胞が復員や引き上げで帰国する戦後になってからのことであった。

コラム　究極のダイエット

『少年H』で妹尾河童は一九四四（昭和19）年の新聞の連載記事「決戦食の工夫集」を紹介している。その工夫というのが「米や代用食だけが主食ではないという考え方で工夫すること」を意味する。具体例としては次のようなものだ。

①稲のワラも食べられる。ワラを粉末にしてひじきなどの海藻粉と小麦粉を混ぜ、練ってうどん状にする。

②芋、南瓜、ミカンの皮などを切って干し、臼で引いて粉にしておくといつも団子や蒸しパンができる。

「食べられる虫」という記事もあり、「蜂の子、トンボ、髪切り虫の幼虫などは佃煮や油炒りにするとおいしいし、栄養もある」と書いてあった。

ちなみになぜ幼虫かというと成虫だとガサゴソと喉につかえるからだと考えられる。

日、二十七日トス
本校ォ三学年太田良子　長野県立飯山高等女学校転入学許可セラレタルニ動員解除承認書ノ学校長ノ証明書、ナキ場合ハ一時猶予スル旨　通達アリ　直チニ適格証明書ヲ送付スル
長浜先生不参

六月七日（木）　雨
小林、熱田、下條、井上　㊞下條
本日　登校日　出席者数六十六名
ォ一時限目ハ地歴ニ関スル沖縄ノ話、ォ二限目ハ足立先生、裁縫ニ関スル注意　ォ三時限目ハ数学ニ関スル雑談　午後一時半解散
長浜先生不参
校長宛書面提出「中等学校教員数調」作成方依頼ス

六月八日（金）　大詔奉戴日　曇
下條、井上、熱田　㊞下條

このような栄養状況で、一九四六年の小学生は九年前の小学生より体格が遥かに劣っていた。戦争中は農村部の子に比べて都会の子どもの栄養不良が特に顕著であった。

（ジョン・ダワー『敗北を抱きしめて上巻』岩波書店、妹尾河童『少年H』講談社文庫より）

	身長cm			
年度	都市部 男	農村部 男	都市部 女	農村部 女
1937	123	121	122	120.1
1945	120	120.2	119.1	119.4

	体重kg			
年度	都市部 男	農村部 男	都市部 女	農村部 女
1937	23.8	23.5	23.5	22.7
1945	22.7	23.2	22.3	22.7

戦前戦中の子どもの体格調査
出典：ジョン・ダワー『敗北を抱きしめて（上巻）』岩波書店、2001年
７歳～13歳の子どもたちの平均身長と平均体重について1937年と1945年を比較している。

朝九時二十分女子中等学校洋服配給所ニ赴ク　中坪商店ノ支配人皆藤氏　故里ヨリ帰宅セズ　来ル十日午後帰宅ノ予定　更ニ残部請求ヲナス筈

長浜先生ニ告グ　恩給財団ノ掛金、毎月下旬マデ振替口座デ支払ウコト　若シ延滞ノ場合ハ日歩四銭割合ニテ利子ヲ添付スルコトヲココニ掲グ

明九日午前九時ヨリ越中島　都立造船工業校ニテ学校隣組常会ヲ開ク　小生　出張　出席ス（下條）

亦小林先生ヨリ長浜先生ニ依頼ノ件（当局並ニ動員先生出動ニ対スル注意事項）、丸山先生　小林先生、面談ニ来ル十一日（月曜日）午前十時来校セラルルトノ話、

旧四年東組卒業生真下セツ子　世界地図ト表半球ノ地図等寄贈セラル

熱田氏　報国隊ノ会計、整理ノ為

第四章

忘れられない、あの日のこと

第一話　トタン板に飛ばされ、葛西橋へ

昭和十九年卒　竹内絵視

父はその夜屋根に昇り、既に四囲に火が迫っているのを見た時、あの耳が遠い父が確かに「汝葛西橋を渡れ」という神の声を聴いたという。逃げる時戸棚にあった薬箱と草履を持ったが、後で母が生爪を剥がし、それが役に立った。私は家の前の防空壕に布団を投げ込んだのだが、後でこの布団にたっぷり水

執務日誌㈠
昭和20年3月9日～12月10日

メ来校ス（午前十時半頃）
警戒警報午前十一時五十分発令
〇時十分解除セラル長浜先生不参

六月九日（土）　晴　井上　㊞下條
下條先生　午前九时より学校隣組
常会に出席さる
午前中来客一名　〇時半頃
[注30]深川警察署の方　来校され次
の事項を尋ねらる。
一、宿直職員の有無　二、生徒数
　三、通勤教員数　四、授業の方
法等
長浜先生不参

六月十一日（月）　曇
下條、井上、熱田　㊞下條
本日　生徒数六十五名登校、午前
十一時十五分警戒警報発令　直チ
ニ帰宅セシム。
島田先生来校、『[注31]特攻隊ノ精神
ト[注32]尊皇攘夷トノ関係ニツキテ』

を浸して三人の人が助かったと聞いている。この布団が後に荷馬車で疎開先に届けられ、昼夜干し続けたらパンパンに膨れ、凄い綿打ち効果があった。

　あの時近所の人々はリヤカーに家財を積んで、皆小学校へ避難した。私は関東大震災の時、両国被服廠で黒山の死人が出た話を聞いていたので、そっちは危ないと喉まで出かかったが、一緒に逃れても助かる保証はない。私は声を噛み殺したが、後でその小学校も黒山の死人で埋まったと聞いている。私たちは葛西橋へ向かったが、砂町の電車通りを渡る時、行く手の両側がずっと燃えていた。足が竦《すく》んで動けなかったその時、「大丈夫だ」との父の一言に力付けられ、その間を走り続けた。後でこの電車通りも黒山の死人で溢れたとか。

　その時私たちは住み込みの福島からの工員、三、四名と母妹も一緒だった。不思議な事に、この砂町辺りから他の誰一人とも出会わず、私たちと放れ馬と火の粉だけがその道を走っていた。丁度燃える家並みを抜けようとした時、心臓の苦しかった私は「私を置いて逃げて」と叫んだ。その時どこからか身幅程のトタン板が飛んで来て、私の背中に縦にぴたりと張り付き、

一時間半講演ス
○時半頃解除セラル
熱田氏　報酬金ノ原簿ノ整理ヲ井上ト共ニナス　　長浜先生不参、小林先生モ不参
熱田氏　先生ニ用事アレド仕事ヲ終ヘ帰宅ス
卒業生福島芳子　動員ニ対シ打合セニ来校ス　出動ノ際　通知状ヲ出スコト

六月十二日（火）　曇
井上
九時登校　報償金貯金原簿の整理をなす
十一時頃　小島先生来訪　下條先生におたのみしたき事あるとの由、来客三名
他に異常なし
長浜先生ノ安否消息ノ為メ　保土ヶ谷ノ宅訪問、多少疲労ノタメ欠勤　近日内　出動ノ由　小林先

まるで帆掛け船の心地で風に乗せられて葛西橋まで運ばれて、トタン板は又どこかへ飛んでいった。橋の壊れた所では、大火の為のつむじ風や突風で海へ吹き飛ばされそうになった。（略）

ホメロスの伝説の詩に惹かれ、トロイ遺跡のロマンも現実へ掘り起こしたシュリーマンの例、又旧約聖書に、モーゼが追手のエジプト軍から遁れようとした時、海が割れてモーゼが渡り、追手が来た途端に海水に呑まれた話しがあるが、凡人の私の体験から類推し、伝説上の聖人の奇蹟は至極当然の現実ではなかったかと、今熱く私には思えるのである。

「ユーラシアの長い衿巻　竹内絵視回想録」より抜粋

第二話　またあしたと別れた友の死

昭和二十年卒　片山幸子

そのころ、私は、中村高等女学校の四年生だった。

生ノ要件、ソノ他　学徒隊編成ニ就キテ打合セヲナス
㊞下條

六月十三日（水）　雨
下條、井上　㊞下條
午前十一時半　警戒警報発令セラル　同四十一分解除
報償金ノ支払計算ト学校隣組書類ノ整理ヲ行フ

六月十四日（木）　曇
井上、小林、足立
朝礼ののちとりあえず　足立先生に裁縫とペン習字とを教えて戴く
校用ノ為メ午前十一時半登校（下條）
長浜先生　午後〇時四十五分来校
㊞下條
島田先生来訪
午後〇時三十分警戒警報発令　同四十分頃解除セラル

女学生は、学徒挺身隊といって、学問を捨てて国のために働いた。当時十六歳の私は、江東区木場にある藤倉電線という工場に通っていた。

三月九日は、電波探知機の複雑な組み立ての仕事を終えて、近所の学友、若松和子さんと、「また、あしたも頑張りましょう」と言って別れたが、それが彼女との最後の別れになろうとは…。

昭和二十年三月九日、夜十時頃、床についてしばらくすると空襲警報のサイレンが鳴り、急いで家の前の防空壕に入った。

家の前の舟木橋の袂に、ブランコが一つ置かれた小さな公園がある。その公園に三つの防空壕があった。そのひとつは、わが家で作ったものである。その壕には、今までに何回となくサイレン（警戒警報や、空襲警報）の鳴るたびに入ってきた。

壕に入ると、いつもと違って飛行機の音がすさまじい。おそるおそる壕から覗くと、低空にB29が見えた。「あ！　B29だ！」

花火のような赤い球が、いくつも落ちてくるのが見えた。「焼夷弾だ！　火事だ！　逃げろ！　原っぱの方へ逃げろ！」の叫び声。

生徒ノ登校日　出席者　六八名
六月十五日（金）　曇
下條、井上
文部省提出ノ教員調査表ト恩給財団ニ対スル教職員加入表作成
深川女子商業学校ハ近日中ニ巣鴨女子商業学校ニ合併セラル事トナル
従ッテ学校隣組常会ヨリ伝達先変更ヲ告ゲオク、
卒業生ノ上級学校大妻高等女学校ニ対スル動員関係書類ヲ押本陽子以下四名ノ自宅ニ発送ス
長浜先生　家事上ノ都合上欠勤
（姪ノ婚礼式ニ参列ノタメ）
六月十六日（土）　雨
井上、下條　㊞下條
校長ヨリ書状ニ依リ本日午前中、
文部省　其他監督官庁ニ出張
零時五分　警戒警報発令セラル

壕から飛び出し、家に食料等をとりに行く。すでに家の戸は火事による強い風の為に吹き飛ばされて、飼い猫が「ニャン、ニャン」と異常なとびまわり方をしていた。外では、トラックで逃げようとした母親が、子供がそばにいないらしく、「さと子、さと子！」と叫び続けていた。

母、姉、兄、私の四人で家から仏壇、米、みかん、海苔、布団等を壕の中に入れて、木で作った入口に、土嚢《どのう》を積み重ねた。

注：土嚢は米俵の中に土をつめたもので、戸口のところに三つほど備えておいた。

勤労動員で働く本校の生徒　絵：今宮加奈未

どこへ逃げていくのか、人の列。私は、学校の鞄と水をいれたヤカンを持ち、ほし芋、みかん、手拭、薬等が入った防空袋

市万田先生の子息、何日前ニ動員セラルルトヤ問合セアリシモ目下期日不明ノ旨通達ス、同四十分頃解除
昨十七日（日曜日）午前九時ヨリ越中島　都立造船工業校ニテ第二回、学校隣組常会開催　小生出席ス　席上　教職員及応召教員　補助ニ対スル回答ヲ提出スル予定

六月十八日（月）　曇
井上、下條、熱田、小林　㊞下條
熱田担当の生徒貯金及ビ報償金合計表完成、下條、熱田両名　深川安田銀行に出張し、生徒各人名義貯金が当方の計算と合うか相談に行く　早くとりあへず卒業生だけにでも手渡すべきものを支払ひたき故なり。
動員　昭和ゴム　と内定、午後、長浜　都庁より廻りて生徒とも連絡する筈

を肩にかけた。母は、重要書類の入った袋を肩にかけ、手には布団を持って皆で原っぱの方へ急いだ。藤倉電線の先に橋がある。橋を渡れば枝川町だ。

そこは人家もなく、葦などが生えている。熱風で何度か飛ばされそうになったが必死で歩いた。手にもっていたものは、いつのまにか捨ててしまい、川のそばに来た時、橋はすでに焼けおちていた。引き返した通りに藤倉電線の裏門があったので、よろよろとその中に入った。

その日まで通いなれたところという安心感から入ってしまった。まわりは、すでに火の海である。もう歩けない。目の前にあった防空壕に、母、姉、私の三人は夢中で飛びこんだ。兄は「そんなところへ入ったら死んじゃうよ！　にげるんだ！」の声を残してどこかへ行ってしまった。

壕に入ってみると、その日まで工場で一緒に働いていた茂野さんという青年がいた。当時、挺身隊は工場の人と区別なく一緒に仕事をしていた。

「茂野さん、逃げおくれたの？　私も橋まで行ったんだけれど…」四人は壕のなかで小さくなって、かたまりあった。焼夷

本日午前八時半　中坪商店ニ赴ク、最近優選《ママ》的ニ夏服上衣配給セラルル筈　約束ス　部数通知ス
安田銀行ニ生徒ノ動員先・貯金額高調査ニ出張　熱田氏ト共ニス
昨十七日ノ常会諸問題ヲ討議ス
近日ノ内　都庁ト会社トノ了解ヲ得テ　全体ノ生徒　昭和ゴムニ行ク筈　長浜先生ヨリ報道《ママ》セラル
市万田先生ノ裁縫ニ関スル雑談、小島先生ノ食糧問題ニ就キテ一場ノ講話ヲナス
丸山先生登校
長浜先生　都庁ニ赴キ帰校セラル
昭和ゴム出動先ノ状況ヲ出席生徒ニ報告ス
出席生徒六十四名

六月十九日（火）　晴
井上、熱田、下條　　㊞下條
来ル二十日第七隣組学校常会ニ提出ノ●●教員経費補助ト応召教員

弾が落ちてくるような音、燃える音、そのうち火の粉が入ってくるようになった。必死で消す。あつい、熱い。

母は兄のことを心配して、「あんな火の中へ逃げて、助かればいいのだが…南無阿弥陀仏、なむあみだぶつ…」と必死に念仏を唱える。頭上で何か大きな音がした。

のどがかわく。水がほしい。

肩に担いだ防空袋の中に、みかんが少しあったので分けあった。何時間経ったのだろう、壕の中につめたい風が入ってきた。茂野さんが、外へ出て行った。もう明け方なのだろうか。私も、その後に続いて出てみると、工場は焼きつくされて、くすぶり燃えていた。私達は助かったが、母は兄のことが心配で、「和重が、和重が、」といいながら、オロオロと探し回っている。工場の門のところまできた時、頭蓋骨とあばら骨、そばに焼けた鉄カブトがあった。「ああ、これ和重？」その頭蓋骨をさすって、母は泣きだしそうだった。いくつかの死体があちこちにころがっていた。まるでこの世のものとは思えない。

「家の方へ行って、それから和ちゃんを探そう」と母の手を取って歩き出した。道路では体じゅうがふくらんで大火傷をし

●補助ノ件　●●●●ノ主要食糧ノ配給ノ件　●●●●●
新入生生徒ノ収容数ノ報告申請書ヲ作成ス
池田澄子　報酬金ノ手伝ノ為メ登校
井上ト共ニ計算ヲナス、渋谷氏身元証明書五百枚ノ印刷出来上リ持参ス
正午前後警戒警報発令セラルタルモ直チニ南方海上ニ遁走、解除セラル
昭和ゴム出動ニ対スル生徒ニ対シテ書面ノ謄写ヲ熱田氏行フ

六月二十日（水）
井上、下條　㊞下條
中坪商店ニ出張　優先的ニ夏服上衣ノ生徒用配給百五十部ノ注文ヲ皆藤氏ト交渉　近日ノ内　手元ニ返ル段確カナル
更ニ生徒ノ配給品ノ外　先生方ノ

て横たわっている人や、着物は焼けてしまい、赤ちゃんをおんぶして放心状態で歩いている人、見ると、背中の赤ちゃんは死んでいるらしい。電車通り（東陽町から日本橋に通じる通り）に出てみると、赤黒く焼けて、ふくらんで死んでいる人、人。わが家も、すっかり焼けて、あたり一面焼け野原になってしまった。焼けたあとの水道の蛇口から、チョロチョロと水が出ていた。茫然として立っていると「オーイ、オーイ、僕だよ、生きていたよ！」

遠くから手を振って、飛んできた兄、和重の声。抱きあって、小おどりしてよろこんだ。どの顔も、すすで真っ黒だ。頭の毛は一本一本が立って、ガサガサになっていた。私達家族は、怪我もなく、全員無事だった。

でも、この生き地獄、沢山の人の死、瓦礫の山、戦争とはこういうものかと、その時、つくづく思い知らされた。まだ戦地には、富蔵、福雄の二人の兄がいる。長男の正一はすでにニューギニアで戦死の公報が入り、葬儀もすませていた。（父は、七年間床につき、戦災の二年前に他界している）

国民服入荷次第　寸法ヲトリマストノ事、(小林、長浜、下條、熱田氏ノ分)
正午頃　警戒警報発令直チニ解除セラル
第七隣組長へ東京都へ発送ノ公文書ヲ渡ス、明二十一日　渋谷氏身分証明書五百枚ノ勘定ヲトリニ来校ノ予定
十九日ヨリ　長浜先生ノ身体ノ具合悪キタメ欠勤セラル　静養ヲ要ス
福島県転入学不許可者北条智子氏ハ現在、仮入学デ目的ノ学校ニ入学手続ス　依ッテ父来校　動員先ト学校ノ焼失ヲ更ニ明細ニ認メ知事宛郵送スルコトトナス

六月二十一日(木)　晴
井上、小林、下條、熱田、市万田
出席生徒数　七二名　㊞下條

家の前の壕にいれておいたこの荷物を、どこに運んだらよいのか、今晩どこで過ごしたらよいのか等、皆で話し合っていると、通りがかった人が、「向こうの塩崎町の方に、会社の寮があって、焼けていないそうですよ」と教えてくれた。兄は、どこからか焼けたリヤカーを探してきた。助かった荷物を乗せて後ろから三人で押したがタイヤも焼けているので動かない。一念は、恐ろしいものだ。なんとか動かして二時間位かかってやっとのこと寮に、たどり着いた。

廊下や二階は怪我人であふれていた。一階に炊事場があり、そこにお釜があったので、お米を炊き、おにぎりを作って、まわりの人達にも分けることが出来た。そして髪も洗った。

その晩、また空襲があった。こんどは、もう命はないと思った。しかしB29は、あっさりと飛んで行ってしまった。

そこに泊まって二日目の昼、近所の人に会えるかもしれないと再び家の焼け跡へ行ってみたが、誰にも会えなかった。母が懇意にしていた小料理屋の歌吉おばさんは、家の前の防火用水の中で死んでいた。

生徒各自　身分証明書ヲ渡シ記入シ、出動先ノ工場ト自宅トノ通勤ニ対スル交通状況調査ス　第一時限目ハ数学、第二時限目　出動先ニ対スル接シ●注意ヲ市万田先生ヨリ訓辞セラル、
来週ノ月曜日ノ午後、明治第二国民学校ノ野村先生ノ紙芝居、●演劇アル筈
身分証明書ノ印刷代ヲ渋谷氏ニ渡ス、
出動工場ト出勤教員ノ日割配当表ヲ発表ス
長浜氏不参

六月二十二日（金）　晴
井上、下條　㊞下條
午前中　校用ニテ出張
報償金手渡未済分等ニ関スル卒業生ニ対シテ発送ノ宛名目下記入中
　近日　当人ニ渡ス予定、井上氏
雑務ニ従事、

広い電車通りには、死体を山積みにしたトラックが走り去る。私が、家の焼け跡で形のあるものを探していた時、前の公園では三人の人が防空壕から死体を出していた。その人達は、どこから来たのか知らないが、公園の脇の通りにトタンを敷いてその上に死体をのせていた。赤ちゃんをおんぶしている母親、男の人、子供三人、次々と運び出された。焼けただれた顔は、はっきりしないが腹わたがとび出していた。カバンは煙で黒くなっていたが、焼けていなかった。死体を運び出している三人は、そのカバンの中から貯金通帳を出して、「エーッ…ワカマツ…」と言った。私は、〝はっ、〟とした。そうだ、友達の若松さんの家族全員だ、子供三人と、赤ちゃんだ!!

「あの…若松さんて、友達です」と叫ぶと、その人はこわい顔をして、「あっちへ行きなさい！」

「私の友達なんです。家族のことも知っています！」

「片づけるんだ！」の一言で、私達は、どうすることも出来ず茫然と立っていた。

　重要書類や貯金通帳はどうなるのだろう。あの人は、どういう人達なんだろうか。

午後　糧秣本廠庶務科　山口氏来
校され、先生に御相談したき旨
申され書面したゝめて帰らる

六月二十五日（月）　晴
井上、下條、長浜、足立、市万田
　　　　　　　　㊞下條
富山先生来校、動員ニ関スル長浜
先生ノ講話、午後　明治国民学校
[注33]ノ川崎　野村先生、[注33]静寛宮殿下
ノ一代記ノ紙芝居ヲ催ス、
生徒出席者　八十名、午後一時半
　島田先生モ来校セラル
二十四日　長浜先生欠勤セルヲ以
テ安否ヲ尋ネ、保土ヶ谷ノ宅　訪
問　腹ノ具合悪キ為メ下痢ヲ催ス
トノ事　静養セラルル様　忠告シ
　小林先生ヨリ動員ニ関スル事項
ヲ話シ置ク

六月二十六日（火）　曇
井上、下條

　昨日元気よく〝さようなら〟をしたのに、若松和子さんと、ほんとうの別れになってしまった。

　私は小二の時、一ヶ月近く病気で休んだことがあった。その時、彼女は折り紙や千代紙をもって見舞いに来てくれた。かわいい顔をした素直な、おとなしい子だった。毎朝のように一緒に学校へ行っていた。彼女の家は、温かく明るい家庭だった。玄関のそばには木苺があって、うれると二人でよく食べたものだ。私の家から歩いて十分位離れているのに、なぜ、若松さん一家が、私の家の前の防空壕に入ったのだろうか。

　さて、いつまでも会社の寮には居られないので、叔母の家のある甲府へ行くことになった。東京駅まで歩き、ごった返す人ごみの中を汽車に乗った。仏壇をもった姉は、駅員にとがめられた。
「人が乗るだけで、一杯なんだ。その荷物は、駄目だ！」
「でも、これは、大事な仏壇なんです。お願いです。」姉の必死の言葉に許してくれた。私は窓から入り込んだが、屋根にま

正午頃　警戒警報発令直チニ解除セラル
明二十七日午前九時ヨリ越中島ノ都立造船工業学校ニ於テ第七隣組学校常会開催、小生（下條）出席ノ予定　若シ空襲警報発令ノ際翌日ニ延期ノ筈　小松視学官出席セラル
浦和ノ陸軍糧秣廠ニ学徒ノ報酬金
　ソノ他ノ用件ヲカネ長浜先生出張ス
卒業生ノ報酬金即チ積立金ニ対スル●通●発送方ヲ井上氏一手ニ託サル

六月二十七日（水）　曇
井上　　㊞井上
下條先生　学校第七隣組常会に出席
九時登校の上　報償金積立金に対する郵送整理す
数度　警戒警報発令せられたるも

で人は乗っていた。甲府の叔母の家に、やっとのことたどりついた。

その後、その叔母は、「あなた達が、甲府へ来たときはどこの乞食かと思う位、それはひどい格好でほんとうにびっくりしたよ…」と、よく言っていた。一ヶ月間は、叔母のおかげで生活が出来たが、この甲府も次第に危なくなり、信州の麻績《おみ》の叔父の家に移った。そこは小さな山村で、私達を温かく迎えてくれた。

そこで、終戦になった。


進駐軍が、東京にやってくるという日に、母と姉は、東京へ行った。焼け跡に立っていたら板橋の知人である大工さんに出会い、バラック（板張りの粗末な家）を建ててもらうことを頼んだそうだ。そして、木場の焼け跡に第一号のバラックが誕生した。私にとってはまるで御殿にでもいるような気分だった。

そして半年も経った頃、ある日、小学校三年生の女の子が、親戚の人に連れられて尋ねてきた。

「若松です。疎開していて助かったのですが…この子の家族の

異常なし

小生　都立造船工業学校ノ第七隣[注34]組学校常会ニ出席　御真影奉戴[注34]殿ノ宿直、私立学校ノ補助ニ関スル件、動員学徒ニ対シ他県出動ニ関スル件、罹災学校ノ●●●ノ状況等報告ニツキテ打合セヲナス、次回ハ七月七日、七月ノ常会ノ第一回目トス　㊞下條

六月二十八日（木）　晴

下條　㊞下條

叔父法要ノ為メ欠勤ス　井上氏

斎藤キ●コノ父来校　大森区雪ノ谷二三三ヨリ工場出動不便ナルヲ以テ●ノ学校ニ置キ渡ス旨　●●報●　返ス

生徒三人程　学校へ登校　直チニ工場ノ方へ出動スル様申渡ス

渋谷暁子（三年生）立●高等女学校ニ身分証明書提出セル要ニテ編入学許可、妹トモ同様デアル

こと知りませんでしょうか」

あの壕の中で亡くなった若松さんの兄弟は、五人だったのだ。戦災孤児となった三年生の女の子に、ほんとうのことは、言えなかった。その時、どう話し、どう慰めたのか、はっきりとは覚えていない。その子は、今、どこにいるのだろう。

さて、戦災で助かった兄の和重は、終戦後、木場のバラックから、早稲田大学に通学していた。来春は、卒業して貿易商になるんだと喜んでいたが、その夏、友達四人で逗子へ海水浴に行き帰らぬ人となってしまう。泳ぎは得意であったのに水泳中の心臓麻痺ということであった。

兄が亡くなって、間もなく母は脳卒中で倒れた。少し持ち直した頃、私の上田行き（長野県立千曲高校の書道と国語教師として）を、快く許してくれた。

「若い時の苦労は、買ってでもしなさい」これは、母の持論であった。

不自由な体で、ジャガイモの皮をむき、留守を頑張ってくれた。すでに、母の年齢を超えた私は、感謝の二文字をつくづく

小林先生ヨリ依頼ノ夏服上衣番外ノ分　注文ヲ置ク
本日、北千住ノ昭和ゴム会社ノ学徒勤労動員者ノ入所式ヲ行フ筈
出席教員　小林、長浜、市万田、熱田四氏（出席ノ予定）
午後一時頃　文部省ニ出頭　種々打合セヲ行ウ　正午前後警戒警報発令セラルタルモ直チニ解除セラル
小林先生　午後　工場ノ帰路学校ニ立寄ラル　出動ノ日　変更トソノ他私的ノ用件ヲ依頼セラル

六月二十九日（金）　晴
井上、下條　㊞下條
正午前後　前日ト同様　警戒警報発令セラルルモ直チニ解除セラル
宮崎先生ヨリ小林先生宛書状到着、
高崎市江木町三三七、皇国第三二八〇工場生産課勤務ノ旧四ノ西卒

とかみしめている。

第三話　空襲警報の中、母校で働く

昭和二十年卒　山田（旧姓井上）喜美子

わたしが中村高女に入学したのは昭和十五年、その頃の社会はまだ落ち着いていました。一年の担任は吉原ユウ先生でした。細身のやさしい先生でした。二年から五年生までは宮崎ひさ子先生が担任でした。厳しい方で、国語と英語を教わりました。ずっと級長を任されましたが、先生には好かれたというより、よく使われたという記憶が残っています。

女学校時代の五年間は、運動のほうはだめでしたが、勉強は好きでよくやりました。おかげで卒業時は総代になりました。

在学中の勤労奉仕は、月島にある藤倉電線で電線のテープ巻き

業生河見さだ江来校　就職ノ件報告ス
生徒全体ニ対シテ去ルニ十五日ノ紙芝居　静寛宮殿下ノ感想文ノ中
　優秀ナルモノヲ選ビ　当局ニ提出スト野村先生ヨリ報告セラル
事務上ノ処理ノ為メ　住所録　井上氏自宅ニ持参ス
卒業生ノ大妻学校第二寄宿舎ノ入舎希望者ノ報告方　依頼セラル

六月三十日　雨
井上　下條　㊞下條
警戒警報　前日ノ四時刻ニ発令直チニ解除
午前中　中坪商店ニ出張　学徒ノ夏服上衣来月十日マデニ入荷ノ由
　支配人ヨリ伝達セラル　優先的ニ配布ノ予定トノ事　コノ外　国民服ノ布地到着次第通報スルト
本日　校長宛　第七隣組ノ提出スベキ書類ノ作成方ヲ依頼ス

をしました。中村高女の学生の多くがそこで働いたと思います。夜勤をすると帰りは夜中になるのですが、その代わり支那そばというのを一束いただきました。家に持ち帰ってみんなで食べる、その美味しかったことが今でも忘れられません。

昭和十八年の修学旅行は各自がお米持参で箱根に行きました。東組、西組一緒に三河屋という旅館に泊まりました。駒ヶ岳で小林珍雄先生と生徒二〜三人で道に迷ってしまったことを覚えています。登山といえば宮崎先生に夏休みによく誘われ、クラスの友達と赤城山や雲取山に連れて行ってもらいました。

当時はバレーボール部の黄金時代でした。小林ツル、池田あき子らの華麗なプレーを毎日早朝や放課後に見ることができました。私の妹、和代は昭和二十六年卒の堀江方子さんとは同級生でした。

当時の女学校には、Sといって下級生が特定の上級生を姉のように慕い、手紙を交換する習慣がありました。私は四年先輩

七月二日　雨
井上、下條
三年生ノ杉田、内田二氏通牒遅レタルタメ　学校ニ登校、直チニ昭和ゴム株式会社ニ赴カシム
明三日　罹災学校ノ状況報告書類ノ作成準備トシテ　十文字高等女学校へ出張ス
本日　長浜、市万田監督教官●動員先ノ工場ニ出張ス
井上氏　第七隣組ノ辞典配給品受取ニ出張ス
零時四十五分警戒警報発令セラル
　直チニ解除セラル
四年ノ堀江玲子　夏服上衣注文入荷次第滝ノ川堀江●吉方へ通知スルコト、当人（目下、北海道砂川ニ疎開中ノ為メ）

七月三日　雨
小林、井上　㊞井上
午前中、退学者　一名（四西　斉

の鈴木恭子さんに仲良くしてもらったのです。やがて私が結婚して娘が出来たとき、その名を付けました。うやうやしいという字。思い入れを込めて名付けたのです。

当時の私の自宅は深川平井町にありました。先に行くと遊郭の洲崎があります。父は社寺専門の建築業を営んでいました。家までの帰り道で楽しみといったら、隠れてあんみつ屋に行ったことぐらい。映画館に行くことはなかったですね。あんみつ屋が精一杯でした。

小林先生には本当にかわいがって頂きました。やさしい先生で公民を教わりました。卒業後、学校事務を手伝ってくれないかとお声をかけていただき、五月から八月まで働きました。空襲はまだ続いていたのですが、当時仕事を持って収入があることは大変貴重なことでした。その時分は親たちも仕事がなくて、私が働いてあの頃確か百円ほどいただいたと思います。仕事の内容はおもに卒業後の残務整理でした。

中村での仕事が八月で終わってからも、何も仕事をしていな

藤和子）
午後　小林先生お見えになり、下條先生に定期券のことをくれぐれもたのまれる
卒業生　福島、渡辺良子来校　報償金支払ふ（安藤の分　持参）

七月四日　曇　㊞井上
井上一人登校　午前中　雑務整理す
○時半頃　空襲警報発令
市万田先生の命により　校章23身分証明2　持ち帰り　明日　妹より渡してもらふ。
一年篠塚かよ子母来校、出動ノ葉書により。明日、工場の方へ行く様に話す。
中等学校罹災学校打合セニ出席ノタメ出張　㊞下條

七月五日（木）　曇
井上　㊞井上

いと挺身隊に入れられてしまいます。小林先生から、いい仕事があるから受けて見ないかと誘われたのです。それは白金台町（現港区白金台）の帝国大学伝染病研究所の予防補助委員の募集のことでした。試験に合格し、入所式に出席しましたが、その日が終戦日の八月十五日だったのです。玉音放送の日と重なったのです。そこで二年ほど細菌のことを勉強し、そこから歯科の道に入りました。四年後に国家試験に合格し、歯科の医師免許をとりました。歯科があった学校は京成新大久保駅から少し歩いた所にある東洋女子歯科医学専門学校です。卒業してもしばらく仕事はせず、そのうち東京医科歯科大学の医師と結婚しました。実は夫の父も歯科医でした。私は練馬で長男と同居していますが、茨城にいる私の次男は歯科医、そして孫も現在日大の歯科に在籍していますから、歯科業は四代続くことになります。

私の妹、三女の清子は上智大学の英文科に進学しましたが、それは昭和二十六年のことで、この年は上智で初めて女子学生を受け入れた年でした。いつのことか覚えていませんが、妹と一緒に大学を訪ね、法学部の教授をなさっていた小林先生にお

卒業生宇田川信子父来校　報償金支払ふ
一年佐藤糸子母より校服点数として十点あづかる　入り次第通知すること。午後　卒業生二名来りしが元金少きため支払はず。

七月六日（金）　晴
熱田　井上
十時頃より警報　頻繁
状勢あしきため来客なし
浜田節子　報償金支払う

七月七日（土）　曇
下條、小林
例ノ学校隣組常会午前九時ヨリ造船工業学校ニテ開催　午前十一時半閉会、小松視学官出張セラル
小林先生登校セラル
卒業生数名、報酬金貯金ヲ受取ニ見エラル、長浜先生モ午後〇時登校セラル、

会いしようと思ったのですが、かないませんでした。もう六十年以上前のことです。

第四話　母と弟をさがしに東京へ

昭和二十年卒　坂西祐子《さちこ》

昭和十五年に入学しましたが、戦争で授業どころではなく、私の卒業式は四年と五年生が一緒に卒業しました。大空襲の翌日に伊豆の伊東に疎開していたので、私は卒業式に出席しませんでした。優等賞をいただきましたが後で送られてきました。

男っぽい宮崎ひさ子先生や怖かった市万田東生《いちまんだしのぶ》先生、それに体操を教えて下さった島村霜先生が印象に残っています。英語は吉原ユウ先生に習いましたが、痩せ気味の優しい先生でした。英語は嫌いじゃなかったのです。市万田先生には廊下でお

七月九日（月）　晴
長浜　下條　井上　㊞下條
小生　午前中　昭和ゴム会社出動、小林先生ノ命ニ依リ安田貯蓄銀行ニ行キ　学校デ●●●●●
　時々警報発令セラル、
小島、島田両先生　登校セラル
小林先生ヨリ　卒業生佐藤シズノ貯蓄積立金四十七円〇銭ヲ市万田先生ニ渡ス
熱田氏友人二名訪問セラル（佐藤、伊東）
昭和ゴム監督教官小林、市万田両氏　学徒全員九十四名、目下ノ状況
越中島第三商業即チ都立造船工業校ノ学校第七隣組ニ東京都教育局長宛ノ学徒隊編成、教員ノ加配米ノ件、生徒動員ノ状況説明等ノ三通ヲ明治第二国民学校ノ使役ニ依リ差出ス、
報酬金受取ニ数名ノ卒業生ノ父兄

辞儀しないといっては怒られました。島村先生はバレーボール部の面倒も見ていらっしゃいました。

当時の中村高女は一年生から五年生までランドセルで通学しましたが、みんないやがってましたね。だって小学生みたいですから。でも中村三郎校長の方針でね、背中がまっすぐなるようにという方針でした。片道四十分くらいで通学出来る人は、足が丈夫になるようにと歩かされたものですが、そういうところは厳しい学校でした。当時の女学生の楽しみといえば仲の良い友達と一緒におしゃべりしながら家に帰ることでしょうけれど、私は歩いて七分の所に住んでいましたから、そんな楽しみもありませんでした。当時の深川区役所、今は深川江戸資料館となっていますが、あの少し先に家があったのです。

三月十日の大空襲の時は私の家も完全に焼けました。私は長女で弟が三人いましたが、この時の空襲で母と弟一人を亡くしました。父のとっさの判断で十一日に両親の実家がある伊東に疎開したのです。父は大変だったと思います。何とか電車に乗

来校ス

七月十一日（水）　雨
井上　下條　㊞下條
昨十日、艦載機　朝五時半頃ヨリ夕四時過ギマデ各地ノ飛行場、工場、市街低空アリ、機銃掃射ヲ行ウタメ　学徒ノ工場出動不穏特ニ鎌倉駅準戒厳令的行動ニ依リ乗車不可能トナル　工場出動ノ不穏事情モ同様　家庭ニ留マルモノト見ル
本日モ早朝ヨリB29ノ一機宛ノ出動アル為メ引続キ不穏続ク
昨十日　長浜氏モ出動出来ザルノ運命ニアルト思ウ
西村縫子、品川志津子、小林富美子、沢田ふさ子等ヨリ通信　報酬金中　貯金支払方ノ請求アリ
種々ノ事情ノ為メ上京不能ノタメ
　便宜取計ウコトトスル　他日、送金ノ筈

り、伊東にたどり着くことができたのです。よく電車が動いていたなと、今でも不思議に思っています。

仕事がないと挺身隊に送られるので、親戚の人の紹介で気象台の測候所に勤めることができました。玉音放送も、ここの測候所で聞いたのです。こんな田舎に疎開しても、バレーの中村といえば皆さん知っていました。中村から来たというだけで、じゃあバレーボールが出来るでしょうと言われたものです。

私は今八十五歳、昭和三年生まれです。この前、母校の立派な建物を見てびっくりしました。卒業生としてとても嬉しく思います。私は今でも洋裁や習字を教えて日々頑張っています。母と一人の弟を失い、自分がしっかりしなければ、残った弟たちを食べさせていけないと思ってやってきました。その気持ちが今でも役に立っているようです。伊東では空襲もありませんでした。空襲で亡くなった母と弟の御霊は両国の慰霊堂に眠っています。伊東から上京していた従兄も不明のため、身内の者と翌日の十二日から三日間母や弟をさがしました。急いだ理由は、早く遺体をさがさないと軍が片づけてしまうからです。府

昭和ゴム会社出動ノ学徒総員中二十八名出勤　市万田先生監督セラル　皆　無事ノ由　承ハル

七月十二日（木）　雨
井上、下條　㊞下條
正午頃　Ｂ一機　帝都ニ侵入間モナク南方海上ニ遁走ス　校内無事
卒業生数名　貯金積立金受取リニ当人又ハ父兄来訪セラル
四年ノ北条智子ノ福島県下転入学ノ不許可ノ旨ヲ通達スル

七月十三日（金）　雨
井上
先生は誰方もお見えにならず
卒業生六名来校　昨日繰越の金高では到底間に合はず　井上二百円たてかえたがなお湯本へ三拾円不足

七月十六日（月）　曇後晴

立第三商業高校（現都立第三商業高等学校）も行ってみましたが、学校の階段は白骨化した人で山のようになっていました。疎開先の実家が寺でもあり、そこでずっと供養してきました。父は公務員で、とてもしっかりしていて経済的には余り苦労をかけませんでしたが、その父も昭和四十五年、七十四歳で他界しました。

第五話　ちいさな水まんじゅう

昭和二十四年卒　日下部ます子

昭和十九年四月に中村高等女学校に入学した時は嬉しさいっぱいでしたが、「大東亜戦争」は日に日に激しくなる一方でした。若い男の先生が出征していく際のご挨拶を、全校生徒が講堂に集まりお聴きして、行ってらっしゃいとお見送りするのは本当に悲しいことでした。

下條　㊞下條
学校隣組第七隣組常会　来ル十八日ニ延期ノ通知ニ接ス　当日　小生出席ノ予定
本日　卒業生ノ貯金受取リニ数名来校
洋服代ノ中ヨリ支払ヲナス
午後　私用ノ為メ（伯父ノ死去ノ為メ、弔辞ニ行ク故）外出ス
井上氏不参
十三日　十四日　昭和ゴム　出張セシモ　学徒極メテ少数、出席歩合悪シ　コレハ　空襲、警戒発令頻ル多ナルタメ　亦工場ノ空●気悪シク　工場内ノ●●部員少ナク　男子ノ学徒四散ノタメ　工場ノ庭ヲ散歩スル状態　将来ノ産業ヲ心配スル
五ノ西卒業生堀川千代子　住所不明ノタメ報酬中ノ貯金支払通知不明ノ為メ発送セズ
本日　当人来着（茨城県真壁郡下

そのうち、気が付いてみると学校内は一年生と二年生しかいなくなり、それも一年生は一応普通の授業を受けていましたが、二年生は講堂で軍隊の食料品を梱包する作業に従事するようになりました。戦況が悪化したのか、警戒警報が鳴る日が多くなってきました。

ある日、休憩時間で校庭に出ていたら、小林珍雄先生が「君も疎開先があるなら早く疎開しろ」と真顔でおっしゃいました。「疎開先がありません」と返事をしたら、本当に悲しいお顔を見せられたのを今でも忘れられません。

思い起こせば小林先生の英語の時間は楽しみでした。「曜日」を月曜日から英語で発音していき、金曜日になると「金髪美人！　ＦＲＩＤＡＹ！」と大きな声で一斉に叫びます。私達はその金曜日のところが大好きで、とりわけ大きな声で叫んだものでした。しかし、戦況は日増しに悪くなり、三月十日の東京大空襲で深川地域は殆ど焼失し、わが母校も失ってしまいました。私の家も丸焼けになり、父の兄を頼って雪深い長野県へとりあえず逃げ込みましたが、父は会社へ戻るため上京し、私た

妻町大町円福寺内）ニ通知スルコト

七月十八日（水）　晴
井上
十四、十六、十七日　母　留守のため缺勤　井上
十八日　登校したが先生がいらっしゃらない上　卒業生父兄三名来校　現金はなし　仕方なし家へ帰って千円持参し　とりあえずそれより支払ふ。しかし午前中十数名の客に全部出してしまい　午後来訪者には事情はなし、後日　来校か又送金の事とす
午後来校者　小栗ふさ子、長谷川笑子・智恵子、田代、青柳父兄

七月十九日（木）　晴　㊞下條
井上
今日も一人　又千円たてかへるがやはり間に合わず　午後来校者

ちも四十日ほど当地でお世話になりましたが「死なばもろとも」と決意し、家族一同再び東京に戻りました。

さて東京に戻ってからは北千住駅の東口にある「昭和ゴム」の工場で、勤労動員で働きました。一、二生は午前中は作業に従事し、午後は小さなバラック建の部屋で一時間位勉強しました。授業は「珍ちゃん先生」の英語でした。敵性語として英語は禁止された時代に、先生はご自分の意志を貫かれたのですね。そんな授業中にも突然敵機の空襲があり、急降下で機銃掃射をうけたことがありました。慌ててテーブルの下に逃げ込み、とんだ「頭隠して尻隠さず」を経験しましたが、先生は立ったまま私達を見守ってくれました。

工場へ出勤すると点呼を取ってくれるのは長浜先生で、いつもニコニコされた優しい笑顔を思い出します。あるとき、工場で「水まんじゅう」の配給があるから水がこぼれない器を持ってくるように言われました。私の家も焼け出され、食器も不自由な状態なので母に相談すると、出してくれたのはアルミの弁当箱でした。いくつ配給されるのか楽しみで心を躍らせていま

蔵田、秋山、佐藤久、河村　支払い出来ず　よって二十日過ぎにても支払ふべき旨つたへる
午後　工場ヨリ、卒業生ノ貯金支払ニ長浜先生ヨリ千円預リ学校へ登校ス
昨十八日ハ都ノ学校第七隣組常会ニ出席　夏期修練ノ予定表ト身体検査表作成方　来ル二十七日ノ常会ニ提出ノ事　申渡サル
（下條）

七月二十日（金）　曇
井上　下條　㊞下條
午前中ヨリ報酬金中ノ積立金受取リニ、十数名来校　他ニ異状ナシ

七月二十一日（土）　雨　㊞下條
長浜　下條　井上
事務ノ打合セヲナス　他ニ異状ナシ

した。

あくる日一列に座り、それぞれ持参の器を取出し順番を待っていました。次々に長浜先生がそれぞれの器に入れてくれるのですが、先生の入れるのは三センチ位の小さな丸い「水まんじゅう」一粒です。私は自分の器が饅頭の大きさとあまりにも不具合なので恥ずかしくて、きっともじもじしていたと思います。その時長浜先生はニッコリ笑って「どうぞ」と一個の小さなまんじゅうを大きなアルミの弁当箱に入れて微笑んでくださいました。

間もなく八月十五日終戦となりました。まず電灯の明るさに心から感動したことを覚えています。中村高女の校舎は焼けたままなので、明治小学校の教室で授業が始まりましたが、平和の日々は毎日が楽しく幸せいっぱいでした。

そんな頃、長浜先生が教室に来られ「名前を呼ぶから取りに来てください」と生徒一人ひとりに封筒を下さいました。「これは昭和ゴムで働いた分の給金です」と説明され教室を出て行

七月二十三日（月）　雨　㊞下條
小林　下條　井上
午前十時半　安田貯蓄銀行ニ赴キ五千円引出シ　其内　千円残シ残レシ三千九百十三円十七銭　井上ト小生ノ立替金ノ支払ニ充ツ、近日ノ内　卒業生ノ名義変更ニ対シテ小林珍雄先生ノ保証人トシテノ印鑑ヲ書類ニ捺印ス
積立金受取ニ数名ノ卒業生来校、三学年豊島礼子　家事上ノ都合ニ依リ転校願取消ノ書類　山梨県庁ヨリ廻送セラル、警戒発令セラルタル間ナク解除セラル
度々コノ調子ノモノ現ハル
卒業生ノ積立金ノ支払合計ノ清算ヲ行フ、

七月二十四日（火）　曇　㊞下條
井上、下條
警戒警報発令ト解除　頻繁ニ行ワル

かれましたが、それ以後長浜先生にはお会いすることはありませんでした。最後の思い出として心に残っています。戦時中は若い男の先生は軍隊に召集され、小林先生と長浜先生お二人で生徒を守り世話をされてきたと思います。また　私はその後「小林珍ちゃん先生」が校長先生になられた時は当然と思う反面、先生の授業が受けられない生徒は損だろうなと思ったりしました。

戦中戦後の「境」に中村高等女学校に在籍して得た様々な体験は、一生の思い出として私の心に定着しております。

中村高校が今後さらに発展されることを望んでいます。

注：長浜先生は昭和二十三年五月に健康を理由に退職している。

水まんじゅうと長浜先生　　絵：中村美紗

本日モ昨日ト同様　積立金受取ニ
登校スルモノ数名アリ

七月二十五日（水）　晴
井上
二年篠崎悦子父来校　未だ住居定
まらずため　もうしばらく本校に
籍を置いてもらいたいとの事　月
謝七・八月分納入
他ニ異常なし

七月二十六日（木）　晴
長浜
浦和市陸軍糧秣本廠会計課、市原
見習士官来校、二年生報償金四千
一百八円七十三銭也　小切手ニテ
受取ル
其他　異状ナシ

七月二十七日（金）　晴　㊞下條
井上、下條
警戒警報発令セラレタルモ直チニ

第五章

疎開先奈良で校歌を口ずさむ

昭和二十年卒　西岡照枝の疎開記録

以下の文章は昭和二十年三月十日の空襲を経験し、同年四月の卒業式に出席後、父の実家奈良に疎開した一人の女学生西岡照枝の記録である。文章は平成元年十月二十一日発行の中村学園八十年史、および平成二十一年十一月七日発行の中村学園百年誌からそのまま抜粋転用したものである。なお、現在奈良県広陵町立真美ヶ丘第一小学校の校長であり、西岡照枝の長男である由郎氏が母の思い出を寄稿して下さった。（瀧澤　潔）

解除（正午前後）
井上氏　校務整理中
小生　本日午前中　学校第九隣組常会ニ出席、上級学校進学者調提出方ヲ督促　来ル八月七日ノ第一回常会ニ提出ヲ求メラル
午後　市万田先生　連絡に見えらる

七月二十八日（土）　晴
井上
十時頃より空襲警報発令　下條先生お見えにならず、一人。
一時頃、空襲警報解除、他ニ異常なし

七月二十九日（日）　晴
長浜
日曜日ノタメカ来校者ナシ、異状ナシ

七月三十日（月）　晴

わら半紙の卒業証書　「中村学園八十年史」より抜粋

昭和二十年（一九四五）四月十日、中村高女第三十六回の卒業式が、明治小学校講堂で行われ、戦禍の中多大の犠牲を払った生徒がその思いを胸に巣立っていった。この年は、四年制の卒業生百十六名と五年制の卒業生百十三名が同時に卒業することになったが、出席できた卒業生は合わせて百十名にすぎなかった。

式には、小林珍雄、下條治恒、長浜敏夫、富山義信、市万田東生、足立順、小島みゑの七名の教師と、在校生四十名が列席した。

この日、卒業生が手にした卒業証書は、藁半紙の証書だった。

式次第（略）

この卒業式について、西岡照枝（昭和二十年卒）は次のように思い出を記した。

「昭和二十年三月十日、東京大空襲。一面焼け野原となった中にポツンと残っていた校門の二本の柱。昨日まで楽しく語っていた友の死。英語を教えて下さった吉原先生の死。すべて悪

小林　井上
早朝より警報発令　空襲警報、頻繁なり
小林先生お見えになり報償金、積立金支払ひ、一時整理す。来校者一名
日直ノ長浜先生不参

七月三十一日（火）　晴　㊞下條
井上、下條
午前中　工場ニ出動　午後　学校ノ事務ヲ執ル
他ニ異状ナシ
長浜先生来校　用済ミ次第　工場ニ赴ク
熱田氏来校

八月一日（水）　晴　㊞下條
井上、下條
午前中、中坪商店ニ立寄リ　運動服三十着　代価金七十九円五十銭ヲ支払フ

夢のような出来事でした。しかし、すべてが現実だったのです。

そのような中、先生方のお骨折りで、四月十日、明治小学校の仮校舎で卒業式を挙行していただきました。五年制に入学したのに戦時繰り上げで四年で卒業した私、第三十六回卒業生です。修学旅行もありませんでしたが、生きること、耐えることを学びましたことは最大の収穫だったと考えられます。連絡のつかない混乱の中、半数程度集まった同級生がお互いに生きていたことを喜び、そして友の死を悲しむ別れでした。動員工場の休日に集まり練習をした『卒業式の歌』も歌わず、小林珍雄先生の指揮で『仰げば尊し』を歌い別れました。その後私もこの地（奈良県）に住み、上京することなく過ごしました。

最後に今も大切に持っているノートに書いてある歌われなかった『卒業式の歌』を記します。」

「卒業式の歌」
学びの山路の　奥ははるけく
はてしはあられ　その　幾年月
今こそ別れめ　師の君　我が友
われらの行く手の　道はげしくも

小林先生ノ御指命ノ安田銀行ノ手続　明二日、完成ノ予定
正午頃　警戒警報発令セラルルモ直チニ解除セラル、
午後　洋服配給ニ工場ニ出張ス
長浜先生　連絡に見える

八月二日（木）　晴
井上、長浜
午前中　校用ニテ学校ニ登校、午後工場ニ出張ス（下條）
三商ヨリ[注35]義勇隊結成式ノ打合セ来ル五日アル筈
他ニ異状ナシ

八月三日（金）
井上
午前中　登校　小林先生ノ安田銀行ノ用件完了　来ル十日過ギ　預金帳ニ再記ノ筈、工場へ午後　赴ク（下條）
長浜氏作成ノ書類　来ル七日ノ

師恩のみ光　あまねく輝けり
師の君　我が友　まさきくおわせよ
我らの門出の　朝は明けたり
サラバよ　我が学びや　サラバ　サラバよ
別れん　いざ　いざ　いざ

東京大空襲

『中村学園百年誌』第一巻より抜粋

この大空襲で本校はそれこそ鉛筆一本残さず、門柱とローラーを残して全焼した。焼け残ったその門柱をよく覚えている卒業生が何人もいる。あの門柱を生かして、現校舎の一部に使って欲しかったと言われる。自宅が広い卒業生の中には、譲り受けたかったとまでいう人もいるのである。以下の会話は、奈良に住んでいる昭和二十年卒の西岡照枝宅を、仲の良かった昭和十八年卒の稲見笑子、大内咲子、南出政子ら三人が訪れた時のものである。平成十六年十一月十三日のことである。

[注36] [注36]学校隣組、提出ノ予定
生徒出動調の書類　井上　都立造
　船工業までとゞける

八月四日（土）　㊞下條
下條　長浜
青山完治　萩下氏ノ子供　第一学
年入学許可ノ件　依頼セラル
明五日午後一時ヨリ　越中島ノ水
産講習所ニ於テ　義勇隊編成ノ会
議ニ長浜氏ト共ニ出席ノ予定
他ニ異状ナシ、
時々警報発令セラレタルモ異常ナ
シ、
明治第二国民学校長（●木先生）
　鶏一羽贈呈、職員ト共ニ、三日
ノ夕食ニ供ス　一同大満足　小林
先生ニ、ヨロシクト　言ワル　（九
十円）、●十円　記トシテ小使ニ
渡ス
[注37] 長浜先生　正午頃来校　[注37]義勇戦
闘隊ノ編成ノ作成ヲナス

西岡…在学中のことで今でも忘れられないのだけれど、昭和十九年十一月三日の明治節の時に雨が降ったの。三郎先生が十一月三日に雨が降ったことは初めてだ、これは神風が吹く前兆だ、戦争に勝つという話しをされたの。ところが神風どころかそれからB29がどんどん飛んで来たのよ。

大内…大空襲の三月十日の時、千葉に買い出しに出かけていたの。錦糸町に着いたときにこの先で一斉荷物検査があるというので下車して、新大橋の家まで真っ暗な夜道を歩いていったの。沢山の爆撃機が上空を飛んでいて、空に明るい道がついたようだった。家に着いたとたん空襲が始まって、またその荷物を背負って逃げたの。火の中をくぐって逃げましたよ。

稲見…両国高校ありますよね。あそこに橋がありますよね。あの時私はそこに飛び込んで助かったの。牛が苦しむ鳴き声がしばらく耳から離れなかったわ。戦争はもう沢山。だって逃げるところがないんですもの。学校にいる時が一番楽しかった。だからね、夜眠れない時、校歌を口ずさむの。ヘンな歌

八月五日（日）　晴
長浜
水産講習所ニ於ケル学徒戦斗隊編
成ニ関スル打合会ニ出席ノタメ
午前十時　長浜登校　小生モ同席
（下條）
十一時二十分空襲警報発令

八月六日（月）　晴
小林、井上
朝から空襲警報発令のため来校者
少し
卒業生一名　父兄一名来訪
一時頃　小林先生お見えになる
本所動員所の方が来られた（生徒
出動先について）
明七日　●研へ参ります　井上

八月七日（火）　晴
当日、学校第七隣組常会ニ出席、
午後一時半、昭和ゴムニ出張ス
下條　㊞下條

執務日誌㈠
昭和20年3月9日〜12月10日

より心が休まるの。

南出…女性の教育の鑑みたいなことが書いてありますよね。

稲見…私の出た小学校はもう廃校になっちゃっているから、校歌といえば中村だけなの。

南出…私は昭和十九年六月に強制疎開で父の実家のある和歌山へ行っていたから、三月十日は知らないんです。

西岡…私は最初に両国の横網町にいたけど、昭和十八年に新宿に転居していたの。三月十日下町の空が明るくなり、紙の燃えたのが東の方からどんどん飛んできたのを覚えているわ。三月十日過ぎて学校に行ったら、同級の斉藤ハルさんのお父様が真っ黒な顔をして目を真っ赤にして娘が死んだことを伝えにきていました。ハルさんのお母様も亡くなったのね。帰っていくハルさんのお父様の背中を見て、自分は空襲があってもどんなことをしても逃げようと思ったの。あんなハルさんのお父様のような思いをさせたくないと思ったの。四月十日の卒業式で記憶に残っているのが、あの怖い市万田先生が涙を流していることでした。私が住んでいるところは、四月十三日夜中から翌日夜明けに空襲に遭ったんです。当時

八月八日（水）　晴
井上、下條　　㊞下條
水産講習所ニ義勇戦闘隊編成表ヲ
越中島ノ造船工業ト都庁ニ提出ノ
書類ヲ明治国民学校ノ使丁ニヨッ
テ提出セシム
昨七日　井上氏　　研技術補ノ試
験ヲ受ケニ赴ク、
午前中　極メテ　平穏。
報酬金ノ台帳ノ作成ヲ井上氏ナス
卒業生大輪セキ外一名ノ報酬金積
立金受取ニ来ル　二四八円二〇
銭、立替ヲナス　（下條）

八月九日（木）　晴
井上　下條
午前七時　東北方面ニ艦載機数編
隊　新潟、山形、福島等ニ出動ス
越中島ノ水産講習所ノ義勇戦闘隊
ノ編成表ニツキ書状到着、直チニ
工場ノ長浜氏ニ連絡ニ出張ス
校長ノ電話ノ件ハ、卒業生ノ深川

は一般公開してなかったけれど、守衛さんが開けてくれて新宿御苑に逃げ込んだの。桜が満開でね。その下に避難していたのよ。

私は戦時下で五年間のところ四年で卒業したの。それから父の実家のある奈良に疎開してね。疎開先の奈良では苦労しました。言葉が違うし、畑仕事が出来ないでしょ。それに私の時代、この九十八軒余りの町で女学校を出ているのは私だけ、何かにつけ、学問を鼻にかけていると非難されたわ。結局畑に行って隅っこに行って泣いていた。そしてね、音痴だけど校歌を歌っていた。そしてね東を向いて拝んでいたの。両親はお日様を拝んでいると思ったようだけど、そうではなくて、懐かしい思い出が一杯詰まった東京の方角に向かって拝んでいたのよ。空襲で亡くなった人たちへの供養にもなるでしょう。それからしばらくして奈良で見合することになったの。望まぬ相手との結婚がいやで、東京のおじさんを頼って家出したの。でもそのおじさんに追い返されました。もう年取っちゃったけれど母校や隅田川の流れ、浅草の観音様、富岡八幡宮、お不動様などもう一度見たいわね。

電話交換局事務員浪江氏ニ、万事ヲ委託ス　近日ノ内　判明スル筈
東京都教育局（学徒動員課ヲ除ク）ノ移転先ハ麻布区盛岡町養正館内ナルコトヲ通報セラル
学籍簿ノ整理ノ第一歩ヲ行フ

八月十一日（土）　晴
小林、井上
十時頃　深川女子商業の生徒、直江津高女に転校したが家事都合により再び東京へ帰り本校へ転校したき旨　申し出る。小林先生にお話した所　学校の方はよいが動員先の方の都合はどうか長浜先生と相談せよとの事、
下條先生は打合会のため忍岡高女に出張　㊞下條

八月十二日（日）

八月十三日（月）

執務日誌(一)
昭和20年3月9日～12月10日

お不動様の参道にて　　絵：石井寛子

稲見、大内、南出、西岡…（声を揃えて）　お互い頑張って、一〇〇年誌が出版されるまで生きようね。

西岡…友達の死、吉原先生の死、胸を裂くようなことは一杯あったね、修学旅行もなかったし。戦時繰上げで一年早く卒業させせられたり。でも「生きること」「耐えること」を学んだことは、今に思えば最大の収穫だったわ。

八月十四日（火）　曇
長浜、井上
井上　本日限リ退職ニツキ長浜事務引継ヲ受ク
卒業生小林冨美恵ヨリ学校復興費トシテ　金五十円郵送シ来ル

八月十五日（水）　晴　㊞下條
下條
午後　工場より出動　事務ヲ執ル　頗ル平穏
歴史上　未曽有ノ　国辱事件[注38]現出[注38]　国民ハ更ニ新秩序ノ建設ニ奮励努力セラレタシ

八月十六日（木）　晴
長浜　下條　㊞下條
長浜ト事務ノ打合ヲナス　午後二時半退去

八月十七日（金）　晴
小林、下條　㊞下條

残った門柱を譲り受けたかったと話したのは西岡照枝であった。その西岡は平成十七年一月二十六日に一〇〇年誌の刊行を待たないで逝去している。楽しい思い出が詰まった東京での母の面影を訪ねて、現在奈良で小学校校長となっている長男の由郎氏が平成十九年の暮れに本校を訪ねている。

なつかしき清澄の地に母の母校あり

広陵町立真美ヶ丘第一小学校校長
奈良県宇陀市　西岡由郎

昭和二十年三月十日の東京大空襲で住まいを始めとする生活の一切を失った母は、祖父母の故郷である奈良・宇陀の地に引き上げてきました。祖父はしばらく東京に留まり、今後の身の振り方を探っていたと聞いています。しかし、その後の生活の拠点を奈良に定めてからも、母は東京回帰への想いを捨て切れないままの暮らしであったと思います。そのような思いを抱いていた母の一面を記したいと思います。

学校第七隣組　都立造船ニ於テノ常会　情勢ニヨリ本日　中止、開催ノ日　不●●　安田銀行ノ小林先生指令ノモノ台帳記入済、二十日（月）小林先生ノ通帳ニ届入スル筈。

市万田、足立先生来校

事故ノタメ　長浜　午後二時登校

八月十八日（土）　晴

下條　㊞下條

生徒登校日ハ九月三日（月）午前十時、以降、毎日曜日　登校日ト決定ス

来ル二十日、女子公立中等学校長会ヲ九段中学ニ開催　小生　出席ス

長浜先生モ都合ヨロシクバ御出席ヲ願ヒマス

二年関根孝子　九月三日ヨリ登校スル筈　今マデ、田舎ニ居リシタメ登校セズ

母にとって、昭和二十年四月からの進学先の入学手続きも終えてから東京を離れるという事態は、想像に絶するものがあったと思います。戦時下とはいえ、上級学校への進学ということは大きな希望であり、楽しみであったと思います。母は、まずこの時点で人生の大きな節目に遭遇したと思います。

奈良に戻って来てからの母は、森林組合に職を得、その事務の仕事に携わっていました。当時は小学校の教員が不足していましたので、臨時教員への誘いもあったようですが、「唱歌を教えなければならないから断った。」と語っていたことを覚えています。どうも音楽は苦手なようでした。一方、洋裁を習いに隣町とはいえ交通も不便な桜井市まで行っていたということも聞いています。奈良に戻ってきてからしばらくの間は、空襲に気を遣うこともなく平穏ないわゆる娘時代を過ごしたようです。この時期の母は、都会から一転して田舎に移り、風土や習慣も違うただ祖父母の生まれ故郷という縁だけの中で、東京時代のことに蓋を被さなければならない努力を余儀なくされた時期であったと思います。

また、当時の母は、東京帰りのインテリと村内では映ってい

一年逸見氏ノ父上来校　病気ノタメ欠席ノ旨　届出アリタリ

八月二十日（月）　晴
下條　㊞下條
足立、市万田、熱田　三氏登校
小生（下條）、九段中学校ニ於テ開催ノ東京都公私立中等学校長ノ常会ニ午前十時ヨリ出席
状況ノ主旨ヲ徹底的ニ生徒ノ誤解ナキ様　理解セシメ　学科ハ[注39]
[注39]物象　数学　音楽　裁縫ノ四科目位ニ定メ　毎日　大東亜開戦以前ト同ジク　熱意ト工夫ヲ以テ授業スル様　注意ヲ与ヘラル　又情勢切迫セル際ハ授業中止ノ指令ヲ発スル筈ニツキ　予メ御承知オキ願イ度シ

八月二十二日（水）　雨
下條　㊞下條
書面数通アルノミ　別ニ為ヲ申ス

たようです。そのための軋轢《あつれき》もあり、心を許して話せる友人も少なかったと思います。母にとっては随分と居心地のよくない日々であったと思います。そこで、専ら親戚の気楽に話せる年齢も近いいとことの交際が頻繁にありました。

その後母は結婚をし、私たち男兄弟三人の母となりました。しかし、その結婚生活も順調ではありませんでした。子どもの私にも、夫婦間で何が起こっているのかが分かる状況が展開されていきました

さて、私が小学校から戻ってくると、母は縁側に置いたミシンを踏んでいました。そのミシンも東京から持ち帰ったものでした。そのミシンで私たちの衣服を縫ってくれていました。私の級友たちは、洋品店から既製服を買ってもらっていました。母の手作りの衣服を着ていくことが嫌で、正直嬉しくはありませんでした。

一方、母は私たち子どもに本を惜しみなく買い与えてくれました。私には、私の好みもあり歴史物が多かったです。夏に買ってもらった本は、そのまま夏休みの宿題の読書感想文や生活作文の対象となりました。書き上げたものに対する母の指摘

執務日誌(一)
昭和20年3月9日〜12月10日

校務ナシ

八月二十七日（月）　晴
小林　下條
前日　渡辺先生登校の由　黒板にかゝれあり、
嵐のため二日のびた進駐を明日にひかえ　米機し切に頭上をとぶ
先生各自名義預金を小林のに振替を終り、預金帳を下條先生　銀行にとりに行く

八月二十九日（水）　晴
渡辺　下條　㊞下條
午前十時登校、
時間割打合セノ為メ参集、
午後一時長浜氏来校
公私立中等学校英語科教員　三十日　外務省ニ出頭　通訳ノ件ニツキ打合セノ筈

九月一日（土）　雨

には鋭いものがあったことを記憶しています。

農業の「の」の字も知らない母でしたが、時代の波、また経済的な面から逃れることはできず、農作業と養鶏に従事する道に進むことになりました。使ったこともない鍬や鎌を使い、土を耕し、草を刈り、鶏の世話をする作業は出生時、数日間保育器の中で過ごした細身の母にとっては並大抵のことではなかったと思います。畑に立つ母は、鍬に寄りかかり、よく東の方向を向き休憩していました。その時は唇が動き、何かしらつぶやいていたように思います。今にして思えば、中村の校歌であり、友への呼び掛けであったのではないかと思われます。歌の苦手な母が、口ずさむのですから、思い入れも一入であったということが容易に推察されます。

どのようないきさつかは分かりませんが、ある時期から中村時代の知人とも連絡が取れ、母は文通を始めました。また、東京時代の友達が訪ねてきた時は手放しで喜び、時間の経つのも忘れ話し込んでいました。友達を見送った時の母は気が抜けたようで、悲しみに苛まれる表情がはっきり見て取れました。

また、かかってきた電話に出た場合、直ぐに言葉の調子が変

長浜　渡辺　下條　㊞下條
生徒数名　教室ノ清掃ノ為メ登校ス

九月三日（月）　晴
小林、長浜、渡辺、下條、市万田、足立　㊞下條
午前十時　国民儀礼ヲ行フ　以後
　体操、校舎、焼跡等ノ整理ヲ行フ　暫クノ間　一週ノ内（月、水、金、）ヲ授業日ト定メ　農耕
　焼跡ノ整理ニ重点ヲ置ク
午後三時退出　開襟シャツノ配給ニ行ク

九月四日（火）　晴
小林、長浜、渡辺、下條　㊞下條
事務ノ処理ヲ行フ
授業上ノ打合セヲ行フ
九月三日ノ生徒出動数ハ　一年十七名、二年　二十名、三年　三十三名、四年　一九名、合計　八

わり、相手が東京関係の方だと直ぐに判断できました。いくつになっても東京式のアクセントを忘れず、使い分けのできる母でした。

私の教職への進路や結婚についても一切口を挟むことはありませんでした。きっと、自分の身を振り返って、同じ道は歩ませないとの判断からだったと思います。

私が新任教員として子どもを引率した最初の遠足で、お弁当を開けた際に割り箸が二膳余計に入っていました。忘れたり落としたりした子どものためにとの母の配慮でした。また、転校してきた子どもを大事にすることを忘れないようにというのは母の口癖でした。大阪で生まれ、東京に転校したときのことがその基にあったと思います。教職に就いてからも、母は私に時折親の立場や子どもの気持ちというものを投げ掛けてきました。

母の中村への思いは強いものがありました。中村学園から送っていただいた『みやこどり』が届くと、何度も何度も読み返していました。この時の母は、中村高等女学校の現役生徒であり、東京の人に戻っていました。また時々、学園生活の様子

十九名、生徒増加ノ傾向ヲ大イニ示ス

九月五日（水）晴　㊞下條

長浜　渡辺　下條　市万田　足立

一、二年合併教授時間割

裁　縫	10－10.50
国　語	11－11.50
中食休憩	12－13.00
地　理	13.10－14.00
農　耕	14.10－15.00

三、四年合併教授時間割

理　科	10－10.50
家　事	11－11.50
中食休憩	12－13.00
国　語	13.10－14.00
体　操	14.10－15.00

や恩師のことも名前を挙げて話してくれました。そして、私の娘には、幼い頃からずっと「東京でいたら、大きくなったらお父さんに言って中村に入れてもらうようにしようね。」と、何度も何度も話しかけていました。中村に対する愛着には、衰えるものがありませんでした。

何かの折に上京し、中村を訪れています。その時のことが余りにも嬉しかったのか、聞かせてくれたことがありました。こんな時の母の表情は、普段と打って変わって生き生きとしていました。中村からエネルギーをいただいて帰ってきたことが分かりました。

東京の様子がテレビに映し出されると食い入るように見つめていた母、東京の老舗の和菓子を愛した母、花火大会には高射砲の音を思い出すと言って出向くことなくテレビの音量を上げていた母、戦前の東京の地図を手元に置きよく見ていた母、そして何よりも次男を病気でなくした際も気丈に立ち振る舞った母等々、思い出される母の姿は尽きません。

母の部屋は生前のままで、片付けてはいません。読書好きの母は、いつも手元に本を置き布団に入ってからも読んでいまし

松田トシ子外四名　月謝受取合計金百三十三円二十銭
旧二年井上喜美子　浦和高等女学校ヨリ都合上、再ビ復校ノ由　父兄ヨリ通達アリ　女子明後七日登校ノ筈
午後　西山外四名ノ月謝ト記章代等総額金百四十四円八十銭
本日ノ総収入金二百七十四円八十銭也　三時半教室及び廊下ノ掃除ヲ終リ下校ス

九月六日（木）　晴
渡辺先生出動
当日　罹災学校打合セ会出席
種々有益ナル談アリタリ　下條
㊞下條

九月七日
長浜、渡辺、下條
学校第七隣組常会二午前中出席次

た。部屋には昭和十八年七月に二十一版を重ねた『通解方丈記』（有朋堂）などの戦前のものから、『平城京ロマンの旅』（学習研究社・一九八七年）などの歴史物、中でも『昭和の東京あのころの街と風俗』（朝日新聞社・一九九三年）などの写真で見る戦前の東京の写真集はお気に入りでした。一方、「サザエさん」をこよなく愛する人でもありました。

そんな母でしたが、平成十七年一月二十六日に、出かけの私が声を掛けると、「寒いからもうちょっと寝とくわ。」と、布団の中から私を送り出してから三時間余り後に帰らぬ人となりました。余りにもあっけない最後でした。母が最後に読んでいたのは、瀬戸内寂聴の『源氏物語』でした。読み掛けの巻を棺に収めました。向こうで読み終えた頃でしょうか。

奈良に居を構えてからの母は薄幸だったかも知れません。また、土地に十分馴染めず、人付き合いも下手だったかも分かりません。しかし、負けん気は強く、一歩も引かない強い面を備えていました。頼まれれば役を引き受け、神仏に手を合わせ、歴史の舞台を訪ねる姿を最後まで貫き通した母でした。

東京から引き上げて来てからの母の気持ちを表した歌に次の

ノ常会マデ　九月十日提出ノ書類報告提出（教育訓練内容ト疎開ニ伴フ転入ノ生徒数調　空襲被害学校ノ程度並ニ職員生徒数調。学校労務者食糧加配ノ件等）
市万田、足立先生出動、
一、二年　理、裁縫、体操、地歴
三、四年　習字、体操、裁縫、農耕地歴、農耕ノ時間ニハ戦局終末ニ対スル生徒各自ノ感想文ヲカカシム
明八日、上野中学校へ飯盒受取ニ赴ク

九月八日（土）　晴
長浜、下條　㊞下條
午前中、下谷区桜木町ノ上野中学校へ女子動員者ニ対シテ飯盒三十五個ノ配給●●ヲ受取ニ赴ク　代金二百九十七円五十銭
事務上ノ処理ヲ行ヒ午後二時退出

ようなものがあります。

ふまれてもふまれてもなほ
　いきつゝく
雑草のごと　我もいきたし
きょうきょ出来るかぎりの
　ことをして
明日の幸せねがい夢の中
なつかしき清澄の地に
　母校あり
杖にすがりて行きたし我も
（原文ママ）

これは、母の死後、文箱から出てきたものです。この九行に母の思いが詰まっています。中村が母の故郷そのものであり、中村での思い出を拠り所としてその生涯を全うしたと思います。中村が母を支え続けてくれたのです。誠に愚息ではありま

九月十日（月）　晴（午前中小雨午後晴）
小林、長浜、渡辺、下條　㊞下條
足立、市万田先生登校
生徒登校日（稽古日）
午後　三階ニ職員室、教室ヲ移転ス
各学年ニ対シテ飯盒ノ配給ヲ行フ
他ニ異状ナシ

九月十一日（火）　晴
下條　㊞下條
午後二時半退出　何等異状ヲ認メズ

九月十二日（水）　曇
小林、長浜、渡辺、下條　㊞下條
足立、市万田両先生登校
数学（地歴ノ代リ）、英語、家事、物象、体操等ノ授業ヲナス
日直表ヲ作成　十二日　市万田先生ニ割当ラル

すが、母に代わりお礼申し上げます。

後になりましたが、今回亡き母の在りし日の様々な場面での姿を想い起こす機会を与えてくださいました中村学園の関係の皆様に厚くお礼を申し上げますとともに、学園のますますの弥栄《いやさか》を念じています。

東に向かって手を合せる西岡照枝　　　絵：中島一美

別に異状なし。

日直　市万田

九月十三日（木）　曇　小雨　渡辺
下條先生登校
退学者横尾敏子復校シタキ旨、登校。　他　異状なし。三時下校。

九月十四日（金）　晴　足立
異状なし。

九月十五日（土）　晴　下條
異状無シ　㊞下條
高橋重太郎氏来校　千葉県館山市新井一二四三　ニ居住、目下　九月十五日ヨリ公務ヲ帯ビ京橋区歌舞伎座ノ裏ノ質屋ニ仮居ス　向フ十五日間滞在ノ予定ノ由　明後十七日　学校第七隣組常会ニ出席スル予定

九月十七日（月）　曇　長浜

第六章

生きるたくましさ　インタビューを通じて

一　大忙しの私の青春時代

昭和二十年卒　最上富美恵

三月十日の大空襲の日、私達家族は猿江に住んでいましたが、十日の空襲で家が焼けて船橋に一時避難しました。父が自動車修理の仕事をしていた関係で頑丈な防空壕が庭にあり、壕内にはお酒も置いていました。このお酒が、猿江から船橋に疎開するときに役に立ちました。当時、現金は役に立ちませんでした。お酒をお礼として、家財の引っ越しをお願いしたのです。でも空襲はその後も続き、私達は母の実家のある岐阜に疎開し

下條先生　学校隣組常会ニ出席
正午帰校
生徒ニ　ノート、鉛筆ノ配給ヲ行フ
其他　異状ナシ

九月十八日（火）　曇　風強し　渡辺
渡辺徳子氏父来校　他　異状なし。

九月十九日（水）　晴　市万田
堤氏来校、他ニ異状ナシ

九月二十日（木）　晴　日直　下條
校内無事、午後三時退出、
湊先生　九月一日付キ解員　当校へ来訪セラル（居住地　埼玉県大宮市土手町四ノ一四一〇）

九月二十一日（金）　晴　渡辺
小林、長浜先生缺

ました。中村高女卒業後、日体大に進学が決まっていたのですが、時節柄入学するどころではなかったのですね。

岐阜では都会育ちの私には想像もつかないようないろいろな経験をしました。蚕のお世話をしたり、薪でご飯を炊いたり、子供達が何人も並んで乗ったり降りたりして、てこを利用した餅つき機で餅をついたりしました。東京と違った生活に慣れるまで大変でしたね。終戦になりすぐ東京に戻りました。

私はバレー部にいましたでしょう。ですから荷物はいつも更衣室に置きっぱなしでした。授業時間だけ教室にいたという状態でした。しかも私達の頃は一、二年生だけはまともな授業がありましたが、三年生以上は工場動員で授業はなかったですからね。

当時の先生で宮崎ひさ子先生、渡辺泰行先生それに小林珍雄先生が印象に残っています。宮崎先生は英語と国語の先生でしたが、字がとてもきれいな先生でした。私は小学生の頃、近くのお寺の住職から習字を習っていました。国語の授業ではよくペン習字の宿題がでました。私は五十歳になってから本格的に書を勉強し始めましたが、原点は宮崎先生の国語の授業だと校内無事。
九月二十二日（土）　曇　　長浜
　正午登校、
二十四日[注タ]　校長[注タ]先生上京さる由
の渡辺先生の置手紙受領す、
下條先生　校務のため登校、一時
半下校さる、
校内無事、午後三時三十分退出

九月二十四日（月）　晴
　　長浜、渡辺代　下條
小林、市万田、足立出校
渡辺先生　校用ニテ出張
時間割作成ヲ長浜先生ナス
卒業生ノ逸見氏来校
卒業生、吉崎セツ子ノ父、報酬金
受取リニ栃木県佐野ヨリ来校　長
浜先生ノ月謝収入中ヨリ金一〇円
四十二銭支払フ
定期券ノ証明書三通認ム
元深川女子商業学校ノ生徒　入学

思っています。

　私は東川《とうせん》小学校出身でした。スポーツが盛んな学校で、バレーボールや水泳も体験させてもらいました。バレーが盛んな学校ということで中村に入学したのですが、練習は厳しかったですね。入学した当初は部員は大勢いたのですが、どんどんやめていきました。当時のバレー部は小林ツルさんや池田あき子さんがいて黄金時代でした。バレー部の合宿にはよく参加しました。出されたものは好き嫌いなく食べ、箸は左

ピカピカの一年生　　　絵：中島一美

ヲ依頼セラル　直チニ足立先生ノ
取扱ニヨリ許可ス（川村効子）

九月二十五日（火）　晴
日直　下條
校内何等の異状を認めず　㊞下條
午後三時退出

九月二十六日（水）　晴
日直　渡辺
普通ノ授業ヲ行フ
三年ノ袖山歌子復校ノ為メ来校ス
登校ノ先生ハ長浜、下條、市万田、
足立ノ四氏
日ヲ追ッテ復校ノ生徒増加ノ傾向
ヲ示ス
渡辺雄平先生解員ニ依リ当校へ来
校セラル
明二十七日（木）越中島造船工業
学校ニ於テ午前九時ヨリ学校隣組
常会ニ出席スル

手も使えるように練習しました。練習はきびしかったですが、今となっては楽しい思い出です。

前田先生は早稲田大学のバレー部のご出身でいらして、きびしく、やさしくご指導いただきました。渡辺先生は私達と一緒になって一生懸命練習に参加しながら、教えて下さいました。当時は早稲田の学生が本校のバレー部の選手に練習をつけてもらいに来るほど強かったのですよ。

今と違って当時は高校と大学と余り垣根がなかったのですね。お互い学び合うという感じですね。私達も卒業したらそれでさよならでなくて、合宿の度毎にお声がかかり、一緒に練習に参加させていただきました。

小林珍雄先生はいろんなお話をしてくれました。優しい先生でした。もう細かいことは覚えていませんが、難しいお話ではなく、生徒の笑いを誘う楽しいお話でした。当時では禁じられていた英語や宗教のお話もして下さいました。みんないいお話だから、生徒はみんな静かに聞いていましたね。卒業してから、お誘いを受けて上智大学にも先生にお会いしに行ったこともあるのです。

九月二十七日（木）　曇
学校第七隣組常会午前十一時半閉会　直チニ学校ニ登校　中食ヲナス
長浜先生日直ナレド午後一時マデ不参
当日、指示事項ハ左ノ如シ
一、都立本所工業学校長藁科氏不慮ノ災害ノタメ死亡、各学校、隣組ノ常員トシテ一校五十円弔金ス　来ル十月八日ノ常会ノ時　●●ニ決定ス
二、更紙、便箋等特配ニ関スル件其他ヲ決定ス　　下條
事故ノタメ午後一時三十分登校
午後四時マデ在校
校内異状ナシ
長浜

九月二十八日（金）　雨　　市万田
一、職員全出勤
一、校内異状ナシ

二　私達ね、今も大の仲良しなの

昭和二十四年卒　富田和子　武藤修子
昭和二十五年卒　佐藤美枝　山田佳子
鈴木喜久子

場　所：錦糸町東武ホテル、二十四階レストラン「簾」
日　時：平成二十五年十一月十六日（土）
記録・編集：瀧澤潔

この日は秋晴れであった。卒業生にお会いしたのは錦糸町駅から五分ほど歩いた東武ホテルの最上階のレストランで、室内は上着を着ていると汗ばむくらいの暖かさであった。窓からの景色は絶景であるが薄いカーテンが下ろされており、お話を聞くには落ち着いた雰囲気であった。やがて台形を逆さにしたようなお弁当が運ばれる。スカイツリーの第一展望台の形を模したものだという。

食事を楽しみながら、話は明治小学校時代、本校が昭和二十

一、四時限ノ授業ヲ打切リ校内大掃除ヲナス。

九月二十九日（日《ママ》）　晴　渡邊

更紙受領ノ為生徒九名登校、満員ノ為、十月一日　受取ルコトニナル、

茂木清子の母、吉岡澄子父、後藤君江来校。

他　異状なし。

拾月壱日（月）　晴　長浜

本日ヨリ毎日　授業開始、更紙一梱受領、熱田先生、湊先生来校

小林先生欠席

其他　異状ナシ

十月二日（火）　曇　下條

第一学年編入者　大島照子一名

（考査ノ結果）

配給冬服ノ割当決定ス

年三月十日の空襲で全焼して四月以降に移転した、明治小学校仮校舎時代から始まった。

—仮校舎ということで、皆さん小学校や小学生にいろいろと気兼ねがあったのではないでしょうか。

佐藤：バレーの練習で奥の講堂を体育館代わりに使っていたのだけれど、床はくりぬくし、天井は穴を空けるし、気兼ねなどなかったわね。

鈴木：遠慮はなかったわね。それよりアメリカ人が来て頭からＤＤＴを振りかけられたり、ララ物資をいただいたことを覚えているわ。

山田：みんな貧しかったね。あの当時お弁当持ってこられない人も少なくなかった。傘がない人もいて、雨の日は欠席する人が多かったわ。

佐藤：私たちバレー部員は多少の雨なら土の校庭を雑巾がけして水を絞って練習したの。雨がひどい時は都立第三商業に行ってそこで練習させてもらったわ。

—佐藤さんは皆さんから、おばあちゃんの愛称で親しまれてい

小林先生欠席　目下帝大病院佐多
　内科入院中
十月三日（水）　曇　　　　　渡辺
異状なし
一年生、新入生試験ス
十月四日　雨時々晴（木）市万田
一、足立先生欠勤。
一、異状ナシ。
　新入生二年生ノ試験施行
十月五日　暴風雨（金）渡辺長浜、
下條、足立先生欠勤
生徒登校少し、午前中にて授業終、
十月六日　晴（土）　　　　　渡辺
長浜、足立先生欠
服　配給、　異状なし、
十月八日　曇（月）　　　　　下條
常会二午前中出張　　　　㊞下條

執務日誌㈠
昭和20年3月9日〜12月10日

ますが、何か理由があるのですか。

佐藤：一年生の時、バレー部に入ってボール拾いしていたら、その格好がおばあちゃんみたいと上級生に言われたの。その時からずっとこのあだ名が付いたままなの。

―十三歳の時から今日の八十二歳までずっとおばあちゃんと呼ばれ続けてきたのですね。

佐藤：そうなのよ。

富田：わたし達、今こうして仲がいいけど、女学校時代、私は佐藤さんとはほとんど口を聞いたことがなかったの。バレー部というとこわい存在だったの。私が昭和二十年の夏に大田区池上から転校してきたことも関係するかもしれないけれどね。でもね佐藤さんとは結婚した年月（昭和二十七年五月）が同じ、それに主人が亡くなった年月（平成十九年七月）も同じ、そんなことが分かった時は余りの偶然にお互いビックリしたの。他にも共通点が多いの。私にはひ孫がいるけど、彼女と違うのはそのくらいかしら。

―佐藤さんがバレーをやろうとした動機は何だったのでしょう。

午後　学校デ事務ヲトル
　他ニ異状ナシ
十月九日　曇（火）　渡辺
市万田先生缺、異状なし。
十月十一日　雨（木）　足立
　校内変りなし。
十月十二日　晴（金）　長浜
市万田先生缺勤、小林先生ヨリ病気経過良好ニテ十一日頃退院予定トノ葉書来ル
堤氏代理ノ方来校（令嬢宿舎ノ件）
池田静子（四年）再入学ス
下條先生午後ヨリ出張
十月十三日（土）　晴　下條
午前中　校長先生ノ御用ノ為メ東京中央電話局ニ出張
午後、学校ニ登校　授業ヲナス
長浜、市万田、渡辺、足立四氏来

佐藤：私には兄がいて、戦前私は墨田区の菊川町に住んでいたから、兄は中村のバレーのことをよく知っていたし、応援していたの。特に小林ツルさんの大ファンだったわ。その兄が中村でバレーをやったらといったの。兄は戦死したから、今から思うとバレー部に入ったのは兄の遺言みたいなものね。神奈川の腰越に移ってからもバレーがやりたくてね、戦後は一年ほど貨物列車に乗って当時明治小学校の仮校舎に通ったわ。そのうちに浜町に引っ越しして、新築の清澄校舎まで清洲橋を渡って通学したの。戦後の浜町辺りは治安が悪くてね、父の会社の人が学校まで迎えにきてくれたの。渡辺先生が、佐藤は何時に下校しましたという証明書を書いて下さってね。それを先生からもらうのが恥ずかしくてとてもいやだったわ。

　私は卒業して二年後に結婚したの。早かったわね。

富田：私も卒業して間もなく、二十一歳で結婚よ。結婚が早いと老後が長くていやね。卒業して同窓会に出席すると、これからデイトなのと席を立つ人がいる中で、私だけが背中に赤ちゃんを背負っていたわ。

校
他ニ異状ナシ
学校トシテ本所工業学校長藁科隆先生逝去ニ対ス香典トシテ五十円オクル　本日　校葬日ナレド校務ノタメ出席不可能トナル

十月十五日（月）　晴
渡辺　代下條　㊞下條
本日ヨリ時間割変更　九時始業
午後一時半終業　朝礼午前八時五十分挙行ニ決定
島田先生来訪　恩給財団掛金ヲ長浜氏へ小生ヲ経テ二円渡ス
校長先生ノ職員一同ニ対シテ書面到来　学校ニ関スル一切ノ御意見●●各自御返事ヲ出ス様　要求セラル

十月十六日　火　晴　市万田
一、渡辺先生　欠勤
一、上田美代子来校　四月ヨリ十

佐藤：結婚したらバレーはやめるつもりでいたけれど、渡辺先生が、新居に訪ねて来られて、予選だけ出てくれと頼まれたの。主人もそこまで言われて出ないわけにはいかないだろうと言ってね。全日本女子総合選手権大会の予選は出場しますが、本大会は出ませんからということでお受けしたの。私の父は最初から私がバレーをやるのは反対でしたね。まして結婚してからもやるなんて、大反対。でも高校三年の横浜国体の決勝の時、初めて小林珍雄先生と観戦していて、熱心な応援や選手達の活躍を見て、お前が止められない訳がわかったと最後には言ってくれたの。

小林先生は毎日職員室の窓から顔を出して、選手の練習を熱心にご覧になっていたわね。

山田：清澄校舎といえば、みんなで椅子や机など木工所から運んだよね。

—新築といっても棟上げ式が昭和二十四年の三月五日、竣工式が四月初旬だから、ものすごい突貫工事でしたよね。

山田：新校舎といっても平屋建てで四教室だけ。小屋みたいな感じだったね。全員収容できなくて、中学生は明治小学校に

月迄ノ月謝納入
一、其他　異状ナシ

十月十八日　　長浜
一、七時五十分頃　長浜登校、職員室ニ異状アルヲ認メ、調査シタルニ　窃盗侵入シタル跡アリ　ストップウォッチ一個
　置時計一個　サイレン一個、鏡二個、黒板二個　紛失セルヲ発見シ　直ニ警察ニ届出ヅ　午後二時頃　深川警察署ヨリ神田刑事来校　調査ノ結果　其手口　其他ヨリ見テ
　進駐軍ラシトノ意見ヲ漏サル
十一時長浜、下條、兵舎転用ノ件並ニ耕地借入ノ件ニツキ、区役所教育係長ニ面会ス
渡辺　校務連絡ノタメ　本日夕刻ヨリ明日マデ裾野ノ校長宅ニ出張

残ったのよね。でも高三の私たちは土曜日お休みだったから、私たちの教室で中学の生徒さん達が授業を受けてたのよね。

鈴木：高等女学校の卒業式は明治小学校で迎えたけれど、清澄校舎の増築工事が昭和二十五年の初めに始まって三月にはほぼ完成してね、高等学校の卒業式は完成途中の新校舎で迎えることができたの。私たちのために小林先生が工事を急いでくれたのね。嬉しかったわ。四月から中学生もみんな引っ越すことができたのよね。

――当時を振り返って、思い出に残る先生はいらっしゃいますか。

鈴木：ちんちゃん（小林珍雄先生の愛称）ね。こわい先生ではないのに、教室に入ってくるとおしゃべりはぴたりと止むの。よく歌を歌ってくれてね、低音が魅力的だったわ。それに下條治恒先生。下級生の試験問題のガリ版刷り頼まれたことがあったの。お前達、絶対に漏らすんじゃないぞなどと言われてね。

武藤：私たちは皆、下條閣下、下條閣下とよんでいたね。弟が

十月十九日（金）　曇　日直　下條

渡辺先生　校長ノ自宅訪問　帰省ス

靴、参考書　更紙等　都立第三商校ニ取リニ赴ク　帰校後直チニ生徒ニ靴ナド配給ス

明二十日（土）麻布区盛岡町ノ都立養正館[注40]ノ東京都公私立中等学校長会議出席

明後二十一日（日）ニハ静岡ノ校長宅訪問　種々打合セヲナス　二十二日（月）午前中帰校ノ筈、午後ニ都合ニ依リ帰宅スル●●●●●●●

何卒御承知下サレ教務ノ打合ヲ頼ム

十月二十二日　月　雨　　市万田

一、小林先生　病気全快　出勤

一、前田豊、富山先生来校、午後四時限　前田先生の御話あり

異状なし。

賞勲局の総裁だったからね。数学を教わったけれど、授業はいつもにこにこしていたわ。でもつばを飛ばしながら話すの、みんなにひっかかったけれど、みんな嫌がらなかったね。廊下で閣下と言って敬礼すると、先生も笑いながら同じことしてくれたわ。

鈴木：弟のことを褒めると、先生たら焼き餅焼くのよね、でも笑いながらね。

富田：あだ名が付く先生はいい先生ね。下條先生は逆さらっきょうというあだ名もあったね。頭がいい人は頭がらっきょうを逆さにしたような形しているのね。私はだめね、最近特に忘れっぽくなって、誰か私に脳味噌移植してくれないかしら。できたら色気も譲って欲しいわ。

山田：私ね、宮崎ひさ子先生に英語習ったの。英語好きじゃなかったから、授業中に指されるのこわかった。私は山岳部員ではなかったのだけれど、苗場山に行かない、と誘われてね。昭和二十三年頃かしら。一緒に行ったら授業中指さないからってね。そこで私行ったの。三泊四日でね。現地では強力《ごうりき》（案内人のこと）もいれて十人くらいのパーティだったわね。

十月二十三日（火）　雨
大妻校ニテ私立東京高等女学校長協会創立準備相談会ヲ開ク　午後五時半解散
米国ノ指令通リ私学ノ復興ヲ計ル協議ヲナス（下條）

十月二十五日（木）　曇
下條　㊞下條
静岡県裾野ノ校長宅訪問　種々校務上ノ打合ヲナス　二十六日帰宅、
財団法人提出ノ職員調、生徒調、申請書作成ノ依頼ヲ受ク
二十五日朝　造船工業ノ常会提出ノ動員生徒ノ報酬金ニ関スル書類ヲ検査官ニ渡ス　二十七日　後会計主任　都ニ出頭ノ予定トナル

十月二十六日　金　晴　渡辺
本日モ午後ヨリ校舎移転準備セリ、

湯沢で泊まって朝早く出発した記憶があるわ。熊の皮が敷いてある川のほとりの山小屋で自炊したの。山を下りて上野に着いたときは真夜中だったわ。先生と何人かの上級生は一足先に帰ってしまっていたのよ。もう電車もバスもないでしょう。しょうがないから歩いて家まで帰ったの。私は錦糸町、友達は門前仲町までね。家に着いたの二時くらいかしら。翌日はちゃんと学校があってね。そしてね宮崎先生はけろっとしていて、いつもと全く変わらぬ様子で授業を始めるの。そして授業中私を指すわ指すわ…。そういう先生だったね。いまから思っても、個性的ないい先生だったわ。

――ところで皆さんは疎開の経験はありますか。

武藤：私は三月の大空襲後に福島の鏡石に疎開したの。五月頃だったと思うわ。私の隣が床屋をやっていたのだけれど、その人の親戚が福島にいるという、ただそれだけの理由で福島に行ったの。良い思い出など全くなかったわ。田舎といっても食べ物はなかったし、野菜などは父が東京から運んだくらいなの。家は板敷きでむしろが敷いてあるだけ。学校でも疎開っ子ていじめられたの。廊下でね。教科書もなかったし。

他　異状ナシ

十月三十一日（木）　雨
日直　下條　㊞下條
鎌倉遠足日ナレド雨降リノ為メ中止、他日ヲ期シ挙行ノ筈、
他ニ異状ナシ

十一月一日　木　晴　渡辺
明治節式場、便所掃除打合をなす、明治節　十時ヨリ、便所掃除は三日に一日、
他　異状ナシ

十一月二日　曇　金　市万田
注41 明治節式場の掃除をなす
便所掃除をなす
他　異状なし。

十一月六日（火）　晴　下條
長浜先生　九段中学ニ於ル学校講演会ニ午前中　出張

学校へは自転車で通学していたのだけれど、夕方、田んぼの細い一本道でこわい人につけ回されたりしたこともあったわ。もう疎開はいや。どうしても東京に帰りたかった。中村に帰りたい、死んでもいいから帰りたいと思ったわ。

—でも東京は空襲が続いていたし、帰るどころではないでしょう。

鈴木：それでも帰りたいという武藤さんの気持ち、分かるわ。私たちにとって東京は故郷なのよね。

武藤：ひどくいじめられたけれど、ただやさしい先生がいてね。女の先生だったけれど、気持ちをくんでくれてね、今でも感謝しているわ。

鈴木：私も三月の大空襲ではかろうじて助かって、母方の祖母達が疎開している北浦和に行ったの。空襲からしばらくして、親戚の人の自転車の後ろに乗っけてもらって秋葉原まで行って、そこから電車で浦和に向かったのね。そこでの学生生活は辛いことばかり。教科書はないし、写せといわれても灯火管制で明かりはないし、菜園みたいなところで肥桶《こえおけ》担がされたけど、うまくかつげなくて。田んぼにある肥溜《こえだめ》めの糞

校内異状ヲ認メズ
都庁宛　明七日　陸海軍兵舎　其他　校舎ニ利用方ノ書類ノ申請書ヲ作成ス

十一月七日　水　晴　渡辺
異状なし。

十一月八日　晴　市万田
一、残留生徒八名来校　掃除をせしむ
一、明治校校長より現在一年の教室をあけてほしい由お話あり。
一、前田先生来校
一、異状なし。

十一月九日　晴　金　足立
一、校内変りなし。

十一月十日（土）　晴　長浜
一、校内異状ナシ

尿、なかなか土にしみ込まないんだと変なことに感心していたわ。
佐藤：私は昭和十八年に中村高女に入学したけど、二年生の時戦火を避けて神奈川の片瀬に疎開したの。昭和二十年の三月十日の大空襲の日、片瀬から見た東京方面は真っ赤に燃えていたのを覚えているわ。本当に真っ赤。もし疎開していなかったらきっと死んでいたと思う。それから山梨の韮崎に疎開したりしてそこで終戦を迎えたの。
富田：最初この学校に来たとき、何て学校だと思ったの。自分の親のこと、父、母と言ったら、気取るんじゃないよ、父ちゃん、母ちゃんでいいんだ、と怒られたの。ああ下町ってこういう所なんだと思ったのよ。
佐藤：私も小林先生の紹介で地元片瀬の学校に入ったのだけれど性に合わなくてね、早く中村に帰りたかったわ。普段のあいさつもごきげんよう、おそれ入りますでしょう。空襲で避難するときの声かけも、気を付けてお帰り遊ばせという感じだったの。
山田：私は特に疎開の経験はないの。戦前からずっと我慢の生

一、下條先生　四年生二名ヲ引率シ、モンペ受取ノタメ大妻高女へ出張ス
一、月曜日ヨリ施行ノ新時間割発表

十一月十二日（月）　晴　　下條
新音楽教員（石川花子）ノ挨拶ト教授アリタリ
他ニ異状ナシ
小林先生モ来週ヨリ登校ノ筈
島田先生の所ヲ訪問ス
渡辺先生　弘文館へ出張ス　生徒ニ国語●●ノ教科書　配給スルタメ
本日、渡辺先生ノ依頼ニヨリ安田銀行ニ赴キ五千円引出ス　直チニ当人ニ渡ス
足立先生ノ御袴一着　小使ニ渡ス
他ニ生徒全体ニ配給済

十一月十三日（火）　晴　　渡辺

活だったでしょう。ですから今でも欲しい物がないの。宮崎先生の英語の授業で何か欲しいものがない、と英語で聞かれても、何もありませんと答えて先生を困らせたの。その時先生に、お前は欲のない子だねと笑われたわ。

―大空襲をまともに経験された鈴木さんは、本校の校史にいろいろ寄稿して下さいました。本当に大変だったですね。

鈴木：父が深川の玉泉院の住職をしていたの。隣のお寺も全焼してその焼け跡にね、この付近で焼けた死体を片っ端から放り込んでいくのを私は見たの。天皇陛下が三月十八日に富岡八幡宮付近を巡視することになって、遺体の処理場となったのね。ひどい光景だったわ。父は怒って途中でやめさせたのよ。

山田：明治座や新大橋のたもと付近もひどかったね。東北の大津波の時に、てんでんこという言葉が流行ったけれど、空襲の時もバラバラに逃げなければだめね。人の流れに任せるとだめね。生死の分かれ目なんかほんのちょっとしたことなのね。

鈴木：あの当時は本当に寝間着など着たことなかったわね。枕

市万田先生缺
小林先生お目えになる、
他、異状なし。

十一月十四日　水　晴後雨　足立
市万田先生御欠勤
前田先生御来校
異状なし。

十一月十五日　木　晴、雨、曇
足立
校内変りなし。

十一月十六日（金）晴
長浜代　下條
校内異状ナシ

十一月十七日（土）晴　下條
校内異状ナシ

十一月十九日（月）晴　渡辺
長浜先生缺

元にはいつも靴を置いて寝たものね。

―昭和二十年という年は、学校では授業はほとんど行われていなかったのでしょうか。

武藤：昭和十九年から三年生以上は勤労動員が通年化されたのよね。学校工場といって、学校が軍需工場になったりしたの。

佐藤：片瀬の女学校では軍刀に束《つか》をはめるのが私たちの仕事だった。棚から落ちた軍刀で手を切り、縫ったことがあるわ。

山田：私は昭和ゴムで働いたわ。上野駅から常磐線に乗り換えて北千住で降りてね。工場はいろいろな部署があってね、私は潜水艦で使うゴムホースを作っていたの。仕事の合間に小屋みたいなところで授業もあったのよ。工場も最初は南方から届いたという大きなゴムの塊がたくさん敷地内にあったのが、終戦間近には無くなっていたわね。お給料も会社からでてね、長浜先生からいただいたの。

鈴木：昭和二十年は一、二年生を除いて授業どころではなかったわよね。動員先の工場で引率の先生が休憩時間に少し授業をして下さったくらい。

佐藤：ちんちゃんなんかバケツ叩いて教室に入ってくるのよ。

異状なし。

十一月二十日（火）　晴　　市万田
靖国神社臨時大祭ニ付
午前中にて授業打切、

十一月二十一日（水）　晴　　足立
長浜先生御缺勤
一年生　一名入学
二年生　一名受験者あり、
外に変りなし。

十一月二十二日（木）　雨後晴　　渡辺
長浜、下條、市万田先生缺
依って午前中にて授業打切り、

十一月二十四日（土）　　渡辺
食糧事情により臨時休校
三商より、学校隣組を通じて、
教　発第五三六号、教　発第五
三九号を持参する、

とても面白かったわ。

武藤：昭和十九年頃から女学校の制服も全国統一の国民服になったわね。へちま衿の上衣に白いカラーを付けて、下はモンペズボンだったね。いやだったわ。終戦を迎えても物不足は続いて、姉が自分の洋服の生地で弟の学生服を縫っている姿を覚えているわ。戦後間もなくの頃はまともに中村の制服を着ている人なんかいなかったわね。

―戦後しばらく経って、皆さんの普段の生活はいかがでしたか。

富田：大田区池上から引っ越して来た時はとにかく大変なところに来たと思ったの。門前仲町から錦糸町方面に路面電車が走っていたのだけれど、いつも混んでいて乗れないの。米屋かなんかのトラックを無理やり止めて乗せてもらったりしたのよ。

鈴木：私は関東大震災後に清澄庭園の東側に建てられた市営店舗住宅に住んでいたの。お寿司屋さんの二階にね。具合が悪くて寝ていたとき、小林先生が通りがかりに見舞いに来てくれたわ。学校から近かったから、みんなの荷物を家に預かっ

十一月二十六日　月　　晴　　市万田
一、長浜先生欠勤
一、其他　異状なし

十一月二十七日　雨　火　　足立
久々に校長先生御出勤、生徒一同にお話あり、
午後一時より理事会ありて堤氏、神馬氏御来校
授業午前中

十一月二十九日（木）　雨　　下條
異状ナシ

十一月三十日（金）　晴　　市万田
一、島田先生来校
一、異状なし

十二月一日　土　　晴　　足立
校内変りなし。

十二月三日（月）　晴　　長浜

て颯爽と遊びに行ったことなどあったわ。榎本健一、古川ロッパ、灰田勝彦などの東劇劇場へよく見に行ったわね。

富田：鈴木さんは大空襲の時に清澄庭園の池に首まで浸かって九死に一生を得たり、結婚されて半年後にご主人を病で失ったり、その後の人生も波瀾万丈の人生を歩まれたのよね。一冊の本が書けるのではないかしら。

鈴木：私たち東京医科歯科大学病院の市川真間結核病棟でね、同じ結核病患者として出会ったの。貧しい食糧事情を反映して当時は結核にかかる人は少なくなかったわ。一旦かかるとなかなか治らないの。私は三年入院して、退院後も十年の静養を経てようやっと健康を取り戻したのだけれど、主人はだめだったのね。私たちを仲立ちして下さった療養所の柳先生はとてもいい方でね。国立栄養研究所の初代所長を務めた人でもあるの。長い静養期間中にね、先生のご自宅に住み込んで家事をお手伝いしたの。奥様が病弱で先に逝かれたけれど、先生の最後は私が看取ったのよ。それから何とか一人で生計を立てなければということで和裁を習い始めたの。和裁と書道の教師をして生活してきたの。中村で学んだことが役

校内異状ナシ
十二月四日（火）　晴　下條
校内異状ナシ
十二月五日（水）　晴　渡辺
校内異状ナシ
十二月六日（木）　晴　市万田
校内異状ナシ
十二月七日　木　晴　足立
校内変りなし、湊先生御来校、
十二月八日　土　晴　長浜
校内異状ナシ
十二月十日　月　晴　下條
本日　大掃除　終業式　授業なし。
二時半頃　進駐軍三名　通訳一名
来校　調査して帰る

に立っているのね。いろんな辛い経験をしてきているから、私たちは強いのね。あの空襲で一回死んだも同然だから、何があってもびくともしないんですよ。

三　片隅の、ちっぽけな図書室で

昭和二十九年卒　岩井久子

―真珠湾攻撃のとき、岩井さんは小学生でしたね。その日のことは覚えていますか？

通っていた神田の佐久間小学校の校庭に集められて、校長先生から「大変なことが起こったから、みんなも気を付けなさい」というようなことを言われて、大慌てになったの。一斉に「緊急事態発生」という雰囲気になりました。

―岩井さんは疎開していなかったのですか？

父は東京の出身だから疎開する気が全然なかったし、行く所

他　異状なし。

もなかったんです。でも小学校だって空襲警報が出れば授業どころじゃなかったし、最後のころは毎日校門までしか行けませんでしたよ。門のところで、先生方が給食のパンを持って待っていて、そのパンをもらうためだけに行くんです。でも、そこまでたどり着くのも大変。距離はここから明治座くらいまでしかないけど、そこを行く間に、何回空襲警報が鳴ることか。鳴ったらどこのお家でもいいから飛び込んで身を隠して、そんな風に何回も出たり入ったりするから、なかなかたどり着かない。やっと学校の門のところまで行くと先生たちがパンを持って待っていてくれて、「これもらったらすぐ帰んなさい」っておっしゃってね。

―三月十日の空襲は夜明け前の時間ですね。岩井さんはご自宅にいらしたのですか？

ええ、家中みんないました。姉が一人お嫁に行っていて、父と母と姉と弟と私の五人家族。あの日は夜遅くから朝まで空襲だったんだけどね、父が風の向きがこちらへ吹いていないから大丈夫だと言ったの。でも、小学校は燃えるのが見えました

執務日誌(二)

自　昭和二十年十二月十一日
(至　二十二年九月十三日)

中村高女

十二月十一日　火　晴　　渡辺
本日より冬季休業
四年生補習　國語(渡辺)施行、
下條、島田先生来校、他異状なし
[注42]尚本校下駄置場は[注42]八名川校職
トナルニ付　明渡す、

よ。遠く向こうに、すさまじい夕焼けみたいな空が見えた。燃えているのは上野の方から本所深川方面じゃないかって聞きました。

　おじさんたちが本所深川にいたから「大丈夫かな、どうかな」って言っていたの。そうしたら二、三日経ってから深川の従姉妹が訪ねて来た。もうね、ぼろぼろに焼け焦げた綿入れみたいな、防空ガウンみたいなの着ていたんですけどね。防空頭巾なんてもうどこかに行っちゃって、髪の毛も焼け焦げてなくなっていた。川の中を、歩いて来たそうだから。

―東京がそのようになってしまって、その後はどうされたのですか?

　信州の小諸に疎開したの。深川で美容師をしていた従姉妹一家に小諸に実家があるお婿さんがあったものだから。その準備をしていた四月にまた東京で空襲があって、その時は田端の駅にいたの。今と違って車もないから、疎開のために家財道具を毎日リヤカーや荷車で運んで、駅から出る貨車に積んで運ぶ予定だった。貨車もいつ出発できるか分からなくて、貨車に全部

十二月十二日（水）　晴　　　　下條
四年生数学補習（下條）施行
島田、宮崎、渡辺三先生来校
校長　明十三日　上京ノ電報ニ接ス
他ニ何等異状ヲ認メズ

十二月十三日　木　晴　　　　足立
渡辺先生、押本氏　御来校
卒業生　坂田照子、丹沢冷子来校
十九年卒業生　杉本節子卒業証明書を取に来校
青木利子母来校
明日十四日昼頃又来られる由
その他変りなし

十二月十四日　金　晴
長浜代渡辺
注チ
注チ前田、宮崎先生来校
青木利子報償金支払
他異状なし

荷物を積んだあとは田端の駅のそばの空き家を借りて、寝泊まりしていました。当時は空き家がいっぱいあったし、特に駅の近くは強制疎開があったから。そしたら、田端駅が空襲の直撃を受けて、せっかく作った荷物が全部パアになっちゃった。着るものも全部焼けちゃったから、着の身着のまま小諸へ行ったの。四月は、東京は桜が咲く時期でしょ。でも小諸は寒くてガタガタ震えて……。その後、神田も空襲に遭って、終戦後に戻った時には家はもう跡形もなかった。

—疎開先はどうでしたか？

近所のおじいさんとおばあさんの納屋を借りて仮住まいをしたんです。終戦まで、疎開先で学校に少しだけ通いましたよ。でも疎開して落ち着いたのは五月だったから、入学式も済んでいるし、そもそも卒業式が空襲でなくなってしまったから卒業証書も持っていなくて、受け入れ先がないの。でも父がいろいろ連絡を取ってくれてね。小学校と中学校の間に尋常高等小学校というのがあって、そこに仮に入りました。校長先生が「焼け出されて来て何にもないわけだから、とりあえず籍を置きな

十二月十五日（金）　晴　下條
何等異常ナシ　長浜、渡辺来校
久振リデ池田先生　栃木県ヨリ上京学校へ立寄ル

十二月十七日（月）　雨風強し　渡辺
國語　補講
他異状なし
本日より職員室に「カギ」を掛ける。

十二月十八日　火　晴　市万田
渡辺先生来校
寺西すゞ子　報償金受取ニ来校
異状なし

十二月十九日　水　晴　足立
渡辺先生　御来校
異状なし
午後二時古庄てる子来校　報償金を左記に御送り下さいとのことに

さい。明日からおいで」っておっしゃって。

でも学校では勉強じゃなくて、農作業をやるの。たとえば薪を山から集めて来なきゃいけない。男の子は大きな木を切って下へ落として、女の子がそれを束ねて山から引きずって下ろして冬の準備をするの。食糧がなくて食べるものも食べてないのにそんなふうに労働をして、結局過労になっちゃったのね。ある日、山へ行って栗を拾うから着いて来いって言われて、着いて行かないと駄目だから着いて行ったのね。田舎の子、怖かったから。そしたらね、私、蛇を見たの。蛇なんか動物園でしか見たことがなかったんですよ。それが、向こうからやってきた。私、立ちすくんじゃってね。蛇はすぐ山の方にいっちゃったんだけど、その後、熱が出てね。どうしても下がらなくて、巡回のお医者さんに診てもらったら、「肋膜《ろくまく》の走りだから安静にしてなさい」って。そうやって疎開先で、私は肋膜炎になっちゃったんです。学校にせっかく入ったのに薪を取りに行って蛇に会って、熱が出ちゃって肋膜になって。そしたら、そのうち夏休みになっちゃった。そうこうしているうちに終戦になってね。

付　大変交通不便なる由にて
板橋区志村西○町二〇五六

十二月二十日　木　　晴　　長浜
異状ナシ　卒業生　久保田美代子
来校
三商ヨリ十二月二十八日、二月八
日ノ両日隣組ノ連絡事項アルヤモ
知レズ　不便ニテモ宜敷キ故　連
絡スル様ニトノコトナリ

十二月二十一日（金）　晴　　下條
異状ナシ
渡辺先生登校
午前中　渡辺先生ノ国語、午後
○○氏ノ数学ノ講演アリタリ
月曜日　忘年会開催ノ予定
明二十二日　中等学校長会議　都
立工業学校ニ於テ午前十時ヨリ開
催セラル　小生　出席ス

十二月二十二日（土）　晴　　渡辺

——終戦はラジオで聞いたのですか？

ガーガーと雑音が入っちゃって何だか全然分からなかったんだけど、警防団のおじさんが、もう戦争が終わって空襲がなくなったよって知らせに来てくれたのね。

でも、私、未だに記憶がないんだけど……お風呂に入った記憶がないの。戦争が始まって間もなくから。夜も、いつでも靴さえはけばいいような状態で寝るわけだから。全然お風呂の記憶がないの。あの当時、どうしていたんだろう。


——終戦後はすぐ東京へ戻られたのですか？

すぐには帰れなかったんですよ。強制疎開された人だけ帰れたんだけど、戦争が終わったら兵隊さんがどんどん帰ってくるでしょ。だから、足手まといの人はウロチョロしていちゃ困るのよ。ただ私が肋膜炎でしょ。一、二ヵ月に一回しか診療の先生がまわってくれない状態で寝ていても治りようがない。それで昭和二十二年、東京へ戻って、深川の従姉妹のところにみんなで暮らすことになったの。

私の病気が進んでいて危険な状態だったから、先に東京へ

國語補講
長浜先生来校
学校隣組より　復員者調を提出する様に連絡あり、　他　異状なし。

十二月二十四日　月　晴　市万田
小林、長浜、渡辺、下條、足立の諸先生来校
慰労の会合を開く
港先生来校　異状なし

十二月二十八日　晴　渡辺
異状なし。
十時着、十一時下校

戻った父がとにかく掘っ立て小屋でもいいから家を作らなくっちゃって頑張って。六畳一間とちっちゃな台所が一つ。でも、私達が帰って来たら家につっかえ棒がしてあるんですよ。なんだろうと思ったら「台風が来て家がずれちゃったから」って。そんなバラックでした。

―終戦になって深川に移られてからも病気の療養だったのですね。

病気が良くなるまでに何年掛かったか……。肋膜にかかった後、さらに脊椎《せきつい》カリエスになって、背中に瘤ができちゃったの。でも同愛病院には進駐軍がいて、日本人は診察が受けられない。MPが立っていて前も通してくれなくて、橋を渡りたくても「向こうを渡れ」って。同愛病院に行っていれば、もっと早く分かっていたんだろうけどね。診療所みたいな所に行っても医療設備があるわけでもなく、安静にしていることしかできなかった。

その頃千葉県の市川に「おたすけじいさん」っていう人がいてね。そこに行くと針を打ったりタワシで擦ったりしてくれた

昭和二十一年一月四日　晴
渡辺　午前中　登校　他　異状なし。
渡辺、下條登校　異常なし。（一月五日）

一月七日　月　晴　足立
渡辺先生御登校
第二学年神谷宝子川越家政高女に転学
他異状なし。

一月八日　火　晴　長浜
下條、渡辺先生登校、長浜　補習、
卒業生注ツ小林ツル氏来校、
其他　異状ナシ

一月九日（水）　晴　下條
高木冨美子第四学年　転校ノ打合ニ来ル
渡辺先生来校

の。安静にしてなきゃいけないのに藁《わら》にも縋《すが》る思いで通ったわ。飲み薬でもあれば気休めになったけど、何にもなかったから。タワシで擦って治るものでもないのに、みんな列をなしてすがっていたの。せっかく助かった命だと思うから、みんな一生懸命だったんですよね。

ある日、市川へ向かう時に、都電がものすごく混んでいてね。途中であんまり押されるから瘤がパンクしちゃったの。こぶに溜まった液がどんどん出てきて、タオルで一生懸命押さえても止まらないの。二、三日して、今の石原町の震災記念堂資料館にあった仮の日赤診療所に行ったら「大変だ」ってことになって……。パンクする前に液を注射器で抜いてバイ菌を取らなきゃいけなかったのにパンクさせてしまったものだから、瘤が陥没して背中に大きな穴が空いちゃったの。骨が見えるようになっちゃって、薬もないからヨードチンキを塗ってとにかく安静にして、外のバイ菌が入らないようにして。今があるのも日赤の先生方のおかげでしょうね。感謝しきれないです。

学校は好きだったけど、通える状態じゃなかった。寝ているほかはないから、天井ばかり見ていたのよね。脊椎カリエスは

下條　補習　他ニ異状ナシ
一月十日（木）　晴　風強し　渡辺
長浜先生、湊先生来校
渡辺　補習　他異状ナシ
一月十一日（金）　晴　市万田
渡辺先生登校
他異状なし
一月十二日　土　晴　足立
卒業生　田代英子　住所変更ニ来
校　向島区吾嬬町西四の十二
鬼島文子　卒業証明書を取りに来
校
以上変なし　手数料二十銭
一月十四日　月　晴　長浜
下條　渡辺先生来校
長浜補習　其他異状なし
一月十五日　火　晴　渡辺

骨が溶けるのを止めるために、布を巻いてその上から石膏で固めたギブスをはめていなきゃいけなかった。ギブスは取れないし、重いし、転んだら起き上がれないのよ、だるまさんみたいに。感覚がなくなるのね。ずっと寝たきり。おしゃれもヘチマもあったもんじゃないわよ。

ギブスをはめてずっと暮らしているうちに、傷口からバイ菌の液が染みて、石膏が腐ってきてね。「このままではいけない」って作り直すことになって。春日町に戦争で手足が無くなった人のためにギブスを作るお店があるという話を父が聞いてきて、そこのギブス屋さんに行ったら、紐で開くギブスがちゃんとあったの。でもずっと石膏のギブスで体を固定していたから、取った時は立ち上がれなかった。筋肉が弱っちゃって、歩けないどころか立てないの。あれほど無駄な時間を費やして……。

でもね、お腹の周りが解放されたから、ものが食べられるようになって、食べる食べる食べる。食べ過ぎてギブスがはまらなくなっちゃって。でも父は「作り直しは何回でもしてもらえるから、食べて栄養つけて治さなきゃ」って言ってくれてね。

下條先生　出張
長浜先生　登校
渡辺　補習
他異状ナシ

一月十六日　水　晴　渡邊
渡邊　補習
他異状ナシ

一月十七日　木　晴　市万田
宮沢鶴轉校の書類持参。
渡辺先生、来校
他異状なし。

一月十八日　金　晴　足立
長浜、渡辺先生御来校、異状なし

一月十九日　土　晴　長浜
渡辺先生来校、長濱（補習）
本日ヲ以テ四年生ノ補習修了
其ノ他　異状ナシ

お医者さんは「瘤に溜まった液が全て乾いて口が塞がるか塞がらないかは賭けなんだ。塞がらなければ、ガーゼ交換を一生しなきゃいけないんだ」とおっしゃっていた。塞がって奇跡だと言われたけど、私はあの先生の熱意だろうと思う。自然と薄い膜ができた時には、私以上に先生が喜んでくれたわ。

―どういった経緯で中村に入ったんですか？

父の知り合いに中村の卒業生がいたらしいの。入学は病気が治った後の昭和二十五年。十七歳で中学三年生に入ったの。同級生より三つも年上だった。父が珍雄先生にいきなり「高一に入れてほしい」って直談判に行ったらしいんだけど、そしたらね、先生が「岩井さん、スポーツで三段跳びっていうのは聞いたことはあるけど、四段跳びってのは今まで聞いたことがない。オリンピック選手だって三段跳びだ。中学はあと何カ月か入ると三年で終了になるから、三学期だけでもいいから席を置いて、高一にみんなと一緒に入ろう」とおっしゃってね。そうよね、小学校から高校に飛んだら困っちゃうよね。

一月二十一日（月）　晴　下條
他　異状ナシ
始業式挙行　小林先生出動

一月二十二日　火　晴　渡辺
注テ細萱先生来校、
他異状なし

一月二十三日　水　晴　市万田
異状なし

一月二十四日　木　晴　足立
校内変りなし。

一月二十五日　金　曇　長浜
市万田先生教職講習会ニ出張
其ノ他　異状ナシ

一月二十六日（土）　曇　雪模様　下條
渡辺先生　体操講習会出席ノタメ
出張、他ニ異状ナシ

――入学後は図書部員だったとうかがいました。

図書室なんて言っても今みたいに立派なものではないの。あの時、まだ、女学校卒業っていうのと高校卒業って分かれたわけでしょ。女学校は四年で、高校は三年で、女学校として入学した人が単位だか何だか足りなくて一年残って卒業したのかな。その時に十人くらい残っていた人の小さな教室があって、そこの部屋が空くのを私達が狙っていたの。占拠して図書室を作ってもらおうと。

――本はお好きだったんですか？

寝たきりで天井ばっかり見ていたでしょ。活字に飢えていたのよ。当時の人はみんなそうだった。本なんて無いんだから。本が欲しかった。活字ってものを見たかった。読みたかった。それで図書部に入ったの。部屋をまず確保できたし、ちょうど椅子もテーブルもあるから、それを使って本を並べれば図書室になっちゃうじゃない。これはいいって。でも、どこでどうやって本を買えばいいか分からないでしょ。そしたら次郎先生が「神田へ行くと古本屋さんで本を買える」っておっしゃって、

一月二十九日　火　曇　市万田
渡辺先生　教員講習会ニ出張
異状ナシ

一月三十日（水）　曇　代　渡辺
長浜先生　出張
他ニ異状ナシ

一月三十一日（木）　晴　長浜
市万田先生欠　其他異状ナシ

二月一日（金）　雪　代　渡辺
下條先生　校長会議出席（学校隣組常会ニ出席）
本日、午前中にて授業打切り
他異状ナシ

二月二日（土）　晴　渡辺
下條、足立先生欠席
交通情況悪く生徒欠席者多し。
他異状ナシ
●●●●学校長全国協会ニ出席ノ

私達だけで行けないから先生が着いて来てくださって。そしたらね、あったわよ。本が！　あんなにいい匂いがした本って、無かったわね。そんな今の香水どころじゃないわよ。普通だったら、ほこり臭かったり、本独特の印刷の変な匂いがするじゃない。開けた時に印刷の匂いなんかしないのよね、古本だから。だけどね、本の匂いがしたの。でもその時は一冊しか買えなかった。お金がないからね。夏目漱石の本を一冊買えたの。その本屋さんには全集があったんですよ。オレンジ色の漱石全集……。思い出すとね、涙が出ちゃうわよ。今でも。でも、お金がないから買えなくて、文庫本みたいな本を一冊買ってきた。

　本を買うにはお金がなきゃだめだ。だけどアルバイトなんてないからね。そんな時、ちょうど文化祭があってね。私、理科部にも入っていたんだけど、顧問の近田先生が「化粧水なら薬品だけで作れるから、作って売ったらいいんじゃないの」って言ってくださったの。それで、化粧水をたくさん作って売りました。一瓶十円だったかな。私、つい最近までその化粧水を持ってたんだけど、腐りませんね、半世紀経っても。何の香料も入ってない、純粋なものだから。黄色い色した化粧水だった

タメ出張ス（下條）

二月五日　火　晴　足立
校内変りなし。

二月六日　水曜　晴　長浜
小島先生来校　其他校内異状ナシ

二月七日　木　雪　㊞下條
都立第七高女校ノ数学講習会ニ出席
他ニ異状ナシ

二月八日　金　晴　渡辺
異状ナシ

二月九日　土　晴　市万田
異状ナシ　下條先生缺

二月十二日　火　晴　長浜
市万田先生出張

んですよ。その当時はいい化粧水なんて売ってないから、お母さんたちが喜んで使ってくれた。もちろんお金がないのは図書部だけじゃないから独占はできなかったけれど、お金をかせぐってことを覚えた。

理科部でビーカーを洗って干す器具がなかったときは、次郎先生が「じゃ、おまえ達ね、材木をどこかで調達してこい」って言うの。木場に行けばいくらだって転がっているでしょ。製材所に行って、おじさん達に板切れを貰って、その木材やリンゴ箱だのみかん箱でビーカーを干すのをこしらえたのよ。顕微鏡なんて夢のまた夢。

木場の製材所のおじさん達にはずいぶんお世話になりました。バレー部の子たちが練習すると、校舎がぼろだから床が抜けちゃうんです。古い木で作ってあるから、体の大きい子が飛んで跳ねると床が抜けちゃうの。そうすると、次郎先生が大活躍でね。先生が大工さんになって、すぐ直してくれる。でも普通、先生が床張りするかしら？　子を持つ親の愛情なのかな。そうやって床が破れるたびに「ほらまた行け」って言うから、材木屋へ行くの。それでストックしておくんだけど、すぐ無く

其他異状ナシ

二月十三日　水　晴　㊞下條
長浜先生欠勤
小島先生登校セラル
他ニ異状ナシ

二月十四日　木　晴　渡辺
長浜、市万田先生缺
他異状なし

二月十五日　金　晴　市万田
長浜先生欠勤
前田先生来校
其他異状なし

二月十六日　土　雨　足立
校内変りなし
長浜先生　御休

二月十九日（火）　曇　下條
長浜、市万田両先生欠勤

なっちゃう。あっちもこっちも壊れるから。だけど、そうやってまた先生が直してくれた。

その当時、掃除が終わるとお当番の三年生が見回りにくるのね。それで「あそこがまだ汚れてる」って文句言うの。私達の学年は団結心が強かったから「上級生はあんなことばっかり言って、自分達の部屋を見せもしない。みんなして、徹底的に掃除しよう」って。放課後全員帰らないで、廊下からなにから全部ピッカピカに磨いちゃったの。ワックスもなにもない時代じゃない。それでも若さの一心で磨いちゃったの。そしたら全校にそれが伝わってね。本当にあんな壊れる寸前の校舎を、お客さんが来ても素足で上がってこられるようにしちゃった。あの頃は楽しかったですよ。

お習字も和裁も洋裁も雑巾の絞り方も、お作法の先生が全部教えて下さった。和裁は運針の仕方から全部教えてくださった。おっかないおばあちゃん先生だったけど、夏休みに海の家に行ったりすると、楽しい先生でね。なんていうのかな、学校は、おかあさんがいておばあちゃんがいて、その三代くらいが一緒に住んでいる一軒の家みたいな感じだったんです。学校

十八日ヨリ小島先生出勤
他ニ異状ナシ
杉山教頭ヨリ校舎問題ニ関シテ相談アリタリ　長浜氏ト明二十日打合セノ筈

二月二十日（水）　晴　渡辺
小林先生来校、押本氏来校
他異状なし。

二月二十五日（月）　曇後晴　下條
校長、島田先生来校　他ニ異状ナシ

二月二十六日（火）　晴　渡辺
市万田先生欠
他異状なし。

三月一日（金）　晴　長浜
異状ナシ、市万田先生欠

三月二日（土）　晴　下條

が、一つの家庭。だから今でも上級生や二・三年下までの下級生の名前も覚えていますよ。

今でも仲のいい同級生が五、六人いて毎月会ったり旅行に行ったりするんだけど、だいたい出る話は学校時代のこと。みんなお嫁に行って姑さんに色々言われたけど、おっかなかった先生に教えてもらった家庭科のおかげで「あんたは良い学校を卒業してきたね」って誉められるって。お習字を教えてくださっていた鷹見芝香先生には、卒業後も文京区にあるお宅に伺って教えて頂いていた。

よい先生と言えば、作文を教えて下さった河田楨《みき》先生。紀行文の本をたくさん書かれている立派な先生だったのに、お顔に白いひげが生えていてヤギに似ているからって「ヤギ先生」なんて呼んでいました。私の作文、ほめられたことがあるの。よく見る田舎の光景を書いたのね。刈り取った稲束を田んぼに積み上げている様子。そうしたら先生は「よし」とおっしゃって、「その稲の山を『稲叢《いなむら》』と言うんだよ」と教えてくださいました。私を子ども扱いしないで、難しい言葉を教えてくださった。

異状ナシ
三月四日（雨後晴）（月）　渡辺
異状なし。
三月五日（火）　小島
願書受附開始
異状ナシ
三月六日（水）　市万田
異状ナシ
三月七日（木）　足立
異状ナシ
願願《ママ》書累計　三十五
三月八日（金）　晴　強風　長浜
異状ナシ　全校職員生徒　種痘施行
三月九日（土）　晴　下條
本日、午前十時　当校ノ戦災ノタ

今も同級生と外で食事をしていてナイフとかフォークを見る度に、「珍ちゃん（小林珍雄先生）は『無理に格好の悪い姿勢して食べることはない、日本人なんだからお箸を上手に使いなさい』って言ったわよね。ウェイターさんに、お箸ちょうだいって言いましょう」って言うの。何年経っても思い出すってことは、先生に教えてもらったことをただ聞き流してたんじゃなくて、身についていているってことね。

当時、珍雄先生は映画を錦糸町へ見に連れていってくださったこともあった。中学高校全員で千人近く行くわけですから、映画館を貸切にしてお弁当を持って行くの。「アンナ・カレーニナ」や「風と共に去りぬ」みたいな長い映画は午前と午後に分かれているから、一日中貸切。そういうのを見てくると、また図書部が繁盛

漱石全集と少女　　絵：伊藤愛華

メ死亡セル教職員　卒業生　在校[注43]
生ノ慰霊祭ヲ[注43]玉泉院ニテ挙行
区長　教育課長笈田氏　当校先生
　卒業生参列願盛大ニ挙ゲラル
入学受験者ノ受附ヲナス
他ニ異状ナシ
当日、御仏前ニ供物ヲナセル卒業
生ヲ左ニ挙グ
今井満理子、落合絢子、藪金泰子、
秋山恵子、佐々木文江、鵜沢輝子

三月十一日　月　　渡辺
　志願者数報告　五九

三月十二日　火　曇　　小島
下條先生欠、押本氏来校、富山先
生来校

三月十三日　水
　下條先生欠

三月十四日　木　晴　　足立

するのよ。みんな本で読みたくなるでしょ。そうすると図書部が神田に行く回数が増える。化粧水作ったりクリーム作ったりして、お金を作ってね。

　絵も見に行きました。日展に学校全体で連れて行ったのは中村が初めてじゃない？　珍雄先生は「教育というものは、物の売り買いじゃないんだから、すぐ目の前で成果が出るわけでは決してない。何十年後にその人が死んでいなくなってからでも、ああいう良き時代があったとか、ああいうことを教わって良かったなとか、たった一つでいいから思い出してくれることが、教育ってものだから。今日して明日成果があがるものじゃないんだ。一生かかって尽くして初めてその中のどれが、かえって来るか来ないか、そんなものは分からない。計算してできるもんじゃない」って、おっしゃっていました。

　それから、海の家とか山の家。今みたいに親がどこかに連れていくことはない時代なんですよね、下町の子どもは。学校でそれをしてくれた。スキー教室にしろスケート教室にしろ「できなくていい」って先生はおっしゃるのよね。校長先生は「滑れなくていいんだ。あの雪のふわっふわの冷たい感触に接する

下條先生欠　市万田先生欠

三月十五日　金　晴　長浜
四年生裁判所見学（小島先生附添）
市万田先生　館林出張、
下條先生欠　一、二、三年生四時
限ニテ打切

三月十六日　土

三月十九日　火　曇　㊞小島
九時ヨリ公堂ニテ辯論會ヲ開ク
十一時閉會、大掃除ヲシテ生徒帰
宅、
願書〆切　今日マデ分　百七名ナ
リ

三月二十日　水　雨　市万田
一、本日　全校生徒　文展見学
一、願書報告　十一時現在
　　願書　百十二通
　　内申　三十一通

だけでいいんだ。雪の中で転がってくるだけでいい。それだけで、一生の何かに役に立つんだからね、怪我さえしてこなければいい」って。

—六十数年後輩の中高生たちに、メッセージをお願いします。

やっぱり、感謝の心がなきゃだめね。感謝の心を持ってやるのと上っ面だけじゃ、違うものね。結局みんなよりどれほど遠回りしたことかわからないけど、生きているだけ幸せと思わなきゃ。戦争なんてことを体験したのも、これも一つの私の人生の中の一節。やっとの思いで生き延びて、どじばっかりだったけどね。せっかく荷造りした荷物もなにも、なくなってしまったけど……。

父は子供が生まれると毎年写真を撮っていたの。写真屋さんや友人に撮ってもらってね。空襲に遭う前、爆撃されちゃうかもしれないからって甕《かめ》に入れて埋めておいたんだけど、疎開の準備をしたときに田端の駅に持ってっちゃったの。埋めたままにしておけばよかったのよね。よその家みたいに洋服買ってくれることなんかはあんまり無かったんですけどね、子供の成長

右　下條先生来校、都ヘ持参セ
ラル、

[注44]三月二十一日　木
[注44]春季皇霊祭ニ付休業

三月二十二日　金
校内排球大会

三月二十三日　土　　長浜
二十四日ノ休業ヲ繰上ゲ本日トス
下條、渡辺先生出勤
卒業生送別校友大會準備ノタメ
生徒ノ一部登校ス

三月二十四日　日
卒業生送別校友大会開催、午前中

三月二十五日（月）　晴　　下條
午後一時ヨリ卒業式挙行、区長、
区会議員長（山屋氏）参列
校長先生、島田先生来校

を必ずお誕生日に写して。……写真だけは返してほしいの。日本国に対して。それだけは、出来ないことの愚痴だけど、どんなことしてでも返してほしい。

二〇一四年三月十九日（水）　理事長室にて
聞き手　小林和夫
布山夏希
岡﨑倫子

インタビュー、その後

岡﨑倫子

十一月の初め、岩井久子さんは再び中村学園を訪れた。真っ赤に熟れたつやつやの柿を「お土産よ」とたくさん抱えて、その柿のようにまぶしい笑顔で岩井さんは理事長室に入っていらした。ご自身の近況や仲良しの卒業生の話に花を咲かせた後、もう一つお土産があると言って、岩井さんは一本のガラス瓶を

本日内申書、届出アリ

三月二十六日（火）　晴　　　渡辺
修業式　十時三十分　　異状ナシ

三月二十七日（水）　晴
　　　　　　　小島代　渡辺
長浜先生、下條先生来校
中村清四郎氏来校
排球部送別会ノ為、生徒十五名登校。
卒業生　佐藤　安江来校
他ニ異状ナシ。

三月二十八日（木）　曇　　市万田
長浜、渡辺、先生来校
生徒数名登校
他ニ異状ナシ

四月一日（月）　晴　　日直　下條
長浜、渡辺、市万田、小島、島田、足立来校

カバンから取り出し、私に手渡した。

瓶の中では透き通った美しいレモンイエローの液体が揺れている。これは何ですか、と尋ねると、岩井さんはニコニコしながらこう答えた。「インタビューの中でお話しした、理科部の化粧水よ。処分してしまったと思っていたけれど、まだ家にあったの」。驚いて再び手の中の瓶に視線を戻す。これが六十年以上前に高校生が作った化粧水か。埃も水黴も浮いていない。中身は変質しているに違いないのだが、その液体はガラス越しに向こうが見渡せるほど濁りなく澄んでいる。当時の生徒たちが丁寧に作ったことがよくわかる。

時を越えて、六十数年前の生徒達の情熱がガラスを通して伝わってくる。当時、確かに物はなかった。お金もなかった。しかし、生徒達はその焼け野原で夢を見たのだ。もっと勉強がしたい。本が読みたい。友達や先生と過ごす「今」を全力で生きたい。物がないなら作っちゃおう。お金だって稼いじゃおう。私達にはやりたいことがあるのだ！　――瓶の中からそんな声が聞こえてきそうだ。

戦争よりももっと前、一〇五年前に創立者中村清蔵が書いた

午前十時生徒登校　検閲ヲ行フ、
直チニ教室　廊下等ノ清掃ヲナス
省線ノ定期券ヲ生徒ニ交付ス

四月二日（火）　晴風強シ　渡辺
下條先生登校。
卒業生二名来校。三年志望　角谷
とし子願書提出。
他異状なし

四月四日（木）
入学準備

四月五日（金）
入学考査

四月六日（土）
休暇

四月八日（月）　晴　島田代　渡辺
長浜、下條先生登校
三年志望　戸張受験

「深川女学校設立の趣意書」の文言がふと頭をよぎる。「今ヤ平和克復シ国威宣揚ノ際ニ当タリテ女子ニ待ツ所多キ時ナリ」。平和を求める時、なぜ女子に期待するのか。その答えが、ここにある気がした。

生徒（五年）三名登校　卒業生川野輪チカ君来校

四月九日（火）　晴　長浜
下條、渡辺、小島先生登校
明日ハ臨時休業ニツキ入学者発表ヲ本日　行フ
鶴岡勝子、川野輪チカ来校
校舎転用ノ件ニツキ　長浜　区役所ニ出頭　連絡ヲ行フ

四月十日（水）　晴　㊞下條
本日　入学合格者発表。
手続用紙（横田幸子以外）渡サル
但シ外三名ノ合格者　編入者多少アリ
足立先生来校
渡辺先生事務執行ノタメ来校サル
明治国民学校講堂ニ於テ[注45]第一回ノ民主々義ノ選挙会行ハル

四月十一日（木）　曇　渡辺

第七章

下町の『二十四の瞳』大石先生として新聞に紹介される

昭和二十年卒　伊藤和子（旧姓 湯本）

讀賣新聞（下町版）昭和二十九年十月十四日（木曜日）

［記事全文］

町の声、伊藤先生表彰
教え子たちに理髪、入浴代まで

相模湖事件や修学旅行の集団中毒事件が発生するなど、このところ学校関係の暗いニュースが続き、児童、生徒をあずかる先生のあり方に父兄のきびしい批判が集まっているとき、江東区のある小学校の若い女の先生が楽しい運動会を前に、家が貧

下條、市万田、島田先生登校
朝九時ヨリ入学手続を行ふ。二時迄に終了。一年生　一〇三名
二、三年九名
小林富美恵来校
秋山（二年）原（一年）入学料ヲ受ク

四月十二日　金　晴　　小島
渡辺先生登校
一年二年ニ転入学シタキ生徒ノ父兄二人見ユ明日来校更ニ長浜渡辺両先生ニ御話シアリタキ旨お話シテワカル

四月十三日（土）晴　　市万田代渡辺
長浜、前田先生登校
長浜先生、山屋氏区へ交渉に行く。
一年転入一名　河原澄江。
卒業生二名、在校生二名来ル。
他異状ナシ

しいため散髪や入浴も思うようにできない教え子を、薄給の中から小遣をさいて面倒をみていた。これを小学校後援会の人たちが知り「お金の問題ではなく、教え子を思う気持ちが尊い」として感謝しようと相談している明るい話しがある。

江東区白河小学校（野田卓雄校長）では運動会を十日に行う予定で準備に忙殺されていた。たまたま同町二の七理髪業原川重治さん（四二）の店に、六日と九日の昼休みごろ同校教諭伊藤和子先生（二六）が受持の三年生の児童三人を散髪につれてきて「もし授業がはじまっても静かに入っていらっしゃい」といってたち去った。原川さんは子供たちの頭を刈りながら事情を聞いたところ、運動会があるからキレイになりなさいと先生がお金をくれたという。それをきいて原川さんは思わずうなったという。

「外でハナオを切らしていても見て通る人はあっても、すげてあげようという人はまずいない。この散髪もだれだって思っていてもなかなかできないことだ」とすっかり感心、そこで原川さんが調べたところ、まだほかにもフロに入らない女の子に

四月十八日（木）　晴　　下條
普通授業ヲ行ウ
出勤教員　長浜、渡辺、小島、市万田、足立、池田、小生
石川教員欠勤

四月二十日　土　晴　　㊞小島
変りなし

四月二十二日　月　晴　　市万田
一、本日ヨリ清掃週間ニテ全校特ニ掃除ニ注意ス。
一、異状ナシ。

四月二十三日　火　晴後小雨　足立
校内無事

四月廿四日　水　曇　　島田
校内無事　堤武雄氏来校

四月二十五日　木　雨　　長浜
オ一時限後　身体検査施行

はフロ銭をやっていたり、ヒモでズボンをつっていた子にはバンドを買ってやったりなど先生の隠れた行いが次々にわかった。客の出入りの多い床屋さんのことだ。この隠れた善行は原川さんの口から近所にひろがった。それに同校後援会の夫人が学区内の各家庭に運動会の招待状を配って歩いていたときでもあり「あの先生なら夏休みの校外指導でよく知っている」と、たちまち評判をよんだ。そして役員の同町二の七木村あきさん（四五）原川さんらが中心となって伊藤先生の美しい心になんとか報いたいと、同町二の一六後援会代表理事武隈光枝さんらとともに具体的な相談がすすめられている。

そんな話しが起こっているとは少しも知らない伊藤先生は、十三日午後、仮教

土門は昭和20年代後半の江東のこども達の生活を活写した。
「おしくらまんじゅう」出典『土門拳自選作品集』（世界文化社）

校医ノ診断、身長、体重、胸囲、視力施行
　身体検査ニ対スル校医ノ所見、
一、榮養ハ予想以上　良好ナリ
二、蛔蟲発生セルモノアリ（下級生ニ至ル程　多数）
オ五時限授業　平常通り

四月二十六日（金）　雨　㊞下條
本日、放課後　上級学校進学者ノ謝恩会ヲ午后一時三十分頃開催、各先生出席
明二十七日　歯ノ検査ヲ午前九時ヨリ十時マデニ行フ筈、生徒ニ通知ス

四月二十七日（土）　晴　渡辺
異状ナシ

五月一日　晴後雨　水　足立
校内異状なし

室の講堂で三年生男女二十人ずつの教え子の〝八十の瞳〟に囲まれ、子供たちに作文を吹き込んだテープレコーダーを聞かせていた。『この組を受持ってからやっと一年、子供たちもなついたばかりで、当たり前のことをしただけです』と言葉少なに語った。

他の多くの先生方たちにも隠れた話しがあるだろうが、たまたま〝先生として当たり前のことをした〟というささやかなこの行為が表面に出たにすぎないとしても、中村高女から学芸大附属小教員臨時養成科を出て明治小に奉職、さらに白河小に移って二十七年結婚、一子をもうけているこの若い先生が映画〝二十四の瞳〟を見た感想として『主人公の気持のようになれたら幸福ですが…』という心は尊くそして美しい。

木村あきさん談『かげに回って子供たちの面倒をよくみてくれるので感謝しています。ＰＴＡや後援会のみなさんと感謝のことを図りたいと思っています』。

五月二日　曇　木　　島田
校内異状ナシ

五月三日　曇　金　　池田
校内異状ナシ
高橋重太郎氏来校

五月四日　晴　土　　長浜
午前十時校長登校
第四時限　講堂集合　校長訓話
中村清四郎先生　本日ヨリ出勤、
高橋力先生来校
来ル月曜ヨリ出勤ノ予定。
校内異状ナシ

五月六日（月）　曇　　日直㊞下條
無事
高田馬場発西武鉄道利用上石神井
午前九時マデ（五月八日）集合
郊外見学ヲ行フ告
校長東京へ出張ノタメ随行スルモ
本日公務ノタメ出校ス

伊藤義夫宅を訪問して

布山夏希

連日の雨があがり爽やかに晴れた土曜日の午後、私は深川江戸資料館を横切り、先にある伊藤さんのお宅を目指しました。玄関先でチャイムを鳴らすと「どうぞ、どうぞ上がってくださ い」と言う声と共に温和で優しい伊藤さんが顔を出されました。通されたリビングで「ちょっと待って下さい」とパソコンをカチカチ動かされる伊藤さん。冷たい飲み物を頂きながら和子さんのお話、そして、ご自身の戦争体験のお話になりました。「もう、九十一歳になりますからね。人生色々ありましたよ」この言葉に、私は一瞬動きが止まりました。パソコンをいとも簡単に扱い、目を輝かせて昔のお話をされる姿に、この方が九十一歳だとは到底思えませんでした。そんな私の顔を見て伊藤さんが「信じてないようなので証拠を見せますね」そう言われて二階へ。階段をリズムよく上って行く音を聞きながら、私

五月七日（火）　晴　　　　渡辺
長浜先生出張、島田先生缺
異状ナシ
押本氏来校

五月八日（水）　小雨後曇
　　　　　　小島代下條
午前九時西武線高田馬場ヨリ三十分位ノ位置ニアル上石神井駅集合
午後二時　同駅ニテ解散　皆　無事　帰宅ス
参加者　校長、渡辺、小島、市万田、足立、池田、下條、六氏

五月九日（木）曇　市万田代㊞下條
長浜、渡辺欠席　中村清四郎氏出席　石川先生モ出席
他ニ何等異状ナシ

五月十日（金）　晴　　　足立
校内変りなし。

の疑いはさらに増します。軽快な足音が近づき、現れた伊藤さんが見せて下さったのは一冊のアルバムでした。そこには十八歳で軍隊に入り、仲間達と撮られた写真が何枚もありました。十八歳というと今でいう高校三年生の年齢です。しかし、このアルバムの中に写っていた伊藤さんは、今まで私が見てきた高校三年生の顔つきとは違っていました。温和で優しい今の伊藤さんとは全く違う、凛々しく厳しい目でレンズを見つめているその写真に私は怖ささえ感じてしまいました。戦争は人をここまで変えるのだと思うと大きな衝撃を受け、言葉を無くしてしまいました。そんな思いを察して下さったのか伊藤さんが話を続けて下さいました。「人生長く生きていると色々な事があって面白いんですよ」笑顔で言われたその言葉に私は伊藤さんが生き抜いてこられた人生の重みを感じました。

伊藤さんは戦時中、軍で飛行機の整備をされており、調布の飛行場で終戦を迎えられたそうです。終戦後はここ深川にある花岡車輌に勤め、愛犬が縁結びとなり和子さんと結婚。この花岡車輌には当時、中村の卒業生が何人か勤めていたそうで、嬉しそうにお話をして下さいました。

五月十五日（水）　下條
長浜、市万田、足立欠勤
他異状ナシ

五月十六日（木）　晴　渡辺
開校記念日、休ミ[注46]
西峯教育課長来校、卒業生二名来校、在校生十九名登校　他異状ナシ[注46]

五月十七日（金）　晴　㊞小島
長浜先生、市万田先生御出勤
ソノ他変リナシ

五月十八日（土）　曇、小雨　市万田
長浜先生欠勤
異状なし

五月廿日　月　晴　足立
渡辺、池田、両先生出張（昼過ぎより）

アルバムの最後にお子さんと一緒に写る和子さんの微笑ましい写真が並んでいました。『二十四の瞳』の話が誕生した裏には、きっと教師として以上に一人の母親として多くの子ども達に惜しみない愛情を注がれてきたからなのではないかと感じました。

新聞に掲載されるきっかけとなった原川理髪店は現在、先代から息子さんに受け継がれ、今なお深川で愛され続けているそうです。伊藤さんが今回のお話と当時の新聞記事を届けに行かれると、大変喜んでくださったそうです。

アルバムを閉じられた伊藤さんが、最後にデジカメを取り出し、慣れた手つきで記念の一枚をパシャリ。元気でいらっしゃる限り年賀状のやり取りをする約束を交わし、お宅を後にしました。

戦争という大惨事を経験されて、今なお元気はつらつの伊藤さん。「人生は面白い」そう言えるのは、どんなに最悪な状況にあっても、そこに希望の光を見出し、生きて抜いてこられた強さがあったからなのではないかと感じました。

平成二十六年九月十三日　記

長浜先生御休
異状なし。

五月二十四日（金）　晴　　下條代
前田　豊先生　故里ヨリ帰京セラル、食糧問題危機ニ際シ　毎週（土）、（月）休業日ト定ム　本日生徒全体ニ正午ノ休憩時ニ申渡ス
[注47] 今川国民学校へ「ノート」ノ配給ニ四年生五名引率　出張ス

五月二十五日（土）　雨　　渡辺
本日より毎週土、月　食糧事情により休日、
下條、島田先生登校
バレー部員練習。他　異状ナシ。

五月二十七日　月　晴　　㊞小島
渡辺先生御出勤。
変りなし

第八章

世界一大きな墓標《ぼひょう》

戦争のない平和な社会を

昭和二十四年卒　日下部ます子

あの日を思い出すと、目の前に走馬灯のように浮かんできます。

昭和二十年三月九日、放課後校庭でバレーボールの練習を始めましたが、トスを上げたボールが、強風であらぬ方向へ飛ばされてしまう状態で練習にならず中止になり帰宅しました。

毎日鳴り響く空襲の「警戒警報」のサイレンもその日は珍しく無く、夕食を家族で一緒に済ませ、早々に寝床に入りました。

五月二十八日　火　曇　　市万田
長浜先生欠勤、前田先生登校
　変りなし。

五月廿九日　晴　（水）　　足立
長浜先生欠勤
本日は都合により午前授業。
異状なし。

五月三十日　曇　（木）　　島田
長浜先生欠勤
都合により午前授業
異状なし

五月三十一日　晴　金
一、池田、長浜先生欠勤
一、変りなし

六月一日　晴　（土）　　市万田
一、来校者一名もなし、至って閑散
一、異状なし。

当時は空襲に備え、電灯は点けられず寝るしかありません。

　その夜は敵機侵入の「空襲警報」のサイレンも無いのに、遠くの方向に燃え上がる真っ赤な空に飛び起こされました。

「母と二人で先に逃げろ！」と父に言われ家を離れましたが、逃げる場所の当てもなく、持って歩ける程度の手荷物を抱えとりあえず大きな道路の方に向かいました。

　その道路の端に防空壕を見つけ、母と近所の人たちと一緒にその防空壕に避難しました。しかし、燃え盛る火の粉が吹雪のように襲ってきて目も開けられなくなり、手荷物もそこに放置して壕から逃げ出しました。母と二人心細く、まだ燃えてない家並みの方向へと逃れました。

　夜が白々と明けた頃、遠方の火の手も見えなくなり、家族の状況が心配で我が家に向かいました。

　我が家は燃え尽き、その焼跡の前に母と二人呆然として立ち尽くしていたところへ姉が来て「皆無事だよ」と知らせてくれました。父方の親戚が家具を残したまま疎開した家が、幸いに焼けなかったので皆そこに居るという。それを聞いて心からホッとしました。

六月三日　曇　（月）　足立
深川区役所より封書一通
　変りなし。
六月四日　（火）　雨　長浜代渡辺
長浜先生欠、石川先生欠
五時限目　校友会本年度事業説明、六時七時限　平常通り、異状ナシ。
六月五日　（水）　雨　下條代㊞渡辺
小林、長浜、中村先生欠
異状ナシ
六月六日　（木）　晴　渡辺
長浜、中村先生欠
異状ナシ
六月七日　晴　金　小島みゑ
校長先生御来校　午後五時限に生徒に御話をして下されたり
長浜先生御出勤、

二日後、姉と二人で姉の勤務先と中村高女がどうなっているのかが心配で、行ってみようということになり仮の家を出ました。押上を通って業平―吾妻橋―石原。そして両国―森下と広範囲な焼跡を歩き、高橋―清澄に入ったとき目を奪われました。

焼跡や道路端に、焼死体がまだそのままの姿で何人も転がったままだったのです。母親と思われる人の脇に幼い子供が寄り添っていたりして、悲痛な気持ちでそこを通り過ぎました。

やっと中村高女に着き、焼跡を見て、誰もいないものと思っていましたが、渡辺先生がその焼跡に一人立っておられてたいへん驚いたことを覚えています。

この三日後、空襲の危険から逃れるため、父の故郷の長野県に避難することにしました。

上野駅に朝早くから並び夕方にやっと構内に入ることができました。

一日並んでいて見た悲惨な光景も忘れられません。

軍のトラックに、空襲で亡くなった人々が積み込まれ、次から次へとどこへ運ぶのか、目の前を通ってゆくのです。まだま

その他変りなし

六月八日　晴　土　　池田
渡辺先生、石川先生御出勤
十三日、木曜日の音楽会の練習あり、
他に異状なし

六月十日（月）　曇　強風　　島田
秦野商店[注48]来校、制服配給の件早く始末をつけられたしとの事なり、
冬服購入券十一枚、他書類受取、
他　異状なし

六月十一日（火）　晴　　市万田
長浜先生欠勤
異状なし

六月十二日　水　晴　　足立
長浜先生、中村先生　御欠勤
校内変りなし

だ日本にはこんなにトラックがあるのかと、あらぬ感想を懐《いだ》いたものでした。

小さな公園にも大きな穴が掘られ、何に使うか囁《ささや》かれ、被害の大きさに心を痛めました。

いま　押上―業平橋間に聳える大人気の東京スカイツリーですが、その真下に流れる北十間川では、強風にあおられた火の粉に耐えられず川に飛び込み、多くの人が亡くなりました。戦後しばらくたっても死体が浮きあがり話題になりました。

スカイツリーを見るたびにあの日のことを思い出し、私にはこのスカイツリーが「世界一大きな墓標」に見えてなりません。

戦争のない平和な社会であることを心から願っております。

六月十三日　木　晴　　　　　　島田
音楽会開催　　金子正子氏出演
長浜先生欠勤　　宮崎久子先生来校
区役所より教職員適格審査委員会構成準備会日時変更の通知あり。六月十四日、午前十時を十五日、午前九時に改める。

六月十四日（金）
長浜先生欠
本日より宮崎先生授業受持の事。

六月十五日（土）　晴　　　　　　前田
渡辺先生、来校、異状なし。

六月十七日（月）　晴

六月二十日　木曜日　晴　　　㊞小島
欠勤ノ先生、
長浜、下條、市万田
ソノ他変リナシ

第九章

ホッタテ小屋から学校に通う

小林理事長に宛てた手紙

昭和二十六年卒　大河内材子《ちえ》

拝啓、本年も余日少なくなりました。先日は休日にもかかわらず、バレーボール部同窓会にご出席頂きまして誠にありがとうございました。
又、此の度はお寒い中、わざわざ珍雄校長先生の墓前にお出掛けくださり、お花を供えて頂き申し訳なく心より厚く御礼申し上げます。
さて、この度のお申し出の件、私には荷がおもすぎます。年

六月二十一日　金　晴　市万田
異状なし、
長浜先生本日登校

六月二十二日（土）　晴　渡辺
前田先生、石川先生登校
石川先生の送別会。

六月二十五日　火　曇、時々雨　足立
校内変りなし。下條先生御欠勤
小林ツル氏来校　長浜先生御欠勤

六月廿六日　水　曇　島田
長浜、下條先生欠勤
異状なし

六月二十八日　金　晴　島田
全校　稲毛海岸に潮干狩
中村製作所より　トジ金具四三一
個とぢき　代金三八七円九十銭也
支払

が明けると八十二才にならんとしている私に何が書けますか？とにかく珍雄校長先生はお心の広い方でバレー部員のみならず、普通の生徒にも気配りをして下さいました。

私は福島県の疎開先より女学校一年半ばで転校してきた生徒です。疎開先の福島でアメリカの戦闘機を見上げながら又、東京が焼かれると胸を痛めておりました。戦争にかり出されて、人手の足りない農家の家々を、田植え、草取り、稲刈り、桃の袋かけ、縄ないと、勉強どころではありませんでした。

というわけで、私は三月十日の東京大空襲にはあっておりません。終戦の八月末、千葉に入隊していた長兄が迎えに来てくれ、東京に戻りました。次兄は十六才のころ、三重県の航空隊におりましたが、日本には飛行機がなく一年半前より訓練していたのにと、ボヤキながら初秋に帰って参りました。

焼け野原になった東京に戻りましたが食べる米も野菜もなく、家を建てるのに焼け跡から木材を拾い集めて「ホッタテ小屋（当時の呼びな）」を作り生活しておりました。このような方々がたくさんおりました。

母は三十七才で未亡人となりましたが、当時、亡父（昭和十

六月二十九日　晴　土
変リナシ　㊞小島

七月一日　小雨
本日ヨリ　短縮授業　八時始業、
十時三十五分放課

七月二日

七月三日
異状なし。　㊞前田

七月四日

七月五日
校友辯論会（十時四十分ヨリ）
文藝部　歌会アリ

七月六日
校長先生登校
排球部卒業生ノ会合アリ、
本日、各組ゴトニ写真ヲ写す

六年五月十八日病死）が生前新聞を見て引き取り育てていた、私より年上の兄妹もおりました。（当時は新聞に捨て子の引き取りの広告がありました。）母は、今では区役所が行うような事務ですが、転出入、お祝い事、赤紙によって入営なさる方のお見送り、配給米等の町内事務一切を町内会長から委託されて、女性の事務員一人を使って切り盛りしておりました。そのお手当てもあるにはありましたが、それで十分な生活ができるわけもなく、焼け跡に野菜を作り、油をヤミ屋から仕入れ、野菜だけの〝テンプラ〟を家の玄関先で売って生活している状態でした。

思い出すままに終戦の頃を綴りました。お役に立てず申し訳ございません。

寒さきびしき折り、ご自愛下さい。

敬具

平成二十五年十二月二十五日

小林和夫　様

七月八日　月　雨　　市万田
校長先生登校
異状なし

七月九日　火　雨　　足立
一、校内変りなし
長浜先生御欠席

七月十日　水　晴　　池田
一、本日より夏期休日に入る、
長浜、下條先生御欠席

七月十一日　木　晴　　池田
一、排球部員午前中　練習あり。
前田先生御出席　　校内変りなし。

七月十二日　　㊞前田
排球部員練習。

七月十三日（土）　晴　　池田
排球部午前中練習あり。前田先生

第十章
父、小林珍雄《よしお》をしのぶ

長女　斎　與志子

私は父の生涯七十八歳に達した今、父の人生を追憶し「この世の使命は何か」戦争体験を通して見つめています。父は病で静養中に聖書を台本として語学を学び、研究テーマに関連した書物を通してカトリックを知ったのです。ある日、大学の構内で「岩下壮一神父[注1]のカトリック研究会を知らせる立て看板を見て、講演会場に入ると数名の学生がいて、神父が跪いて（主の祈り）を唱えると皆が唱和したのです。その命令も号令もなく、心の一致が行動の一致となって団体行動をとる有様は深い印象を残しました」と『世紀』一〇四号（昭和三十三・十

御出席
校内異状なし。

七月十四日（日）　㊞前田
排球部員練習。池田先生出席

七月十六日（火）　渡辺
渡辺　講習（国語）
音楽、排球部　練習　石川、前田、池田先生出校

七月十七日　水　晴　㊞小島
本日ノ講習　英語、図画、排球ノ練習アリ
前田先生、渡辺先生、宮崎先生、池田先生　御出校
ソノ他変リナシ

七月十八日（木）　渡辺
下條先生欠席により渡辺代講
石川先生出席
前田、池田先生出席　排球部

二）に記しています。
父は岩下神父に勧められる書物を読むうちに「信仰とは何か」を懐疑しているのは、自力過信からくるのではないかと気づき、回心して洗礼を受けたのです。母も結婚を機にカトリックの信仰を得ました。

戦争が激しくなり学童疎開が始まると、私と弟二人は岩下神父と御縁があり、私達が卒園したみこころ幼稚園の先生に預けられて裾野の不二農園に疎開しました。都会育ちの私には草木や田畑の香りがとても新鮮でした。朝起きて農家へ搾りたての牛乳を取りに行ったり、薪拾いなど子供の分担をこなしながら通学していました。親が恋しくなると近くのせせらぎに遊ぶ蟹を眺めていました。やがて末弟を伴い母も疎開して来ました。父は東京と裾野を往来していましたが、ピアノを弾いて育った母と二人で肥桶を担いで働く姿が今も目に焼きついています。

富士山を目標に飛行してくる敵機が増えて、夜中に起こされると三島方面の夜空が真っ赤に染まり、焼夷弾が雨のように落下して来るのを見ました。私も畑道を歩いている時、急降下した敵機から機銃掃射を浴びて大八車《だいはちぐるま》の下にもぐり込み怖い思い

練習

七月十九日　金　晴　　市万田
本日の講習
　国語（三四五年）手藝（一二年）
排球の練習あり
前田、渡辺先生御出校

七月二十日（土）　渡辺
英語、書道講習
前田、宮崎、島田、小島、足立、市万田、池田先生登校
排球練習、
午后一時より卒業生代表ノ中村排球倶楽部の会合あり。
排球練習

七月二十一日（月）《ママ》　渡辺
前田、池田先生出席　排球練習
旧宮崎先生の組　クラス会あり。

七月二十二日　渡辺

をしました。近くの寺には大阪からの学童児童の集団が居て、大空襲で両親を亡くした学童にどう真実を告げたらいいのか、若い引率の先生が母に相談していました。昭和二十年八月十五日、この日は聖母の被昇天の祭日で午前のミサには子供も大人も、幼稚園の方々も同席していました。ですから正午の玉音放送は皆で聞いたのです。大人は正座して泣いていました。

この年の十二月、学校の講堂で捧げた深夜のクリスマスミサには、三島に駐留する米兵も一緒にあずかりました。パーティの時に米兵は子供達を抱き上げ、チョコレートをプレゼントしていましたが、私はこの人達と戦ったのかと不思議な思いでした。

翌春の新学期に備え帰京しましたが、東京での生活は衣食住に困難を極めました。食物は配給制でしたがいつも空腹でした。焼け残った家には就職やいろいろな相談に来る人が絶えませんでした。父は親族を亡くし頼って来た方を拒まず寄留させましたが、加藤九祚《きゅうぞう》氏[注2]もその一人でした。昭和二十二年十二月一日、自宅近くの産院で男の子が誕生し、父は新時代の平和を願って「和夫」と命名し、喜びました。中村学園の現理事

小林、前田、足立、島田、池田先生出席
英語、書道講習、排球練習

七月二十三日(火)　晴　渡辺
前田、池田、先生出席　島田先生出席
國語講習、排球練習
鈴木角五郎氏来校、

七月二十四日　渡辺
前田、宮崎、島田、池田先生出席
小島先生出席
排球練習、英語、絵画講習、

七月二十九日　月　曇　足立
前田、渡辺、宮崎、池田先生御出勤
排球　英語、習字講習

七月三十日　火　渡辺
前田先生出席

長です。

生死を案じていた次郎叔父が、抑留されていたソ連から帰還し、弱った足取りでトボトボと現れ祖母と再会した姿は忘れられません。戦中の「産めよ殖やせよ」から一転して産児制限の政策がとられ、ラジオの政治討論会で放送された時、父はカトリックの立場から中絶はもちろん産児制限反対を論じるので、ハラハラしながら聞いていました。

父は多忙を極め家族と食卓を囲むのは、正月とクリスマスくらいでした。ある時、父はしんみりとして「誰もが労苦を担っていたが、母校の焼け跡を訪ねて来る生徒や卒業生の気持ちを察して校舎を再建することにしたが、資金難から何度も中断しそうになった。そんな時、自分が内閣訴願委員をしていたご縁の方が援助して下さった」と話していたのが子供心に深く響きました。祖母が脳出血で倒れたので、私が見舞うと回らぬ舌で、父の体を気遣い「建築はできたのか」と聞かれたのです。三度目の発作を起こし祖母は昭和二十五年一月十五日、七十四歳で召されました。同年十月に妹の洋子が誕生し六人兄弟になったのです。

國語講習、　排球練習、
他異状なし。
㊞小島

七月三十一日　水
曇ニシテ朝ノ中降雨後晴レタリ
曇ッタリ降ッタリ
絵画部ハ逗子へ写生遠足ヲスル筈
ナリシモ降雨ニテ中止
小林先生、渡辺先生、前田先生、
池田先生　御出校

八月一日（小雨後晴）　渡辺
全校生徒ニ対シ不良防止運動の話
ヲス（渡辺）、
前田、宮崎、島田、市万田、足立、
池田先生出席
排球練習
他異状ナシ

八月二日　金
国語講習、手芸講習、

父は「苦しい最中に母は死んでいった。力を落としそうになった時、いつも私を慰め励ましてくれたのは母の面影であった。母が天国で祈っていてくれる限りできないわけはないという信念だった。母が死んで再建してくれたのだ」とカトリック新聞「時局展望」（昭二十六・十二・九）に記しています。

父はささやかなことに感動し童心と好奇心を表現しましたが、「地の塩、世の光り」とよく口にしました。自分の魂を託す一冊を求めて「聖書」「キリストに倣いて」「人間この未知なるもの」を読むように私に勧めました。

正義と世界平和を希求していた父は、女性の特性とその力を活かすのが大切だと考えていました。私が進路を決める頃「これからの女性は従属するのではなく、自分で考え判断し独立できるように知的な技術を得ると良い、個性を磨け」と言われました。

私は父が希望していた看護の道に進学しました。そこでは生と死を見つめ、人間の力の限界と数々の神秘に出逢うことになりました。その時、父が「命は神から与えられ、神の許に帰る。その日その時を誰も知らないのだ。死を目前にして思うこ

前田、渡辺、市万田、池田先生出席
排球練習　島田先生出席

八月三日　土
英語、書道講習、本日で講習会修了、
渡辺、宮崎、足立、池田、島田先生出席
排球練習

八月四日　日
前田、渡辺、池田先生出席
排球練習

八月八日
前田、渡辺、池田先生出席
排球練習

八月九日
排球練習　　渡辺

とは、どう生きたか、どれだけ人に優しくしたか、愛の実践それのみ」と言った声が聞こえてくるようでした。

私は歳を重ねても人に寛容に心を開いて接し、人を「ゆるす」ことは難しいのですが、父は日々の生活で出逢った人に心を向け愛の光を灯していたと思うのです。

子供の養育・看病の全てを母に任せて働いた父でしたが、母が倒れると労りの心で献身的に自宅で介護し、子供達に看病日記「ひさ子抄」を残しました。「妻の病で人生の滋味を生まれて初めて味わったような気がする。沈黙の神が急にささやき始めたようだ」と。私は両親の強い絆を感じました。その父は母を残して昭和五十五年四月十日急逝しました。母はその後穏やかな日を送り、同年八月二十七日に静かに眠りました。

中村学園という与えられた場で、父は全ての体験を糧にして模索しながら、生徒一人一人が、自分の色で輝くように女子教育に励んだことと思います。

一方、自分が信じた神の国を文筆活動で伝えました。「法王庁」を書き、教皇ヨハネ二十三世やヨハネ・パウロ二世を紹介した訳書を上梓しました。この二人が今年の四月にバチカンで

八月十二日　月　　　　　　　市万田
前田先生、渡辺先生、市万田出校
排球練習
卒業生、小林ツル、内田リエ、白坂、和田来校
故神田幸子の兄来校　八月廿一日に報償金のことにつき長浜先生に面会の為来校する由

八月十三日　火　晴　　　　　足立
渡辺、前田両先生御出勤
都教育局に戦災女教員への洋服生地配給券を取りに足立行く、
稲毛写真屋さん来校
排球部練習、
卒業生山屋登喜子氏来校

八月十五日　木　曇、晴　　　島田
異状なし

八月十六日　金　晴　　　　　島田
異状なし

現教皇フランシスコから列聖され、一般紙上でも報道されたことは印象深いことでした。父は思想の激動する中で、時流におもねることなく、皆様に支えられて、信じた道を貫き、愛のかぎりを生き抜きました。私もそのエネルギーに導かれて今を大切に生きていきたいと思います。

注1　岩下壮一神父
明治二十二年（一八八九）岩下清周氏の長男として生まれる。東大哲学科在学中にケーベルの影響を強く受け、カトリシズムの代表的な啓蒙家となった。大正十四年ヴェネチアにて司祭叙品。昭和五年には御殿場にある神山復生病院の第六代院長に就任した。当病院は国立のハンセン病施設に先駆けてつくられた民間の治療施設であった。岩下は小林より十三歳ほど年長であった。病院内で行われた野球大会には、小林も患者達との試合に参加している。岩下は興亜院の依嘱を受け、北支教会事情の視察のために昭和十五年に中国を訪ねているが、この旅行に小林も秘書としてただ一人随行している。岩下は帰国後体調を崩し、神山復生病院で亡くなっている。帰天は昭和十五年（一九四〇）のことであった。主たる論文を収めた岩下壮一全集全九巻が小

八月十七日　土　晴　　島田
異状なし
八月十八日　日　晴　　渡辺
排球練習
第三十四回卒業生クラス会あり、
八月十九日　月　晴　　渡辺
排球練習
八月二十日　火　　　　渡辺
排球練習、宮崎、小林先生登校
八月二十一日　水　晴　　小島
第二学期始業式　　大掃除ヲシタリ
欠勤ノ先生ハ下條、長浜、両先生、
ソノ他変リナシ、
八月二十三日　金　晴　　市万田
異状なし

林の編集で残されている。なお日本国内のすべてのハンセン病施設を訪問する強い希望を抱かれていた天皇、皇后両陛下は、この神山復生病院を平成二十二年五月に訪ねられている。

注2　加藤九祚
大正十一年（一九二二）朝鮮に生まれる。昭和二十年より五年間シベリアに抑留される。昭和二十八年上智大学文学部卒業。専門はシベリア・中央アジア文化史。「シベリアに憑かれた人々」等著書多数。平成二十五年（二〇一三）岩波新書版の「シルクロードの古代都市」の表扉には小林珍雄、ひさ子夫妻に対する献辞が見られる。現在国立民族学博物館名誉教授、ロシア科学アカデミー名誉歴史学博士。
戦後、小林は就職難で生活に窮していた多くの人々に就職口を世話していたが、加藤もその一人であった。小林よりも二十歳若かったが、帰国後、食うことにすら困った彼を大森の自宅に食客として遇し、さらに昭和二十五年から中村高等学校での働き口を世話した。大学卒業後、加藤は小林の紹介状を得て平凡社に入社している。
現在、九十歳を越えてなお、ウズベキスタンでカラテパ遺跡の発掘調査を行っている。

八月二十四日　土　晴タリ曇　足立
校長先生御出勤、生徒一同に御講話、
欠勤、長浜、下條両先生
異状なし、押本氏御来校

八月二十六日　月　曇　池田
午後二時頃、長浜先生お見えになり
来月から、御出勤になるとの事。
放課後　職員会議あり、下條先生都合に依り七月三十一日を以て退職された由発表あり、
本日も校長先生御出勤
鈴木氏来校
その他異状なし。

九月二日　晴　月　小島みゐ
欠勤ノ先生、長浜、前田、市万田の三名
ソノ他変リナシ、

第十一章

臨海錬成、仁科の海に遊ぶ

瀧澤　潔

三島より下田街道を南下し、井上靖や川端康成と縁のある湯ヶ島を右折して仁科峠に向かう。峠の峰からは相模湾に面した西伊豆の景色が一望でき、山あいを深く食む美しい宇久須港が遠くに見下ろせる。峠より仁科川に沿う道を選ぶと、この清流の海に注ぐところが仁科下築地である。

昭和十八年八月二日から十一日まで、ここで水泳部の生徒十九名による十日間の水泳教室が行われた。当時の呼称は臨海錬成である。父兄会会長の堤武雄氏が実家を提供して下さった。当時の校誌、会報が記しているように、堤宅の後ろは山が迫

九月三日　晴　火　宮崎ひさ子
欠勤　長浜、市万田（理由不明）
島田先生
その他異状なし

九月五日　晴　木　市万田
異状なし

九月六日　晴　金　足立
欠勤、長浜先生、
午前八時より第二回コレラ予防注射を行ふ。
小笠原先生、校長先生御元気に御出勤　以上

九月十四日　土　曇　市万田
欠勤、長浜、足立先生
異状なし

九月十八日　水　雨　宮崎
欠勤　長浜、島田、小島先生
出張　前田、渡辺、足立、池田

り、前はもうすぐそこに海がひろがっている。昭和三十三年の狩野川台風で多くの被害を被って以降、海岸を囲むように堤防が築かれているが、それを除けば砂浜や岩礁の景観はきっと昔と変わらないことであろう。下築地の家は武雄氏が父母のために昭和十五年に建てたものであった。生徒が宿泊した頃はまだ木の香りがほのかに残っていたであろうか。細い路地に入り、広い前庭の先に家がある。右手には古い蔵が建っている。正面の母屋は平屋建てで、いかにもしっかりとした建前である。大きな家であるが、それでも生徒十九人と三人の引率教員、それに家人が生活を共にしたら手狭であったかも知れない。庭に立つと、広い縁側からにぎやかにはしゃぐ声が、七十数年の歳月を経て聞こえて来るようである。当時生徒達は電車で沼津に出て、そこから船の便に頼って仁科の港に向かった。当時の観光船は途中戸田、土肥、宇久須、安良里の各港を立ち寄ったようで、何とものんびりとした船旅だった。

よくここまで来たなと思う。昭和十八年という時期を考えると尚更そう思うのである。会報の学事録にはこの年の行事のことが書かれている。戦争のただ中でありながら、その数の多さ

朝市万田先生、池田先生、宮崎と三名のみにて授業は三時間にて打切る
本日午前中の臨時時間表にて授業を行ふ
珍らしくも、午後四時まで校内変りなし

九月二十一日　晴　土曜日　小島
長浜先生今日ヨリ出勤サレタリ
職員ノ俸給ガ渡サレマシタ
ソノ他変リナシ

九月二十三日　雨　月曜日　小島
前田先生、渡辺先生御出勤、午後ヨリバレー部生徒ヲ引率シテ第一高女へ行カレタリ　ソノ他変リナシ、

九月廿八日　雨　土　足立
校内変りなし。

と多彩さとに驚かされる。時局などの校長講話も含め、(注)文化人、医師、経済人、軍人などを招いての講演会は実に十五回、強歩会は七回、中でも十一月二十八日の錬成行軍では二十四キロを生徒は歩いている。美術館、植物園、日本赤十字社などへの見学会は七回、音楽・映画鑑賞会三回、校内排球大会三回、関西や箱根への旅行も一部の強い反対を押し切って実施されている。もちろん間を縫うように勤労奉仕なども盛んに実施されている。山岳部や排球部の活動も見逃すことは出来ない。

注：招かれた人の中に、歌舞伎作家で著名な岡鬼太郎がいる。岡は「歌舞伎」について講演を行っている。また医学博士の諸岡存《たもつ》が招かれて「飲酒の害と茶」と題して講演を行っている。諸岡は茶の薬効の研究者として有名であり、かつ精神科の専門医であった。高村光太郎の妻、智恵子を診療したことでも知られている。その他大蔵省から鈴木氏が貯蓄について講演をし、横須賀海軍航空隊の準士官小川勝三氏が招かれて体験談を披露している。

学事録の中には二月二十二日に行われた本校国語教師・排球部監督の前田豊の応召に伴う壮行会の開催や、六月五日の山本五十六元帥の国葬に合わせて、校内で遥拝式が挙行されたこと

十月七日　大雨　月　島田
前田、渡辺、池田先生出勤
排球練習
其他変りなし

十月十日　曇　木　市万田
五年　西山登校、卒業生、森川、森来校
異状なし

十月十一日　曇　金　足立
校内変りなし
市万田、島田、中村先生御欠勤

十月十四日　月　晴　市万田
一、生徒二三名来校
一、高橋先生来校
一、其他異状なし

十月二十一日　月　晴　小島
注49 本日ハ注49引揚同盟救護寄付金募集ノタメ生徒各クラスノA組B組ハ

が記録されている。十一月十四日の小石川後楽園運動場で開催された(注)「学徒空の進軍大会」に、四年生百名が出席した記事も目を引く。

注：学徒出陣壮行会というと十月二十一日に明治神宮外苑競技場で行われた壮行会を一般に指すが、十一月十四日には空の進軍大会の他に海の進軍大会が行われている。

同年はガダルカナル島撤退（二月）、アッツ島守備隊の玉砕（五月）があった年であり、戦局はますます悪化の一途を辿った時代である。それらの出来事がありながら、よくこれだけの行事を実行出来たと、ただ驚くばかりである。

中村高等女学校という深川の下町のちいさな学校は、当時の生徒達にとって一体何だったのだろうかという素朴な疑問がわいてくる。暗い世相に抗って、教職員は生徒達に何か良いものを見せたい、体験させたいと考えて動き回る。生徒達はその期待に素直に従うというより、むしろ喜び勇んで食らいついていく。その様子が会報を通じて伝わってくる。教育における自由主義の旗頭を、大正十年の校長就任の時から振り続けた中村三郎校長、また一方で実際に責任者となって引率した小林珍雄を

午前九時ヨリ十二時マデト　十二時ヨリ十五時マデ　三時間交替ニテ茅場町中心ニ永代、西八丁堀ニ出動、宮崎、足立、長浜三先生監督ニ当ラレタリ、

十月二十二日　火　雨　　市万田
本日の寄付金募集は大雨のため行わず為、生徒解散。
其他異状なし

十月廿五日　土《ママ》　晴　　足立
校内変りなし。

十月廿六日　日《ママ》

十月二十七日　月《ママ》

十月二十八日　火《ママ》　晴　　池田

十月二十九日　水《ママ》　晴　　長浜
十二時三十分ヨリ職員会議

はじめ、熱心な教職員がいなかったならば関西や箱根の旅行も、そして仁科の水泳実習も実施できなかったであろう。

　仁科では小林を団長に、渡辺泰行、長浜敏夫が参加した。小林は小さいときから水泳が得意で、湯河原にいた頃は初島まで遠泳をしている。東京帝国大学の在学中は今でいうインカレの選抜選手として活躍した。水泳教室期間中に一日を割いて、仁科より二キロほど北にある景勝地、堂ヶ島で一日遊んでいる。会報によれば小舟に生徒をのせて、小林自ら船頭となって奇岩を巡り、洞窟に入って遊んだようである。生徒達は鬼ヶ島へ桃太郎が出征するような気分になって歓声をあげたという。

　学校とは何なのか。場と時間を共にする喜び、日々新たな発見に出会う喜び、厳しいながらも温かな教職員の視線に護られて過ごす喜び、そのような喜びのある場とでもいえようか。この素朴な疑問に対しては卒業生自らがこの書の中で答えていると思う。勉強は出来なかったけれど、そして先生に叱られてばかりいたけれど、学校は大好きでしたという、今は他界したある卒業生の言葉が耳に残る。

　創立百周年を平成二十一年に迎えて以降も、本校は時代の絶

出席　小林、長浜、小島、足立、島田、宮崎
排球部ハ京都ニ向ケ午后八時出発
　監督　前田、渡辺、池田、

十月三十日　晴　　長浜
市万田先生病欠

十月三十一日　曇　　島田
全校　大宮方面へ「歩こう会」挙行
校内異状なし
小島先生来校、出張
「歩かう会」参加者　二百十名、
監督　長浜、宮崎、足立、
九時大宮駅前集合
解散二時三十分（氷川神社前）

十一月一日（金）
異状ナシ　長浜隣組常会ニ出席、
長浜

えざる挑戦を受けつつ、未来のさらなる発展に向けて日々努力している。将来に不安を覚えるとき、この大戦前後に必死に、そして快活に日々を過ごした生徒達の声を聞くことは、間違いなく我々に勇気を与えるであろう。

五月半ば、閑散とした仁科の大浜海岸を散策していると、「私達はこのような時代に生まれてしまったけれど、でもこの瞬間はとても楽しく過ごしているの」そんな声が打ち寄せる波の音に混じって聞こえてくる。楽しい十日間が終わり、空襲激しくなる東京に生徒達は帰って行った。ご健勝なら、生徒達の齢《よわい》も今は八十半ばである。

西伊豆での海の家　　絵：布山夏希

十一月二日（土）　曇　小島
本日出勤ノ先生、
長浜、宮崎、足立、高橋、市万田、
志賀ノ六名
放課後、長浜先生ガ生徒一同ニ対シテ明日ノ憲法発布ニ関シテ生徒ノ出校ソノ他ニツイテ御話アリ

十一月三日（日）　晴　長浜
[注50]午前十時　[注50]憲法公布記念式挙行
午後二時　宮城前　祝賀大会ニ五年生五名、四年生十名、三年生五名ヲ　長浜引率シテ出席

十一月四日（月）　曇　時々少雨　長浜
水産講習所生徒　バスケットの件につき来校
校長ヨリ移轉ノ通知アリ
移轉先　埼玉縣入間郡所沢町大字山口字打越一、六七六　木村重治方

第十二章

復活する学校　校誌『会報』より

岡崎倫子

終戦直後の一九四五（昭和二十）年九月三日、新学期の始まりであるこの日に登校したのはわずか八十九名である。多くの生徒が家を失い疎開地から帰ることができず、学校に通えている生徒も防空壕やバラックに住んでどうにか生活しているという状態だった。戦争は終わっても食糧難は続き、育ち盛りの少女たちはさぞかし辛い思いをしたことだろう。それでも戦後の復興とともに生徒は少しずつ増え、学校は貧しいながらも学ぶ喜びを取り戻していった。

現在の『みやこどり』の前身である『会報』の記録に、その

中村三郎

十一月五日（火）　曇　島田
全校　日展見学。
潮田博文堂来校　配給券十二枚（新コンサイス英和八枚、新字鑑四枚）受取。
排球部生徒来校、排球練習。

十一月六日（水）　市万田㊹長浜
市万田先生缺
其他異状ナシ

十一月七日（木）　長浜
異状ナシ

十一月八日（金）　曇　長浜
鈴木角五郎氏　教室移轉ノ問題ニテ来校。長浜、前田同道　区役所ニ至リ区長並ニ教育課長ノ了解ヲ得タリ。
市万田缺、宮崎英語講習

復興の様子を見ることができる。『会報』は一九二四（大正十三）年に創刊されたが、一九四三（昭和十八）年を最後に発行が途絶えていた。しかし一九四七（昭和二十二）年に復刊し、今も学校に保管されているその誌面には戦後の校友会活動の歩みが記録されている。

「発刊の言葉」
街々の焼跡にも柔らかい若葉の芽がふき始め、たのしい春がやって参りました時に校友会々報の復活第一号が誕生致しました事は、暖かい春への解放の喜びにもまして嬉しい事で御座居ます。本誌の前途に光栄あれと祈りつゝ皆様の御愛読をお願ひ致します。
昭和二十二年度『会報』復刊第一号（昭和二十三年三月発行）

昭和二十二年度に活動していた記録のある部活は排球部、山岳部、卓球部、遠足部、書道部、音楽部であり、その後は図書部、社会部、演劇部、文芸部、絵画部、手芸部、水泳部などが毎年少しずつ活動を再開させていった。どの部活の記録にも熱意とは裏腹に資金や環境に恵まれず苦労する様子が見られる

十一月九日（土）　曇後小雨　長浜
異状ナシ、市万田先生缺
十一月十二日（火）　曇　長浜
午后一時三十分　校長司会ノ下ニ
寿美田ニ於テ職員会議開催
市万田、髙橋欠
十一月十三日（水）　晴　長浜
校内異状ナシ
十一月十九日（火）　晴　市万田
校内異状なし
十一月廿日（水）　晴　足立
午前授業にして東京私立中等学校
協会第七支部結成式に参加　出席
者小島、宮崎、市万田、島田、足
立五名
小林、長浜両先生、御欠勤
他に変りなし

が、友と集い、知恵を出し合いながら活動する喜びが伝わってくる。

一九二九（昭和四）年に創立され、一九四〇（昭和十五）年には全日本選手権大会で高等女学校のチームとして初の優勝という快挙を達成した排球部（バレーボール部）も、戦時下においては休部を余儀なくされた。しかし終戦後の一九四六（昭和二十一）年、間借りしていた明治小学校の校舎で活動が始まったのである。執務日誌にも毎日のように「排球練習」「排球部午前中練習あり」という言葉が並び始める。それでも当時の部員は十四名、ほとんどの生徒が初心者であり、練習環境も決して良いものとは言えなかった。体育館は天井も床もところどころ抜けており、アタックをした選手が着地しようとしてそのまま床下に消えていくことさえ日常茶飯事であった。それでも部の復活を喜んだ卒業生の熱心な指導の下、再びかつての力を取り戻していった。在校生と卒業生とで「中村クラブ」を結成し、一九四六年十月二十九日の執務日誌には、そのチームが第一回国民体育大会・全国女子総合選手権大会へ出発したことが記さ

十一月二十八日（木）　晴　　小島
欠勤ノ先生　長浜、島田、両先生
ソノ他異状ナシ
十一月三十日（土）　雨　　市万田
欠勤ノ先生、島田、長浜先生
一、西クラス会アリ
一、異状ナシ
十二月三日　火　晴　　足立
校内異状なし。
欠勤　長浜先生
十二月九日（月）　晴　　小島
渡辺先生、前田先生、池田先生御出勤
ソノ他変リナシ、
十二月十一日（火《ママ》）　晴　　市万田
欠勤　長浜先生
父兄代表　南山外十一名　小島先生案内のもとに東京都庁に陳情書

執務日誌(二)
昭和20年12月11日～22年9月13日

れている。チームはこの大会で戦後初の全国制覇を達成した。一九四八（昭和二十三）年にはまだ校舎の再建しない校庭に小さなコートを作り、練習が始まった。その年に校長になったばかりの小林珍雄先生も、練習を見に来ては部員を激励していた。そして同年八月には在校生のみの排球部で第一回全国女子高校選手権大会で優勝、新制高校初の全国制覇を成し遂げた。その後も中村クラブと排球部の躍進はとどまるところを知らず、その勇姿は学園の復興に大きな力を与えた。

山岳部は排球部と同じ一九四六年に活動を再開した。山岳部は戦時中の一九四三（昭和十八）年にも十日間での立山・剣・黒部縦走を苦しい食糧事情の中で行うという男子旧制中学生顔負けの活動をしており、その頃から毎年のように『会報』において自分たちの登山記を豊かな表現で綴っている。昭和二十二年度号には昭和二十一年七月から二十三年二月かけての十三回にも及ぶ活動記録が掲載されており、驚かされる。

を持参す（午前十時出発、正午同所にて解散の予定）
其他異状なし

十二月十二日　水《ママ》　晴　足立
校内変りなし
長浜先生　御欠勤

十二月十三日　金　晴　池田
校内異状なし
欠勤　長浜先生

十二月十六日　月　晴　池田
校内異状なし

十二月二十一日　曇　市万田
異状なし

十二月廿三日　晴　月　足立
午前中　東京都教育局へ行く、
二年三年　裁縫　登校
渡辺、池田、前田先生御出勤、

戦時中暫く中断してゐた私達の山岳部も、終戦後リーダー宮崎先生の御上京と同時に、再び活発な活動を開始して、幾多先輩の残した輝しい記録と伝統を、そんなにも多く失つては居りません。

戦災によつて、沢山の貴重な文献と地図、山岳用具を焼失したとはいふもの丶、現下の交通難、食料難等同時に重なる悪条件を克服して、たとへそのグラウンドが東京近郊に限られたにせよ、回を重ねること山行九回、沢歩きを四回の快記録は私達山岳部の誇とするところ、それに女学校の沢歩きは、日本中広しと雖も我中村高女だけのものと大に自負して止まない所です。

昭和二十二年度『会報』復刊第一号（昭和二十三年三月発行）

演劇部は一九四八（昭和二十三）年に復活した。顧問の長尾喜又先生はかつて劇作家を目指し、戦前は文学座で演出助手もしていたが、戦争のためにその道を絶たれた方であった。シエルラ『子

演劇部　　絵：伊藤愛華

卒業生　宍戸、内田リヱ子、小林
ふみえ、小林つる、山屋、広瀬来
校　以上。

十二月二十八日　土　曇　小島
午前八時半ニ東京都庁教育局ニ職
員補助金ヲ受取リニ行く、ソレヲ
直チニ[注51]日本預蓄銀行ニ預入レテ
登校セル時ハ十一時四十分ナリキ
前田先生、池田先生モ学校ニ御出
デアリ、其他無事

十二月二十九日　日曜日　晴
市万田
日曜日の事とて　おとづる人もな
く　ネヅミの音のみして　寒さ一
しほ
身にしむ、
其他異状なし

十二月三十日　月曜日　晴　島田
前田、渡辺、足立、小島、小林先

守歌』を題材にした「ゆりかごの唄」という芝居を、長尾先生が台本を書き、生徒達は京橋公会堂で行われる「秋の集い」に向けて猛特訓をして作り上げた。修道女たちが捨て子の赤ん坊を育てるという物語を通して生徒達は大きく成長し、観客を魅了したのであった。この日のチケット代は、ささやかながら校舎の再建にあてられた。（本書の口絵11頁参照）

しかし一番苦労したのは衣装であつた。それは初め修道院で貸して下さるとの事で、私達は喜んで先生と藤澤の修道院までわざ〳〵大風呂敷を持つて出かけて行つたが、やはり衣装を貸す程ないし、一般公開していないとの事でよく尼着を拝見し、又ベールなどの作り方もおしえて頂いて帰り、それから頭をしぼつて考えた、まづ尼着は黒い布がないのでもうだめかと思つて居たが、黒い私達の正装を後前に着て、黒いカーテン（防空用だつた物）を腰にまとい、たゞぬいつけただけである。それから黒い薄地のえりまきに白いボール紙で縁を取つてベールとしホワイトカラはヘチマ衿の形を大きくしそれを首に合わせて白のポスターカラをぬつたのである。又

生来校
教員補助金（封鎖使払票）を来校の先生方に渡す

昭和二十二年一月一日　曇　池田
校内無事

昭和廿二年一月二日　小雪　足立
校内変りなし。

一月四日（土）　晴　渡辺
二年生数名　クラス会準備の為登校、他　異状不認

一月五日（日）　曇　足立
渡辺、前田先生御来校、バレー練習、二年生クラス会を開く、その他変りなし。

一月十六日　木　晴　小島
十二時半ヨリ宮部氏ノ講演アリ
演題ハ文化ノ水準ヲ如何ニ高ムべ

舞台に上れば余計に光線の工合でよく見えるものである。それからロザリオ（尼の首にさげる十字架）や院長初め次長教導尼の衣装は上智大学の神父様にお借りした。この様に先生も一所懸命で集めて下さつたおかげで無事に衣装その他の物が揃つた。
昭和二十三年度『会報』（昭和二十四年三月発行）

現在の図書委員会の前身である図書部は、一九四八年に活動を再開している。空襲による校舎の全焼により蔵書を失った中村がどのように再び本を手に入れていったのか、その様子は卒業生である岩井久子さんのインタビュー（一三九頁参照）に詳しい。また昭和二十三年度『会報』にはその蔵書一覧が掲載されている。（一九八頁参照）
日本の古典文学・近代文学を中心に、百冊程度のタイトルが並ぶ。現在の高校生にも広く読まれている小説も多く、この本を手に取っていた当時の在校生の姿が親近感を持って思い描かれる。
しかし一方で、不完全な所蔵もいくつか見られる。例えば

キカ、トニ時ニ了エタリ
注52
三時二十分ヨリ注52深川高女ノ生徒
捨名《ママ》バカリ　バレーノ練習ニ来レ
リ

一月十七日　金　曇　市万田
一、長浜、中村、志賀先生欠勤
一、異状なし

一月十八日　土　晴　足立
校内変りなし。
長浜先生御休

一月二十三日　木　晴　小島
一、前田　長浜、島田　三先生御
休み
午後ヨリ志賀先生　音楽御指導ノ
タメ御見エニナラレタリ、
ソノ他、変リナシ、

一月二十四日　雪後雨　市万田
一、前田、足立、島田、長浜、中

『平家物語』は下巻しか記録されていない。これは上巻が所蔵されていなかったということなのだろう。また『罪と罰』は中巻・下巻のみである。このようなことは現代の図書館ではありえない。平家の滅びの場面を読みながら、読むことの出来ない上巻に思いを馳せる少女の姿を思い浮かべると、少し胸が痛い。

他にも二十一冊ある日本の近代小説のうち九冊が夏目漱石の作品であること、高校生には難解な宗教や科学等の専門書が混ざっていることなど、不思議な点はいくつかある。これらの点が、高校生が手に取るべき本を充分に買い揃えるだけの資金がなかったことを表しているのはもちろんである。しかしそれだけではない何かが、この本の並びの中にあるような気がしてならない。資金がない中で、なぜ二冊も『坊ちゃん』を購入したのか。同じ内容であるはずの『レミゼラブル』と『噫無情《ああむじょう》』を、なぜ両方とも買ったのか。

ここからは憶測でしかない。しかし、ある推測を促す一冊の本がこのリストに紛れている。『不安と再建』、この作品はフランスの作家バンジャマン・クレミューの著書

島先生御休み
一、異状なし

一月廿五日　雨後晴　土　　　足立
長浜、島田先生御欠勤
午後一時より父兄会あり、午後三時終り、
小林先生御出勤　以上

一月二十九日　水　　快晴　　宮崎
長浜先生欠勤
本日より日直は放課後四時まで職員室に居残ることに決った。変りなし

一月卅一日　金　　晴　　　小島
欠勤ノ先生　市万田　長浜両先生
渡辺、宮崎両先生は鈴木氏と机、椅子ノ件につき都教育局ニゆかれたり、
バレー、音楽練習の生徒を帰して四時閉じたり。

で、翻訳は小林珍雄先生が手がけている。これはきっと珍雄先生が寄贈したものだろう。そう考えると、この不自然な所蔵リストがある一定の性格を持っているように思われてくる。この蔵書には、先生方や在校生が持ち寄った本が一定数含まれているのではないか。漱石好きの誰かが、空襲から大切に守ってきた自分の本を。若いころ海外の詩に憧れていた先生が、自分のとっておきの詩集を。そんな風に持ち寄って蔵書を増やし、活字に飢えた少女達の心の潤いとなっていたのだとしたら——。あくまで推測でしかないが、この想像は校舎の床の破れ目を生徒が木場からもらってきた板を使って教員が金槌をふるって直していた中村の姿と重なり、何か中村らしいリアリティを帯びて私達の中に広がる。手元にある本を皆で持ち寄って作ったこの不完全な蔵書こそが、焼け野原に石を積み上げて再び学校を築いていく中村そのものであったのかもしれない。

学校行事の復活については執務日誌に詳しい。執務日誌二巻の一九四六(昭和二十一)年三月九日の記録には、戦災の犠牲となった在校生、卒業生、教職員の慰霊祭を玉泉院にて盛大に

二月三日　月　晴　足立
長浜　市万田先生欠勤
鈴木角五郎氏　水谷氏御来校。
校内変りなし

二月四日　火　晴　池田
長浜、市万田、先生欠勤
校内変りなし

二月七日　金　晴　宮崎
長浜先生欠
午后三時頃　三商より犯罪調査書を取りに来た。
足立先生に訪問者あり。卒業生中道福子氏。代って用件を聞く。
その他変りなし

二月十日　月　晴　小島
欠勤の先生　前田、長浜両先生
小林先生　六・三・問題について區役所にゆかれたり、
三商生来り犯罪調査書を請求　即

行ったことが記録されている。同十九日には弁論大会、二十二日には校内排球大会の記録が続く。二十四日の卒業生送別校友大会の準備をするため、前日の二十三日は休日であったにもかかわらず「生徒ノ一部登校ス」と日誌に記されているのも微笑ましい。二十五日には終戦後初めての卒業式も挙行された。新学期が始まると、六月十三日には音楽祭、二十八日には稲毛海岸での潮干狩り、七月五日には文芸部の歌会、十月三十一日には大宮方向への「あるこう会」が行われたことが記されている。「あるこう会」には二百十名の生徒が参加し、大宮駅から氷川神社まで、六時間半をかけて歩き通した。十一月三日には憲法公布記念式が行われているのも興味深い。執務日誌の記録が終わった後も、一九四九(昭和二十四)年には「海の家」「山の家」、一九五一(昭和二十六)年には修学旅行が再開された。「海の家」「山の家」は館山と箱根でそれぞれ行われ、修学旅行では関西へ足を延ばした。まだ食糧事情の安定しない時期の宿泊行事であるため、生徒達は米を持参し、夜行列車に乗っての旅だった。しかしそれでも当時の生徒達にとっては大変な贅沢であり、友と過ごす六泊七日は生涯の思い出となったのであった。

時　調査書を作製して手渡ス、
四時過き《ママ》小林先生学校におかえり
になられたり。

二月十二日　水　晴　足立
欠勤、長浜、中島、先生
小林、前田、両先生区役所に御出
張
卒業生、佐藤安江、内田和子姉妹
来校
其の他変りなし。

二月十三日　木　晴　池田
午後三時頃、鈴木角五郎氏来校
男の先生不在のため、尚明日、午
後来られる由、
その他変りなし。

二月十四日（金）曇　宮崎
市万田、小島、渡辺、前田、中島
先生欠勤
自習が多く、生徒おちつかず。

昭和22年度　図書室所蔵書籍一覧

題　名	作　者	備　考
徒然草新釈		
万葉集新釈		
枕草子新釈		
山家集		
宇津保物語		
和泉式部日記		
新釈方丈記		
通解十六夜日記		
方丈記評釈		
雨月物語・春雨物語		
紫式部日記・更級日記		
源氏物語		一、二、三、四巻
平家物語		下巻のみ
旅愁	横光利一	一、二、三、四巻
明暗	夏目漱石	
坊ちゃん　その他	夏目漱石	
坊ちゃん	夏目漱石	
吾輩は猫である	夏目漱石	
早春	島崎藤村	
新生	島崎藤村	
吉田絃二郎・藤森成吉集	吉田絃二郎・藤森成吉	

都中等学校社会生活連盟より映画見学の件につき来校
その他変りなし

二月十五日　土　曇　　池田
前田、渡辺、中島先生欠勤
自習多く、前日同様
下級生よりツベルクリンの注射行う。
変りなし

二月十七日　月　晴　　宮崎代理
注射の反応検査を行う。
小林先生　都に●で事務官と面接されし　結局　机、椅子の募金中止の命をうく。

二月十九日　水　晴　　小島
B・C・Gの注射をなせり。
その他変りなし
五時職員室を閉ぢたり、

題　名	作　者	備　考
有島武郎・有島生馬集	有島武郎・有島生馬	
武者小路実篤集	武者小路実篤	
生きとし生けるもの	山本有三	
雪女　その他	ラフカディオ・ハーン	
放浪記	林芙美子	
牧水選集	若山牧水	二、三、四巻
白秋詩集	北原白秋	一、二、三、四、五巻
啄木詩集	石川啄木	
晶子秀歌集	与謝野晶子	
一握の玻璃	西条八十	
旅人芭蕉	荻原井泉水	
雪の日	志賀直哉	
真実一路	山本有三	
彼岸過迄	夏目漱石	
道草　心	夏目漱石	
それから　坑夫	夏目漱石	
三四郎　門	夏目漱石	
虞美人草	夏目漱石	
樋口一葉全集	樋口一葉	一、二、三、四、五巻
罪と罰	ドストエフスキー	中、下巻
ジイド全集	ジイド	
復活	トルストイ	上、下巻

二月二十日　晴　木　市万田
本日午前中　前田先生御令兄の講演あり。午後一時中央商業講堂に於て映画見学。

二月廿一日　晴　金　足立
第三時限より音楽会の総練習ありて午後三時半終り
校長先生御出勤、小林先生御出勤、小島先生学校常会御出席
長浜先生御欠席、其の他変りなし。

二月二十二日　晴　池田
校長先生御出勤
鈴木角五郎氏来校あり
欠席　長浜先生　其の他変りなし、

二月二十五日（火）晴
渡辺代理小島
机　椅子二十個ダケ午後五時頃到着したが一個破損シタルタメ　ソ

題　名	作　者	備　考
レミゼラブル	ユーゴー	
アンナ　カレーニナ	トルストイ	
死	ブールジェ	
ジェニー　ゲルハート	ドライサー	
白い牙	ロンドン	
永遠の良人	ドストエフスキー	
三銃士	デュマ	
懺悔録	ルソー　※	※同名著作多数、ルソーのものか不明
妖精の島	ポー	
ヴェルレーヌ詩集	ヴェルレーヌ	
ボードレール詩集	ボードレール	
ハイネ詩集	ハイネ	
バイロン詩集	バイロン	
噫無情	ユーゴー	
イプセン集	イプセン	
テス　青春　その他	ハーディ	
白馬の騎士	シュトルム	
現代風俗	岸田国士	
随想録	新渡戸稲造	
文学教室	神崎清	
船出	今村重嗣	
生と死について	羽仁五郎	

ノママ返シテ明日二十一個運び来ル予定ナリ、

二月二十五《ママ》日（水）　曇　宮崎

欠勤　長浜先生

机　椅子（手脚）十一時頃運び来る。あと（二十脚）　椅子二十脚不足

午前中　授業切上げ　午後　職員半数は日大一中に城東支部会に出席、半数は深川区教育会に出席

その他変りなし

二月二十八日　金　晴　小島

欠勤　長浜先生、島田先生

小林先生御出勤　六・三問題及ビ学校復興のことについて都廳との打合せの結果の御話ありたり、

放課後　鈴木角五郎氏御来校ありたり、

三月一日　土　曇　宮崎

題　名	作　者	備　考
人生読本	トルストイ	
人生論　吾懺悔	トルストイ	
新約聖書		
不安と再建	クレミュー	小林珍雄訳
文化と世界観	田中耕太郎	
愛は永遠に	山室民子	
キリストに倣ひて	トマス・ア・ケンピス	
新民法解義	長尾章	
新修日本歴史	丸山二郎	
通俗世界全史ローマ史	早稲田大学出版部	
世界史入門	西井克己	
世界民族興亡史観	大類伸・橋本増吉	
ぎりしや神話	アポロドーロス	
熱の話	金子淳一	
波	(不明)	
地球の解剖	倉田延男	
物理学の第一歩	藤村与一	
軌範化学	近藤一二	
光と熱の電気の話	上嶋康平	
生物実験	池田嘉平	
蜜蜂の生活	井上丹治	
外科医は語る	マヨッキ	

欠勤　長浜先生
校長先生御出勤、鳥津氏訪問について の打合せあり、

三月五日　水　晴　池田
欠勤　長浜先生、市万田先生、足立先生
午後三時半頃より深川教育組合の委員会あり、

三月八日　土　晴　宮崎
欠勤　長浜、前田先生休、
渡辺先生御結婚につき前田先生御出席、
その他変りなし

三月十日　月　晴、風寒　宮崎
欠　長浜先生、渡辺各先生
校内異状なし

三月十一日　火　晴　小島
欠勤ノ先生　長浜、足立両氏

題　名	作　者	備　考
毛糸編物全集	大妻コタカ	
支那六朝時代に於ける唐草模様	（不明）	
ナイチンゲール伝	中川重	
尾崎行雄伝	伊佐秀雄	上巻のみ
少年キリスト物語	高瀬嘉男	
キュリー夫人	エーブ・キュリー	

この表の「作者」「備考」の欄は『会報』の記載にはない。あくまで今回参考として付け加えたものである。

なお、上記の書籍は日本古典文学を中心に題名に「新釈」と付記されているものが数点見られ、それらの書籍の編集者が不明であるため、このリストでは日本古典文学の著者名を空欄にした。

午後ヨリ鈴木角五郎氏来る
校内変りなし

三月十五日　土　曇　前田代理宮崎
欠勤　足立、長浜先生
発疹チフスの予防注射は十七日に
延期、証明書をさきに渡す。

三月十七日　火《ママ》　晴　宮崎
欠勤　足立、長浜両先生
午前中　大掃除
午后二時半より深川区国民学校六
年担任先生との懇談会開催、六名
出席

三月二十六日　晴
　小島但し渡辺先生代理
十時ヨリ集マリシ先生
前田、渡辺、宮崎、池田
欠席者　小林　島田、足立、三先
生

執務日誌に登場する主たる人物

注ア　小林珍雄《よしお》

　昭和十三年（一九三八）より岳父の中村三郎が校長をつとめる本校で英語、公民を担当する講師になる。一方、上智大学の学生に法学や経済学を教える教授でもあった。教授に就任したのは東京帝国大学大学院を卒業後、フランス、スイスに留学し、帰国後再びドイツへの留学を終えて帰国した昭和十一年のことであった。

　小林は英語教育が禁止された時代にも楽しく英語を教えたが、授業はいつもユーモアに富み、生徒の興味と笑いを誘った。生徒からはちんちゃんと愛称で親しまれたが、時にはバリトンの声を朗々と響かせて「ボルガの舟唄」などのロシア民謡を歌ったりもした。戦争中の暗澹とした雰囲気を吹き飛ばすつもりか、バケツを叩きながら教室に入ってくることもあり、その授業は型破りであったようである。教師として威厳を振りかざすこともなく、孤高然とした態度もまったく見られなかった。それでも小林が入ってくると、教室はシーンと静まりかえったという。教卓を揺さぶってデモクラシーの尊さを熱く語った

三月二十七日　曇　　宮崎
十時より第三十八回卒業式挙行。山屋八万雄氏祝辞、父兄代表西山進次氏、新卒業生総代西山タカ子、在校生長川秀子、同窓生代表押本陽子それぞれ挨拶あり。
　その他変りなし

三月二十九日（土曜日）　晴
　榎田（小島先生代理）
1．休暇二日目なので諸先生方は来られませんでしたが、渡辺先生、前田先生が午前十一時半頃より午後一時半頃まで居られました。
2．願書受附ナシ

四月三日　木　晴（神武天皇祭）
　小島
本日出勤ノ先生。
渡辺、前田、宮崎、池田ノ四先生

り、monarch（君主の意）の発音を和菓子の最中《もなか》に例えて覚えさせるなどしたが、その当時の小林の様子を七十年以上経った今も卒業生は覚えている。

　執務日誌が記録している昭和二十年三月九日から終戦の八月十五日までのほぼ五ヶ月間は、小林始め教職員らが生徒の生命を空襲から護ることに日々追われた時代であった。一方で終戦から執務日誌の記録が終わる昭和二十二年九月十三日までは食糧難、資金難の中で喘ぎながら学校としての本務、即ち授業再開に向けて一丸となって邁進した時代であった。

　執務日誌の後日談に触れる必要もあろう。小林は昭和二十三年七月に中村三郎に代わって第五代校長となる。終戦後の小林に負わされた第一の任務は校舎の再建であった。戦後二年経っても、授業は相変わらず明治小学校の教室を間借りしたままであった。終戦を迎え、小学生も学校に戻ってくるようになると、教室の明け渡しを要求されるようになる。戦地にいた渡辺泰行などの教員も復帰してきたが、一方で共に終戦前後の辛酸を嘗め、苦難を共に乗り越えてきた下條治恒や長浜敏夫は、家庭の事情や健康上の理由などで本校を去って行った。授業は他の教員に任せ、自ら東奔西走して小林は昭和二十四年四月初旬に平屋建て百十坪の木造校舎を

其の他変りなし

四月九日　水　晴　宮崎
欠　長浜先生
新入学希望者受付
その他変りなし

四月十日　木　晴　宮崎代理
欠　長浜先生
別に異状なし

四月十一日　金　晴　小島
出勤ノ先生　前田、渡辺、宮崎、
池田、榎田の五氏
四、三年ノ教室ヨリ机四十個ヲ明
治国民学校へかえす、
其の後教室の掃除をなす

四月十三日（日）　池田
今休暇最後の今日、午前中　バ
レー部練習あり、午後より前田、
渡辺両先生引率にて三商に於ける

竣工させる。ただ全校生徒を収容するにはさらなる増改築が必要で、翌二十五年三月末には二階建ての校舎を落成させたのである。この校舎の下で新制中村高等学校第一回の卒業式が挙行された。

小林には教育者として以外に、カトリック学者としての一面があった。カトリック大辞典の初の邦訳作業にたずさわる一方で、多数の著書を執筆、翻訳した。平凡社「世界大百科事典」の編集者の一人でもあり、その第一巻第一項には小林による「愛」に関する記述を見ることができる。

注イ　下條治恒

数学教師。唾を飛ばしながらの話しぶりはユーモアに富み、気さくな人柄は生徒に愛された。面長のせいか、生徒からは南京豆や逆《さかさ》らっきょうのあだ名が付けられた。弟が（注）賞勲局の総裁を務めていたこともあり、生徒からは下條閣下と揶揄《やゆ》された。昭和二十年四月十三日には自宅が空襲で半壊したにも拘わらず、校務に邁進した。

（注）賞勲局　内閣府の内部部局の一つで明治九年に設置。勲章・褒章などの事務を所管。弟、下條康麿は浜口雄幸内閣の時に総裁を務めた（昭和四～十五年）。下條康麿は戦後、吉田茂内閣の時に文部大臣を務めている。歴代賞勲局総

男子中等のリーグ戦　見学に行く。
宮崎先生、卒業生、来校あり
他異状なし

四月十五日（火）　渡辺
一年生　六十五名登校。
校長、小林先生よりお話あり
午後　大掃除。他異状なし

四月十六日（水）　晴　宮崎
普通授業
長浜先生明日より登校の電報あり
他に異状なし

四月十七日（木）　晴　島田
小島、渡辺、池田、榎田先生、新教育研究協議会に出席
午後　全校生徒　清澄庭園散策
他異状なし

四月十八日（金）　晴風強し

裁には三条実美、西園寺公望などの人物がいる。

注ウ　渡辺泰行

国語・体育の教師として昭和十八年一月から本校に奉職した。当執務日誌は渡辺が大学ノートに記載したことに端を発するものである。

バレーボールに関しては全くの素人であったが、同年に応召された前田豊（後出）より監督のバトンを受け継いだ時は、本校が日本一の座にあった時であった。前監督の島村教諭や、卒業生で名選手であった小林ツルらと共に部員の指導に当たった。渡辺の指導方法は手取り足取り教えるのではなく、選手にヒントを与え、選手に考えさせて努力させるものであった。渡辺はこの考えるバレーを実践して、全国優勝十四回、準優勝十二回を達成したばかりでなく、多くの全日本代表選手そしてオリンピック・世界選手権のメダリストを育てた。昭和六十二年に退職後も、請われれば健康が許す限り本校のバレー部指導に当たった。

余り知られていないことであるが、渡辺は戦後間もなくの頃、バレー部の指導の傍ら水泳部の顧問でもあった。昭和十八年夏、戦前最後の海の家が西伊豆仁科の父兄会会長堤武雄氏の家で行われた。その時引率したのが長浜敏夫（後出）と共に渡辺であっ

小島代渡辺

普通授業
異状なし。

四月十九日（土）　晴　　池田
異状なし。

四月廿日（日）　晴　　渡辺
池田先生出席　排球練習　他異状なし。

四月二十二日（火）　晴　　宮崎
欠勤　長浜先生
本日、電話線架設工事を行う。
他異状なし

四月廿七日（日）　晴　　島田
異状なし

五月一日（木）　晴　　島田
午後　全校生徒　机運搬
異状なし

た。団長は小林珍雄であった。また戦後、昭和二十三年に明治小学校のプールが使用できるようになると、小林と共に渡辺は華麗な泳ぎを生徒に披露している。

注エ　小林仕丁

仕丁《しちょう》とは用務員のこと。当時、小林平吉・政子夫妻が仕丁を務めていた。一流ホテルのシェフであった小林平吉は、第四代校長中村三郎に引き抜かれて本校に勤めるようになったと言われる。平吉は昭和十八年に死去しているから、ここでは妻の政子のこと。戦争中は小林珍雄の父、大田区馬込に住む珍吉の家に身を寄せていた。

注オ　長浜敏夫

物理や生物を教えた。昭和二十年三月十日の空襲で校舎が焼失して以降、ほとんど毎日出勤し、公共機関との連絡や、工場勤労のための生徒の引率に奔走した。終戦後は体調を崩し、間もなく死去した。

注カ　宮崎ひさ子

国語と英語を担当した。授業は厳しく、クラス内はいつも緊張の空気が張りつめていた。それでも慕う生徒は多く、先生を中心に卒業生の集まりがいくつも出来たが、昭和二十年卒業生からなる「久美《ひさみ》会」は先生の没後も集まりが続いている。山岳部の顧問を戦前から担当し、戦

五月二日　金　晴後曇　小島
欠席の先生　榎田、前田、長浜の
三先生
他に変りなし

五月三日　土　風雨　足立
渡辺、前田先生御出勤、バレーの
練習あり、
明治国民学校より窓硝子のこわれ
月曜日まで何枚かを届け出るこ
との通知あり。調べの結果、
一年5
五年2
四年4
三年2
計　十三枚
第七支部より生徒使いに来る、以
上

五月四日　日曜日　曇　小島
朝九時ヨリ十六時マデ学校ニ居リ
シガ全ク何事モナカリキ
以上

災によって山岳用具を焼失していたにもかかわらず、昭和二十一年七月の日光白根山、男体山の三泊四日の山行を皮切りにほぼ月一回の山行が復活した。翌年八月には五泊六日で北アルプスの穂高連峰に挑み、難所と恐れられた北鎌尾根を踏破している。

戦時中でコースが荒廃しているにもかかわらず、昭和二十三年八月には六泊七日で南アルプスの仙丈、鳳凰、駒ヶ岳を縦走しているが、この時は予算、体力の不足を補う上で、中央大学ワンダーフォーゲル部と行動を共にしている。この時は一人の大学生が本校生徒分の米一斗を担いで疲弊の余りダウンしてしまっている。山小屋での機敏な大学生の行動に、本校の生徒達は一生懸命食事の準備で応えようとした。当時の青春の爽やかさが戦後復刊された校誌「会報」から伝わってくる。宮崎は山岳部の生徒だけでなく、一般の生徒にもよく声をかけて山に誘ったが、その思い出を語る卒業生は多い。

注キ　吉原ユウ

細身で着物がよく似合い、優しくて生徒に愛された。関東大震災後に建てられた白河町の同潤会アパートに実母と小学生の一人息子と生活していたが、三月十日の空襲で死去した。吉原は戦況が悪化する中、息子だ

五月五日　月曜日　晴　足立
注53 授業午前中、午後より注53中村中学校開校式並に入学式行う、校長先生御出勤、以上

五月七日（水）曇後雨　㊞榎田
欠席の先生　長濱、前田先生
異状なし

五月十日（土）晴　宮崎
別に変りなし

五月十二日（月）雨　島田
開校記念日　休業
五年生及教員六名（渡辺、宮崎、小島、池田、榎田、高橋）箱根一泊修学旅行出立
卒業生　大黒嘉子　卒業証書もらふ為来校
其他変りなし
五年生池島節子の省線及都電定期券と金参拾円を拾ひ届けてくれた

けでも助けたいと疎開先をさがしたが見つからなかった。英語を教える一方で学芸部の顧問をし、シェイクスピアの「ベニスの商人」やゴーリキーの「どん底」等の演劇指導を行っていた。

注ク　足立順

家庭科の先生であるが、書の嗜みもあり、書道部の顧問を担当した。昭和二十三年一月、上野の美術館で全国学生書道展覧会において出品者二十名の内、三名が入選した。昭和二十四年には二十名が入選し、銀賞一名、五名が銅賞をもらうなど好成績を残した。足立の師であり本校でも書道を教えた鷹見芝香が請われて戦後再び本校で指導するようになった。

注ケ　小島みゑ

家事、作法を担当した。戦後のぼろぼろの教室で調理実習を習ったことを卒業生は覚えている。雨漏りがしてくる中、傘をさしながら料理を作った。ガス台はなく七輪であった。「こんなぼろぼろの家で家庭科を習っておけばね、どんな貧乏な家にお嫁に行っても大丈夫、ここのお勉強は絶対に無駄ではないからね」と言われた先生の言葉を卒業生は今でも覚えている。

注コ　島田恵

数学を教えた。着物を愛着し、校内でもそうであったが、ある

方があります。届け主は日本橋区室町四丁目四、留岡組輸送課天野富治

五月十四日（水）　晴　池田

欠席の先生　長浜、前田、小林先生

異状なし。

五月十五日　木　晴　足立

欠勤、長浜、島田両先生

午後一時より父兄会あり、

校長先生御出勤。以上

五月十六日（金）　曇後晴　榎田

別に変りありません、

五月十七日（土）　前田

五月十八日（日）　雨後曇風強し　榎田

京成電車停電のため登校時十一時

こう会でも必ず着物で参加した。物腰が柔らかく、穏やかで目立つことはなかった。事務長になってからは中村三郎校長を支えた。

注サ　市万《いちまん》田《だ》東生《しのぶ》

裁縫を教えた。廊下を通る足音だけで教室は静まりかえり、オニマンダというあだ名を生徒が付けるほど厳しい先生であったが、昭和二十年の卒業式では人目をはばからず大泣きしている。同窓会の幹事として、また戦後は生徒を引率して戦災復興の街頭募金活動に取り組んだ。

注シ　池田あき子

本校の卒業生。バレー部に所属した。戦後、国語を教える傍ら、バレー部のコーチをつとめた。在学中は小林ツルと名コンビを組み、彼女らを中心に十名余りの選手達が卒業後、中村クラブを結成し、全国優勝した。

注ス　熱田

当時の教職員名簿に見いだせず。臨時の職員であったと思われる。四月より応召される渡辺に代わり三月三十日より出勤し、小林、長浜、下條らと生徒の疎開や転校の手続き、学校の会計事務に精力的に行動した。四月十八日の日誌に記載されているように、熱田氏の自宅は空襲により全焼している。大森に避難した後、再び五月十四日よ

四十五分になってしまひました、それより十六時二十分迄の間異状ありませんでした。

五月二十日（火）　晴　宮崎
小林先生寄生虫のため入院加療中につき今週中欠勤とのこと、区役所より教育課長来校、渡辺先生と種々懇談す。
他に異状なし

五月廿一日（水）　曇　島田
異状なし

五月二十二日　木　雨　小島
明治国民学校ノ校長来校、便所の衛生について注意サレタリ
其他変リナシ、

五月二十三日　金　晴　足立
小林、長浜先生御欠勤
校長先生御出勤

り出勤し、その活躍は終戦近くまで続いた。

注セ　伊藤（旧姓湯本）和子

昭和二十年本校卒業後、三月十日の東京大空襲より一ヶ月も経ていない中で、四月三日より五月三十一日まで本校の事務職員として働いた。勤務日数は三十二日間に及び、病気ゆえか五月に十日ほど欠勤しているが、休日を除けばほとんど出勤している状態であった。家は深川江戸資料館（当時は深川区役所）の先にあった。伊藤はやがて東京学芸大小学校教員養成科を経て江東区立明治、白河小学校の教諭として奉職している。その生徒思いの行動が東京の新聞に、壺井栄の作品「二十四の瞳」の大石先生になぞらえて紹介されたこともあった。晩年は詩吟を嗜むこともあったという。

注ソ　山田（旧姓井上）喜美子

昭和二十年に卒業後、小林珍雄に請われて同年五月一日から事務職員として働く。執務日誌には終戦前日の八月十四日に退職とある。東京の空襲が続く中、その勤務日数は実に七十二日間にも及んでいる。親は当時失業中で、山田は学校から頂いた百円の給金の重さを今でも忘れないでいる。女子教員は自宅待機を命ぜられていたから、男子教員と共に終戦前後まで校務を遂行していた女性は山田と伊藤

午後二時半より後援会委員会あり、出席者十九名、閉会六時すぎ。
以上

五月廿四日　晴　　池田
校長先生御出勤あり、午後二時頃御帰宅
今日の決定事項は
一、五月二十六日より三日間、防火週間につき、二十六日　月
午前十時より深川消防署長の講演有る事、
一、五月二十九日（木）身体検査施行の予定。

五月廿六日（月）　小雨　　榎田
小林先生御病気にて欠勤のためその代理の先生がおいでになりました。
三時限に防火週間につき深川消防署長殿の講演がありました、
他異状なし

和子の二名だけである。山田は港区芝に自宅があったので交通が途絶した時は学校まで歩いて通ったという。学校での活躍振りは日誌が示す通りである。

注タ　中村三郎

明治三十四年（一九〇一）に商法講習所（現一橋大学）を卒業している中村は、本校第四代校長に就任した当初から異彩を放つ存在であった。創立者中村清蔵の甥に当たる彼は「清く、直く、明るく」を校訓とし、健康第一を校是として全校生徒による「あるこう会」を実施した。個性の完成、デモクラシー、思想の自由の尊さを教えようと、各界の著名人を招いては講演会を開催した。野口雨情、与謝野鉄幹・晶子夫妻、北原白秋などの文人に留まらず、日銀総裁であった井上準之助が金解禁の話をしたこともあった。型に当てはめず、伸び伸びとした教育を実践したが、師範学校出身の多い教師達や生徒、保護者にとっては実業界出身の中村の教育方針に当初はとまどうこともあった。しかし中村の、その真に優れた教育者としての側面が理解されるのに多くの時間は要さなかった。謹厳実直なタイプでなく、いわゆる先生ぶらない、個性的で優秀な教師陣のなかで校長の特色ある教育が実践され、他では見られない伸びやかな校風漂う学校となったのである。

五月二十八日（水）　晴　島田
全校　逗子方面　あるこう会　挙行
他異常なし

五月二十九日（木）　晴　宮崎
第二時限―第四時限、体格検査―身長、体重、胸囲、視力のみ。ツベルクリン、X線は他日施行の筈。

六月二日　月　晴　足立
第一時限―第三時限、身体検査、ツベルクリン、一年東西は四日に行う筈。
校長先生、長浜先生御出勤、
島田先生御欠勤、以上

六月五日　木　曇一時雨　佐久間
午前中歯牙検査長浜先生、前田先生御欠勤
小島先生　都立二十高女ノ図画研究會ニ御出席

　一方で校長は全国に雷鳴を轟かせた中村バレー部の育成に力を注いだ。戦前は連戦に連勝を重ねたが、その当時の興奮冷めやらぬ喜びは、校誌「会報」における校長談話を通じて読む者に熱く伝わってくる。しかし昭和十八年以降は戦争のために全国大会、およびあらゆる大会は中止となった。本校の連勝記録も百二十二勝で中断、戦後に引き継がれていくことになった。

　本校が小名木川に面する東大工町（現江東区白河三丁目）にあった頃、その校舎は大正十二年の関東大震災により焼失した。その後、東洋英和女学院や明治小学校での間借り時代が続いたが、校舎再建の采配を振るったのが中村であった。昭和十九年には自宅を除いた全財産を提供して財団法人中村高等女学校を設立した。奇縁というか、昭和二十年の大空襲で全焼した清澄校舎の復興は娘婿の小林が担うことになるのである。

　東京の空襲が激しくなる頃、中村は静岡県裾野に疎開していた。明治十年生まれの中村は七十歳に近く、もともと実業界出身の彼には農作業を伴う疎開生活は何かと不如意であった。終戦後は荒廃した東京を避けて所沢に住まいを移し、昭和二十三年に校長職を小林に委ねた後は、理事長として学校経営に専念することになった。

六月七日　土　曇　島田
全校　浮世絵展見学
卒業生　光本恵美子、塚本雅子来校

六月九日　月　曇後晴　宮崎
長浜、榎田、志賀先生欠勤
昨日の関東女子中等排球戦に優勝したので　バレー部員は本日練習中止、茶話会を行った。

六月十日　火　曇　宮崎
榎田先生欠、その他異状なし

六月十一日　水　雨　㊞小島
変りなし

六月十二日　木　曇　足立
小林先生久方振りに御出勤
長浜先生御欠勤
その他異状なし。

注チ　前田豊

昭和十三年（一九三八）に本校で国語の教師となり、一方でバレー部の監督を務めた。早稲田大学の学生の頃は名センターとして活躍したが、その学生時代からコーチとして本校でバレー部を指導した。昭和十八年二月に兵役に召集されたが、昭和二十年秋の復員後は卒業生の助力も得て本校バレー部の監督として抜群の指導力を発揮した。昭和二十二年に退職するまでの約十年間に、中村高女公式戦百四十九連勝という快記録を達成した。

退職後は日本バレーボール協会の運営にたずさわり、「百万人のバレーボール」を提唱、小学生からお母さん達までを含む底辺の広いバレー人口の普及に大きな役割を果たした。国際的にもバレーボールの五輪正式競技採用に尽力し、それを東京五輪で実現させた。昭和四十六年から学園の理事を務め、死去の平成九年まで本校バレー部に対する温かい助言を惜しまなかった。

注ツ　小林ツル

昭和十七年卒。戦前のバレー部黄金時代の名選手。その連勝記録は相撲の双葉山の六十九連勝を超えたということで注目を浴びた。守備は主にセンターであったが、両手使いでアタックができ、相手を翻弄した。早稲

六月十三日　金
異状なし　池田

六月十四日　土曜日　曇、時々うすび模様
長濱先生欠、その他異状なし　榎田

六月十六日　月曜日　雨後曇
長浜先生、小林先生　御缺勤　佐久間
その他異状なし

六月十七日（火曜日）　小雨、曇後時々小晴、
小林先生、長濱先生欠
宮崎先生、渡辺先生　五時限終了御出張、
その他異状なし　前田先生代理　榎田

六月十八日（水）　晴　渡辺

田や明治の男子学生が放課後やってきて、本校のバレー部に練習をつけてもらっていた。校長の三郎も、その昭和十六年の会報の中で、次のように小林のことを絶賛している。「小林は男女を通じて、正に日本一の排球選手である。天賦の素質にもよるが、不断の努力勉強は言語に絶し、またよく責任を重んじ、素直に謙虚に、長上、先輩を尊敬し、部下を愛護し、自身の功績や力量など、淡如として関知せざるものの如くである。学科も勿論優秀である」

　稀代の名選手、中村の至宝とかいうマスコミの華やかな言辞とは遠く離れて、戦後バレーから退いた後は、目立つことを避け、静かな生活を送った。

注テ　細萱《ほそがや》けみゑ

　国語を担当した。大正十三年（一九二四）四月から昭和十九年三月まで教鞭をとった。信州、安曇野の出身。第四章第二話で東京大空襲の作文を寄せた片山幸子の担任であった。片山の母は麻績の出身であり、細萱とは同じ信州人であったこともあって、家族ぐるみのお付き合いがあった。片山幸子も二度ほど安曇野の細萱の実家を訪ねている。

異状なし。

六月十九日（木）　小雨後晴　宮崎
長浜先生欠勤、別に変りなし

六月二十日（金）　曇　島田
異状なし

六月二十一日　土　曇　㊞小島
欠勤者長浜、前田、両先生、
卒業生ハバレー選手小林、山屋、
宍戸氏来
ソノ他変りなし、

六月二十三日　月　曇　足立
欠勤　長浜先生、
校長先生御出勤
その他変りなし。

六月二十六日　水《ママ》　薄曇　佐久間
欠勤、長浜先生、前田先生、出張
渡辺先生

脚注

執務日誌(一)

注1警戒警報発令　敵機の来襲の恐れのある場合に発令された。発令されると灯火管制が実施され、家庭内の電気の消灯が義務づけられた。

注2空襲警報発令　敵機来襲の危険性が更に高まると発令された。発令されると速やかに防空壕へ避難することが要求された。警報発令は通常サイレンを用い、サイレンを鳴らす吹鳴の時間と休止の時間により、警戒警報と空襲警報の違いを区別した。

注3勅語謄本　教育勅語の謄本のこと。教育勅語は正式には教育ニ関スル勅語といい、明治二十三年（一八九〇）に発表された。天皇の教育に対する意思を表明したもので、太平洋戦争以前の日本の教育の根幹となった。昭和二十三年（一九四八）六月十九日に国会の議決により廃止された。

注4学籍簿　生徒の氏名、生年月日、住所、入学・卒業年月日、学業成績、出欠席など、教育管理上必要な事項を記載した帳簿。一九四九年以降、指導要録と改称。

本日より電話開通の予定
その他異常なし

六月二十七日　金　曇　宮崎（代理）
欠勤、長浜、前田、榎田先生、
出張　足立先生
二時より明治講堂に於て江東区教育会創立大会あり、出席　渡辺、小島、宮崎、佐久間、池田、接待員　宮崎、その他異状なし

六月二十八日（土）　曇小雨　渡辺
欠勤　長浜、前田先生
排球部倶楽部員練習。
他異状なし、

六月三十日（月）　曇　宮崎
欠勤、長浜、前田先生、
変りなし、

七月二日　水　晴　小島

注5興亜航空　第一次世界大戦後、南洋の旧ドイツ領は国際連盟委任統治領として日本が統治することになった。南洋開発のために大正十年（一九二一）に設立されたのが南洋興発であったが、興亜航空はその内地事業会社として生まれた。

注6ライオン製薬　現在のライオン株式会社。創業は明治二十四年（一八九一）に遡る。本社は墨田区本所。

注7三田土ゴム　現在の墨田区本所にあった。創業は明治十九年（一八八六）。仕事内容は生徒達には教えてもらえなかったが、防毒マスクの製造に当ったようである。僅かばかりの給金が支給された。

注8藤倉工場　江東区木場にあった。現在の株式会社フジクラ、当時は藤倉電線株式会社と名乗った。通信ケーブルや電線を製造していた。

注9三野村合名会社　江東区清澄二丁目、清洲橋通りに面して建っている。三月十日の空襲時にこの建物に逃げ込み、助かった生徒もいた。当社はこの地区で古くから不動産業を営み、本校が小名木川校舎から現地に移転する際や、新館ＬＡＤＹ建設の際などにおいて土地提供の便宜をはかるなど、本校とは縁が深い。

注10大東亜会館　千代田区丸の内三丁目、帝国劇場に隣接して建つ現在の東京會舘のこと。昭

中坪よりジャンパー六着配給アリタリ
ソノ他記事ナシ、

七月三日　木　晴　足立
欠勤　長浜　前田先生
変りなし

七月四日　晴　池田
欠勤　長浜、前田先生
変りなし、

七月五日（土）晴　榎田
欠勤　長浜、前田先生、宮崎先生
他変りなし

七月七日　月　晴　佐久間
欠勤　長浜、前田　先生
校長先生来校
その他異状なし

七月八日　火　晴　代理　宮崎

脚注

和十五年（一九四〇）十月に大政翼賛会が発足するとやがて東京會館は接収され、名称は大東亜会館と変更し、ここに翼賛会の中央本部が置かれることになった。大東亜会議は昭和十八年十一月五、六日の両日、国会議事堂内で行われたが、最終日の夕刻、帝国政府主催の大晩餐会がここ大東亜会館で催された。戦後は再び東京會舘となる。

注11明治第二国民学校　江東区深川二丁目に存在。前身は明治六年（一八七三）の村松学校に遡る。明治十年に明治小学校と改称。太平洋戦争当時、明治小学校は男子の明治国民学校と女子の明治第二国民学校とに分かれていた。昭和十九年夏に両校児童は同じ列車に乗り、新潟に集団疎開した。昭和二十年三月十日の大空襲の際、同校舎はかろうじて火災を免れ、避難者の収容、救護の拠点となった。同小学校は中村高女だけでなく、白河、八名川、臨海など近隣の小学校の仮校舎ともなった。なお、明治小学校には関東大震災において本校が焼失した際も、校舎を間借りした歴史がある。

注12恩給財団　私学恩給財団のこと。主に退職後の私学教職員の年金支給をその業務とした。

注13裾野の校長　その当時の校長で第四代中村三郎校長のこと。中村校長は静岡県の裾野に疎開していた。

注14国民儀礼　宮城遙拝、君が

欠勤　長浜、前田先生
校長出勤、放課後　職員会議あり、

七月十日　木　晴　宮崎
欠、長浜先生
本日　第一学期終業式
他変りなし

七月十一日　金　晴　宮崎
本日より暑中休暇、英語講習会開始、
変りなし

七月十二日　土　曇　宮崎
変りなし

七月十四日　晴　宮崎
異状なし

七月十五日　火　晴　宮崎
午後、電通映画部　本校排球部の撮影に来る。

脚注

代斉唱、神社参拝などを指す。

注15深川家政学校　正しくは深川女子商業学校。本校と同じく、明治三十六年（一九〇三）創立の私立深川女子技芸学校が母体で当時は校舎を共有していた。明治三十八年の日比谷焼き打ち事件のもらい火で校舎焼失した後、明治四十三年深川裁縫女学校と改名して中村家を離れた。その後裁縫女学校・深川家政学校、さらに深川女子商業学校と校名を変えたが、昭和二十年三月十日の空襲により全焼、閉校となった。一方焼き打ち事件以降、校舎を小名木川沿いに移転した深川女学校はやがて中村高等女学校として発展して行くことになる。両校とも創立者中村清蔵と縁のある学校である。

注16報償金　勤労動員生徒への報酬金は挺身奉公の協同業績として位置づけられ、一括して学校報国隊長（校長）に支給された。本校では動員生徒各自の貯金口座を作り、各工場より学校に支払われた報償金を生徒の口座に出勤状態などにより振り分け、卒業の際などに保護者に支払ったようである。生活に困窮した家庭が、その支払いを求めて学校を訪れる様子が執務日誌を見て感じられる。

注17枢密院　大日本帝国憲法（明治二十二年公布）において、天皇の最高諮詢機関と位置づけられている。初代議長は伊藤博文。国政に隠然たる権勢を誇っ

七月十六日　水　晴　宮崎
変りなし、

七月十七日　木　晴　宮崎
小島先生来校、
日本スポーツ社よりバレーのコーチにつき依頼さる。片倉製糸にて前、中衛二名づつ至急ほしい由、

七月十八日　金　晴　宮崎
島田先生出勤、変りなし

七月十九日　土　晴　宮崎
安田工業より小島先生に二十一日の協議会出席の件にて来書、早速、速達にしておくる。
他に異状なし

七月二十一日　月　曇　宮崎
職業科、外国語の調査書区役所に提出、
二十五日中に提出しなければなら

脚注

たが軍部の台頭とともにその影響力は低下。日本国憲法施行に伴い、昭和二十二年五月二日に廃止された。教育に関する重要勅令は、枢密院への諮詢事項の中に含まれていた。

注18工場疎開　当時、疎開は学童疎開、建物疎開、工場疎開、縁故疎開などの種類があった。工場疎開とは空襲の目標となりやすい軍需工場を地方に避難させる政策のことをいう。

注19糧秣《りょうまつ》　軍隊における兵隊と馬との糧食のこと。

注20都立造船工業学校　昭和二十一年に現在の都立墨田工業高等学校と合併した。

注21安田貯蓄銀行　安田財閥系の貯蓄銀行で大正九年から昭和二十年まで存続したが、その後日本貯蓄銀行に合併された。本店は銀座三越の近く、室町にあった。本校の近くには墨田区石原四丁目に本所支店が存在し、今も建物は当時のまま残っている。

注22女子勤労動員　戦時下において国の法律・命令によって労働力を徴用された女子のこと。戦争の激化とともに労働力不足が一般化し、政府は国家総動員法に基づいて次々と労働力確保のための統制を実施していった。昭和十八年には女子挺身隊が創設され、その名のもとで十四歳以上二十五歳以下の未婚・無職・不在学の女子が勤労奉仕に従事することになった。昭和

ない後援会調査島田先生、（もしくは渡辺先生）御願ひします。
他に変りなし、

七月二十二日　火　晴　宮崎
本日にて講習終り。
五年生転入の件につき五十嵐光江来校
小島先生出校、他に変りなし、

七月二十三日　水　薄曇　佐久間
榎田先生出校
卒業生　須藤静子（昭和九年卒）
大山こま（大正十一年卒）証明書受取りに来校
ちくま製粉工場より生徒四、五名手傳にほしい由。

七月廿四日　木　晴　島田
宮崎先生出校、田村徳子卒業証明書もらひに来校
他に変りなし

脚注

二十年三月には女子挺身隊は国民義勇隊として改組された。（昭和十九）三月には学徒勤労動員が発令され、大学・専門学校・高等学校、中等学校・国民学校高等科などの授業は中断し、学生・生徒は通年の勤労を行うことになった。

注23蒙古徳王　本名はデムチュクドンロブ、徳王は通称である。内モンゴルにおける独立運動の指導者であった。一九三〇年代から日本軍に協力し、モンゴル人の独立政権、蒙古連合自治政府の主席を務めた。

注24隣組　戦時下における近隣の団結や自治意識を育成する目的で作られた。五軒から十軒の世帯で組織され、住民の動員や物資の供出、統制品の配給、空襲での防空活動などが行われた。

注25報国隊　報国隊は昭和十六年十一月二十二日の勅令、国民勤労報国協力令に基づくもので十四歳以上四十歳未満の男子、十四歳以上二十五歳未満の独身女性が勤労報国隊として工場などで働くことになった。

注26中坪洋服配給会社　当時、京橋区槇町一丁目（現中央区八重洲二丁目）で、洋服加工製造業及び販売業を営んでいた。

注27鎌倉東京間の省線電車　大正九年（一九二〇）から昭和二十四年（一九四九）の間、鉄道が時代の変遷と共に鉄道省、運輸通信省、運輸省の管理下にお

七月二十五日　金　晴　小島代佐久間
渡辺、池田、榎田先生　出校
倶楽部員　バレー打合せの為来校
その他変りなし

七月二十六日　土　曇　足立代佐久間
榎田先生　出校
倶楽部　十二時半より女高師にて練習
他変りなし、

七月二十七日　日曜日　晴　榎田
クラブ、高女、女高師コートにて、オールジャパン東京予選にクラブ優勝、高女は第三位と決定、
他変りなし、前田、渡辺、池田、佐久間先生出席、

七月二十八日　月　薄曇　佐久間
渡辺、池田、榎田、長浜先生出校

かれていたので「省線」といった。現在の「ＪＲ」に相当する。昭和二十四年以降は日本国有鉄道となり、略称は国鉄となった。分割民営化され、現在の「ＪＲ」となったのは昭和六十二年（一九八七）以降のことである。

注28衣料切符　国民一般の繊維製品消費を規制するために昭和十七年に設けられた統制切符制度のこと。商工大臣が指定する衣料品などについて、販売者は購買者の切符から指定点数を切り取って販売する仕組みであった。

注29昭和ゴム　昭和十二年（一九三七）創業の昭和護謨株式会社が母体。南方スマトラやマレー半島にゴム栽培をし、千住と巣鴨に自転車タイヤやチューブ、ホースなどの製造工場を有していた。昭和二十年には三田土ゴムを吸収合併している。

注30深川警察署　旧、西平野町の清澄通りに面して存在した。現在は江東区深川ふれあいセンター・平野児童館がある。本校の母体の深川女子技芸学校は日露戦争後のポーツマス条約締結に反対する市民の暴動（日比谷焼き打ち事件）で焼失したが、この警察署の裏手にあったため、本校ももらい火を受け、全焼した。現在の深川警察署は江東区木場三丁目にある。

注31特攻隊　特別攻撃隊の略称。太平洋戦争末期に、陸海軍が特別に編成した、爆弾を装備

排球部出校
他変りなし、

七月二十九日　火曜日　薄ぐもり　前田先生代榎田
宮崎先生　御出校、
他変りなし

七月卅日　水曜日　薄曇　榎田
新聞屋集金人が来ましたので明治小使さんへ支拂っておきました、小林先生よりおはがきが参って居ます、渡辺先生に宜しくお願ひ致します。
他変りなし、

七月三十一日　木　渡辺
排球部練習、池田、長浜先生出校
他変りなし。

八月一日　金曜日　晴　風強し　榎田

して体当たり攻撃を敢行する攻撃隊のこと。

注32尊皇攘夷　皇室を尊んで、外国を追い払おうとする考えのこと。幕末の水戸藩を中心とした政治思想で、もともと尊皇論と攘夷論は別々の思想であったが幕府権力の弱体化と対外危機感の強まりによって両者は合体し、やがて王政復古に至る大きな政治的潮流となった。

注33静寛宮殿下　徳川第十四代将軍家茂の正室であり、孝明天皇の妹にあたる。幼称は和宮、六歳の時有栖川熾仁《たるひと》親王と婚約するが、公武合体策によって、文久二年（一八六二）、徳川家茂に嫁いだ。家茂没後は落飾し、静寛院宮と称した。

注34御真影奉戴殿　御真影とは宮内省から各学校などに貸与された天皇・皇后の写真のこと。校長が保管の責に当たり、四大《しだい》節《せつ》の儀式に参拝の礼を行った。写真を保管する入れ物が奉戴殿である。四大節《しだいせつ》とは四方節（一月一日）、紀元節（二月十一日）、天長節（四月二十九日）、明治節（十一月三日）のことをいう。

注35義勇隊　国民義勇隊のこと。敗戦色濃い昭和二十年三月に閣議決定された。本土決戦に向けた国民の組織化、民間防衛が目的で、消火活動や食糧増産などの活動を行った。

注36学校隣組　学童の安全、地域への協力、情報の共有などを目的とした近隣の学校との相互

排球部出校、渡辺先生　飯田先生御出校
朝十時頃より午後四時までバレー練習、
区役所より江東区長へ一、二、三年生現在籍生徒数を報告する様達し有りましたので、今日午前中報告致しおきました。
他変りなし

八月二日　土　晴　佐久間
排球部練習
渡辺、飯田、榎田、池田先生出校
他変りなし

八月三日　日　晴　佐久間
排球部練習
渡辺、飯田先生出校
他変りなし

八月四日　月曜日　晴　榎田
全生徒登校、

脚注

扶助組織。
注37義勇戦闘隊　国民義勇戦闘隊のこと。終戦末期の昭和二十年六月に本土決戦を想定して成立した民兵組織である。
注38国辱事件　無条件降伏を勧告したポツダム宣言を、日本が受諾したこと。受諾したのは八月十四日であったが、翌日正午に、天皇によりポツダム宣言を受諾し降伏した旨のラジオ放送(玉音放送)が全国に流された。ほとんどの国民にとって、天皇の声を聞くのは初めてのことであった。
注39物象　物理学、化学、鉱物学などを包括した教科の名称。昭和十七年改定の中学校教授要目で理科が物象と生物に分かれた。昭和二十二年、新学制によって廃止された。
注40都立養正館　養正館は昭和天皇に皇太子が誕生した際の奉祝記念事業として、昭和十二年十二月に有栖川宮記念公園内に建設された。青少年修養道場として使用されたが現在、その跡地は都立中央図書館となっている。当記念公園は港区麻布五丁目にある。
注41明治節　明治天皇の誕生日である十一月三日を祝したものであるが、昭和二十三年に廃止され、現在は国民の祝日である「文化の日」と改まっている。

渡辺、島田、小島、池田、佐久間
先生が登校
他変りなし、

八月五日　火曜日　晴　佐久間
渡辺、榎田先生出校
排球部練習
他変りなし

八月八日　土　晴　島田
渡辺、前田先生出校、バレー部練習
平野警察署員来校、夏休み中を利用して、工場などに働く学生があるのは結構だが、工場の品物をぬすむなどの悪事をなすものがあるから、当校生徒についても注意するように　との事でした。
其他異状なし。

八月九日　土曜日　晴　小島
渡辺　宮崎　榎田先生出校

執務日誌(二)

注42八名川校　大正五年（一九一六）創立　江東区新大橋三丁目に所在する小学校　三月十日の空襲で校舎類焼し、一時、本校と同じく明治小学校の校舎を使用した。

注43玉泉院　江東区平野一丁目にある。日蓮宗の当寺は第六章のインタビューの際に協力を頂いた鈴木喜久子氏の生家であり、現在兄の井上日宏氏が住職をしている。

注44春季皇霊祭　皇霊祭とは歴代の天皇・皇后・皇親の霊を祭る儀式で、宮中祭祀のひとつ。毎年二回春分の日と秋分の日に行われる。

注45第一回民主主義の選挙　戦後最初の総選挙（衆議院選挙）は昭和二十一年（一九四六）四月十日に行われた。前年十二月十七日の選挙法改正で二十歳以上の男女が投票権を得て、はじめて行われた選挙であった。選挙の結果は、鳩山一郎率いる自由党が第一党となり、三十九人の女性議員が初めて誕生した。

注46開校記念日　私立中村高等女学校が文部省の認可を得て創立したのは明治四十二年（一九〇九）であった。当時の校舎は東大工町（現江東区白河三丁目）にあり小名木川に面していた。小名木校舎と親しみを込めて呼ばれた学校で開校式が行われたのは同年五月十六日であっ

排球部生徒練習出校
　その他変りなし

八月十日　日曜日　　晴　　佐久間
前田、渡辺、池田、飯田先生出校
排球部練習
他変りなし

八月十一日　月曜日　　晴　　榎田
渡辺先生、排球部生徒出校練習、
焼跡校舎、バレーコートの工夫、
柱、ネットのロープ巻き金具を取
りに来ました。
他変りなし

八月十二日　火　　　　　　池田
　異状なし

八月十三日　水曜日　　晴　　佐久間
榎田先生出校
他卒業生　種邑直子　証明もらひ
に来校

た。開校式の様子は新聞でも紹介されたが、初代校長の戸野みちゑ（夫の東京市教育課長周二郎氏も同席）、明司文部大臣代理、大隈重信伯、高田早苗（衆議院議員。大隈の後を継いで早稲田大学の第二代総長となる）など二百名が列席した盛大なものであった。

注47今川国民学校　明治四十一年（一九〇八）創立。千代田区岩本町二丁目にあった。その後合併し現在は千代田区立和泉小学校となっている。

注48秦野商店　現千代田区岩本町にて洋服製造販売を営んでいた秦野泰次商店と思われる。

注49引揚同盟救護寄付金　太平洋戦争の敗戦に伴い、満州、朝鮮半島、南樺太などに移住していた日本人、六〇〇万人以上の日本本土への引揚げが始まった。この活動を支援するものである。

（引揚者の呼称は非戦闘員に対して用いられ、海外に出征していた軍人は復員者と呼ばれた）

注50憲法公布記念式　ポツダム宣言を受諾した日本は連合国軍最高司令官総司令部（ＧＨＱ）の監督の下、憲法改正に着手した。十一月三日に日本国憲法として公布され、昭和二十二年五月三日から施行された。

注51日本預蓄銀行（日本貯蓄銀行の誤りと思われる）。貯蓄銀行とは欧米に範を習い、零細な資金を吸収して営利目的の投

他変りなし

八月十四日　木　晴

八月十五日　金　快晴　渡辺

[注54]深川八幡の祭り。変りなし。

八月十六日　土　晴　池田

クラブ員練習日、現役の選手　皆張切って練習する。

異状なし、

八月十八日（月）　快晴　渡辺

排球部練習　他異状なし。

八月十九日（火）　晴　池田

排球部午前中練習あり　他異状なし

卒業生　宮部倫子さん来校あり

八月廿日（水）　晴　池田

資のためにつくられた銀行である。明治十三年（一八八〇）の東京貯蔵銀行が嚆矢である。昭和二十年に政府の命令で多くの貯蓄銀行が合併して日本貯蓄銀行となった。その後、貯蓄銀行は普通銀行に転換するなどの経緯を経ており、現在、この名称を継承する銀行は消滅している。

注52深川高女　創立は大正十三年（一九二四）。現在の校名は東京都立深川高等学校。江東区東陽五丁目にある。

注53中村中学校開校式並びに入学式　当時の入学生は、都や江東区からの委託を受け入れたものであった。自由募集は昭和二十五年（一九五〇）より始まった。

注54深川八幡の祭り　毎年八月十五日を中心に行われる富岡八幡宮の例祭のことで、「深川八幡祭り」と一般的に呼ばれている。赤坂の日枝神社の山王祭、神田明神の神田祭とともに「江戸三大祭」の一つに数えられている。三年に一度、八幡宮の御鳳輦《ほうれん》が渡御《とぎょ》を行う年は本祭りと呼ばれ、大小あわせて百二十数基の町神輿が担がれ、その内大神輿ばかり五十四基が勢揃いして連合渡御する姿は圧巻である。

午前中　焼跡のコートにて練習後　午后は学校にて四時まで練習。異状なし

八月二十二日（金）　晴　佐久間
第二学期授業開始。
異状なし

八月二十三日（土）　晴
宮崎（前田代理）
本日より排球部は大月に合宿のため、前田、渡辺、池田、三先生出張、授業三時間にて打切る。

八月二十五日（月）　晴一時曇
宮崎（渡辺代理）
明治校にピアノ借用の件につき交渉。
その他変りなし

八月二十六日（火）　晴　宮崎
暑くて授業もだれ気味である。

一、参考図書

編集代表　小林和夫

†（短剣・オベリスク）印　推薦図書

□空襲　疎開

東京大空襲戦災誌（全5巻）
東京空襲を記録する会
有馬頼義

東京大空襲　早乙女勝元
岩波書店

東京空襲下の生活日録「銃後」が戦場化した10カ月
早乙女勝元　東京新聞

増補改訂版　戦火を逃れて
新潟・山形へ　東京都江東区教育委員会　江東区学童集団疎開50周年記念誌

終わりなき悲しみ—戦争孤児と震災被害者の類似性
金田茉莉　コールサック社

□広島原爆　長崎原爆

†黒い雨　井伏鱒二　新潮文庫

†少年口伝隊一九四五　井上ひさし　講談社

†被爆アオギリと生きる　語り部・沼田鈴子の伝言
広岩近広　岩波ジュニア新書

†92歳の報道写真家　福島菊次郎展—ヒロシマからフクシマへ—。戦後激動の現場
図録

†この子を残して　永井隆
アルバ文庫

†高校生一万人署名活動　高校生パワーが世界を変える
高校生一万人署名活動実

長浜、中島、島田先生欠、他に異状なし

八月廿七日（水）　晴　　島田
長浜先生欠勤　他変りなし

八月二十八日　木　雨後曇　㊞小島
バレーの試合にて池田、前田、渡辺　三先生出校ナシ、
長浜先生欠勤、長尾講師欠勤、其の他変りなし

八月二十九日　金　晴　　島田
全校　バレー大会應援　浜松町コート行。
区役所より書類とどく。その他変りなし

八月三十日　土　晴
宮崎（池田さん代理）
欠、前田、渡辺、池田、志賀、長

行委員会　長崎新聞社編集局報道部　長崎新聞新書
†赤とんぼ1945年、桂子の日記　レイコ・クルック　長崎文献社

□**水俣病**
†苦海浄土　石牟礼道子　講談社文庫

□**ホロコースト**
†父さんの手紙はぜんぶおぼえた　タミ・シェム＝トブ　岩波書店
†アンネの日記　完全版　アンネ・フランク　文藝春秋

□**歴史学習**
生徒とともに学ぶ戦争体験　共生の道を求める歴史学習　早川則男　グローバル

メディア刊・銀の鈴社発売
私学中等教育の研究　戦時下浅野綜合中学校の事例　出井善次　筑波書房
『きけわだつみのこえ』の戦後史　保阪正康　文藝春秋
深川区史（上・下）深川区史編纂会　深川区

□**日記　体験記　新聞**
暗黒日記（1・2）　清沢洌著　橋本文三編　ちくま学芸文庫
夢声戦争日記 抄 敗戦の記　徳川夢声　中公文庫
敗戦日記　高見順　中公文庫
大佛次郎　敗戦日記　大佛次郎　草思社

浜先生
教員不足のため二時間授業にて中止。
その他変りなし
九月一日　月曜　晴　榎田
欠勤　長濱先生　志賀先生
他変りなし
九月二日　火　曇一時雨　佐久間
欠勤　長浜、中島先生　長尾、髙橋先生
他変りなし
九月三日　火《ママ》　曇
欠、長浜先生
別に変りなし
九月四日（木）　渡辺
九月五日（金）　島田
変りなし

参考図書

古川ロッパ昭和日記（戦中篇 戦後篇）　古川ロッパ著　監修滝大作　晶文社
†時代を駆ける　吉田得子日記　1907‐1945　女性の日記から学ぶ会編　島利栄子・西村榮雄　編集責任　みずさわ出版
遠山郁三日誌　1940〜1943年　戦時下ミッションスクールの肖像　山川出版社
日記に読む近代日本（全5巻）　井上勲編　吉川弘文館
文豪たちの関東大震災体験記　石井正己　小学館101新書
「毎日」の3世紀　新聞が見つめた激流130年（上・下・別巻）　毎日新聞社
ユーラシアの長い衿巻　竹内絵視回想録　美研インターナショナル

□**生活**

家計簿の中の昭和　澤地久枝　文藝春秋
花森安治伝　日本の暮しをかえた男　津野海太郎　新潮社
なつかしの小学校図鑑　奥成達・文　ながたはるみ・絵　ちくま文庫
暮らしの手帖（第96号）1968年　特集　戦争中の暮しの記録　暮しの手帖社

□**人物**

†夕映えに　Im Aben

九月六日（土）　㊞小島
欠勤　長浜先生
其の他変りなし

九月八日（月）　池田
本日より時間割正常に復す。
山屋先生本日より御勤務。
異状なし

九月九日（火）　池田
排球部第五時限にて、都立第七高女に練習に行く、他異状なし

九月十日（水曜日）　小雨時々曇　榎田
第五時限目ヨリ六時限ニ至リ　全校生徒　腸チフスノ予防注射ヲ致シマシタ。
島田先生正午近クニ御出勤、他変リナシ、

九月十一日（木）　小雨時々曇

---

drot　戸川敬一　南窓社

†カトリシズムへのかけ橋　小林珍雄遺稿・追悼文集　エンデルレ書店

地の塵　一通信兵の敗戦行記　長尾喜又　リーベル出版

†何のために生まれてきたの？希望のありか　やなせたかし　PHP研究所

□昭和天皇実録（全61冊）２０１４年９月公開

□校内の文献

小ぎく第一号（明治四十三年）

会報（大正十三年）

会報（昭和六年～十八年　十九・二十・二十一・二十二年の４ヶ年は休刊　二十三年～三十六年）

都鳥〈会報改め〉（昭和三十七年～五十三年）

みやこどり〈都鳥改め〉（昭和五十四年～平成二十六年）

慰め草　昭和十二年　出征兵士への慰問文集

中村高等学校　紀要　第２号（１９６８年）

若い人　中村バレー五十年の歩み

あしあと　中村高等学校ワンダーフォーゲル部記念号

独標　宮崎ひさ子文集

不死鳥《フェニックス》のように　中村学園小林珍雄奨学基金　設立20周年記念

卒業生から在校生へ　同設立

佐久間
午后三時より後援會委員會開催委員八名出席、午後五時三十分散會、
校長先生前田先生御出勤、

宮崎
九月十三日（土） 曇
全校生徒 院展見学
来校 渡辺、池田、榎田先生
変りなし

参考図書

30周年記念 写真でみる中村バレー80年記念誌

新館ＬＡＤＹハッピーバースディ

中村学園八十年史

中村学園百年誌（全三巻）

『はくもくれんの花が咲いた』

†ハムレット シェイクスピア 新潮文庫

†すべてきみに宛てた手紙 長田弘 晶文社

†平城遷都一三〇〇年記念 大和路を愛した巨匠 土門拳・入江泰吉二人展 図録

†大和路 入江泰吉 東京創元社

†写真集「古寺巡礼」 土門拳 美術出版社

†新装版 土門拳 自選作品集「江東の子ども」 世界文化社

†ベートーヴェンの生涯 ロマン・ロラン 岩波文庫

†ゴーギャンの世界 福永武彦 新潮社

†ノア・ノア タヒチ紀行 ポール・ゴーガン 岩波文庫

†ゴッホの手紙（上・中・下） 岩波文庫

†誕生一〇〇年記念 秋野不矩展 図録

†二十四の瞳 壺井栄 新潮文庫

†初日への手紙「東京裁判三部作」のできるまで 井上ひさし 白水社

†グリム童話集（全5冊）　岩波文庫

†アイヌ神謡集　知里幸恵　岩波文庫

†ギリシア神話　串田孫一　ちくま文庫

†ギリシア悲劇（全4巻）ちくま文庫・Ⅰアイスキュロス・Ⅱソポクレス・Ⅲエウリピデス・Ⅳエウリピデス

†遠野物語　柳田国男　岩波文庫

†高村光太郎詩集　岩波文庫

†宮沢賢治詩集　岩波文庫

†まど・みちお詩集　ハルキ文庫

†生きているってふしぎだな　やなせたかし　銀の鈴社

†総員玉砕せよ！　水木しげる　講談社

†那須正幹童話集　第五巻　戦争と平和　ポプラ社

†ソクラテスの弁明　プラトン　岩波文庫

†万葉びとの歌ごころ　前登志夫　ＮＨＫ出版

†新約聖書物語　犬養道子　新潮社

†旧約聖書物語　犬養道子　新潮社

†見えないものを見る　絵描きの眼・作家の眼　伊勢英子・柳田邦男　理論社

†吉村昭が伝えたかったこと　文藝春秋編　文春文庫

†ミシンと日本の近代―消費者の創造　アンドルー・ゴードン　みすず書房

†コレクション　戦争と文学（全20巻＋別巻１）　戦争と文学編集室　集英社

広島第二県女二年西組　原爆で死んだ級友たち　関千枝子　筑摩書房

二、参考図書

編集委員　岡﨑倫子

東京大空襲の全記録　石川光陽　岩波書店

空爆の歴史―終わらない大量虐殺　荒井信一　岩波書店

東京大空襲・戦災資料センター　東京・ゲルニカ・重慶　空襲から平和を考える　岩波書店

東京大空襲の実相を資料からとらえ直す　山辺昌彦　講座資料（二〇〇九年　東京大空襲・戦災資料センター主催　岩波ＤＶＤブック刊行記念連続公開講座より）

戦争と空爆問題研究会　重慶爆撃とは何だったのか　もうひとつの日中戦争　高文研

三、参考図書

編集委員　早川則男

中村学園百年誌　全三巻

ルイーズ・ヤング総動員帝国　岩波書店

暮らしの中の太平洋戦争　山中恒　岩波新書

岩波講座アジア・太平洋戦争〈３〉動員・抵抗・翼賛　倉沢愛子ら

中村学園八十年史

敗北を抱きしめて（上巻）　ジョン・ダワー　岩波書店

少年Ｈ　下巻　妹尾河童　講談社文庫

暗黒日記（１・２・３）　清沢洌　ちくま学芸文庫

戦争と飢餓　リジーコリンガム　河出書房新社

東京空襲下の生活日録　早乙女勝元　東京新聞

東京大空襲　早乙女勝元　岩波新書

文部省監修・大日本教育界刊行　学徒動員の要領　関係法規・諸通牒並びに解説　国会図書館蔵

学徒動員・学徒出陣＝制度と背景　福間敏矩　第一法規出版

戦時下勤労動員少女の会　記録少女達の勤労動員　西田書店

少女たちの戦争　木村礎　日本経済評論社

昭和史世相篇　色川大吉　平凡社ライブラリー

岩波講座アジア・太平洋戦争〈6〉成田龍一ら　日常生活の中の総力戦

百年史　東京都立白鴎高等学校編

検証防空法　水島朝穂・大島治　法律文化社

東京都の百年　石塚裕道・成田龍一　山川出版社

太平洋戦争下の学校生活　岡野薫子　平凡社ライブラリー

暮らしの手帖編　戦争中の暮らしの記録

日本は戦争をするのか　半田滋　岩波新書

餓死した英霊たち　藤原彰　青木書店

戦争と民衆　戦争体験を問い直す　三谷孝編　旬報社

東京を爆撃せよ　奥住喜重・早乙女勝元　三省堂

戦後責任　加藤陽子他　岩波書店

四、参考図書

編集委員　北川　峻

新装　東京を爆撃せよ　米軍作戦任務報告書は語る　奥住喜重・早乙女勝元　三省堂

学制百年史　帝国地方行政学会

女学校と女学生　教養・たしなみ・モダン文化　稲垣恭子　中公新書

協力をいただいた機関・団体

立命館大学国際平和ミュージアム
東京大空襲・戦災資料センター（東京都江東区）
東京都公文書館
東京都立白鴎高等学校
鎌倉中央図書館
逗子市立図書館
江東区立深川図書館
歴史教育者協議会

協力者一覧（敬称略）

井上日宏（玉泉院　住職）
齊田晴一（株式会社　パリス会長）
佐藤善枝（元本校社会科教諭　中村学園八十年史　編集委員）
清水益太郎（第八代校長）
伊藤義夫（昭和二十年卒　伊藤（湯本）和子 夫）
石橋昭宏（昭和二十年卒　伊藤和子　甥）
西岡由郎（昭和二十年卒　西岡照枝　長男）
斎與志子（第五代校長　小林珍雄　長女）
田中美知子（昭和十五年卒）
坂西祐子（昭和二十年卒）
堤とし子（昭和二十年卒　父堤武雄は当時の父兄会会長）
堤のり子（とし子の妹。中村高女入学後一年で伊豆下田へ疎開した）
最上富美恵（昭和二十年卒）
山田喜美子（昭和二十年卒）
片山 幸子（昭和二十年卒）
日下部ます子（昭和二十四年卒）
武藤修子（昭和二十四年卒）
富田和子（昭和二十四年卒）
佐藤美枝（昭和二十五年卒）
鈴木喜久子（昭和二十五年卒）
山田佳子（昭和二十五年）
大河内材子（昭和二十六年卒）
岩井久子（昭和二十九年卒）

加瀬幸子（昭和二十九年卒）
藤川茂登子（昭和二十九年卒）
山本唯人（東京大空襲・戦災資料センター主任研究員）
山辺昌彦（東京大空襲・戦災資料センター主任研究員）

2014年ツツジの咲く頃　　絵：布山夏希

参考図書

中村高等女学校から中村中学校、中村高等学校へ

北川　峻

戦後の教育は、一九四七（昭和22）年に制定された「教育基本法」に基づき、「機会均等」や「六・三・三・四」制の単線型教育の導入を掲げてはじまりました。男女の性差なく、同じ教育内容が保障される時代がやってきたのです。

ここに示した一九四三（昭和18）年と一九四九（昭和24）年の学校系統図を参照してみましょう。まず目をひくのは戦後、六歳から始まる初等教育機関の名称が国民学校から小学校になったことでした。また戦時中は国民学校卒業後の進路が多岐にわたっていたのに対し、戦後は小学校を卒業すると全員が中学校へほぼ一本化されたことも注目すべきです。高等女学校への進学率が約二十五パーセントであったとも言われていることを考えると、画期的なことでした。

この教育の新制度により、高等女学校の第一学年から第三学年は新制中学校に改組されて、中村中学校が一九四七（昭和22）年に開校されました。また一九〇九（明治42）年に創立された中村高等女学校は改組され、その歴史と伝統を受け継いで一九四八（昭和23）年に新制中村高等学校が誕生したのでした。

学校系統図（戦前・戦後）

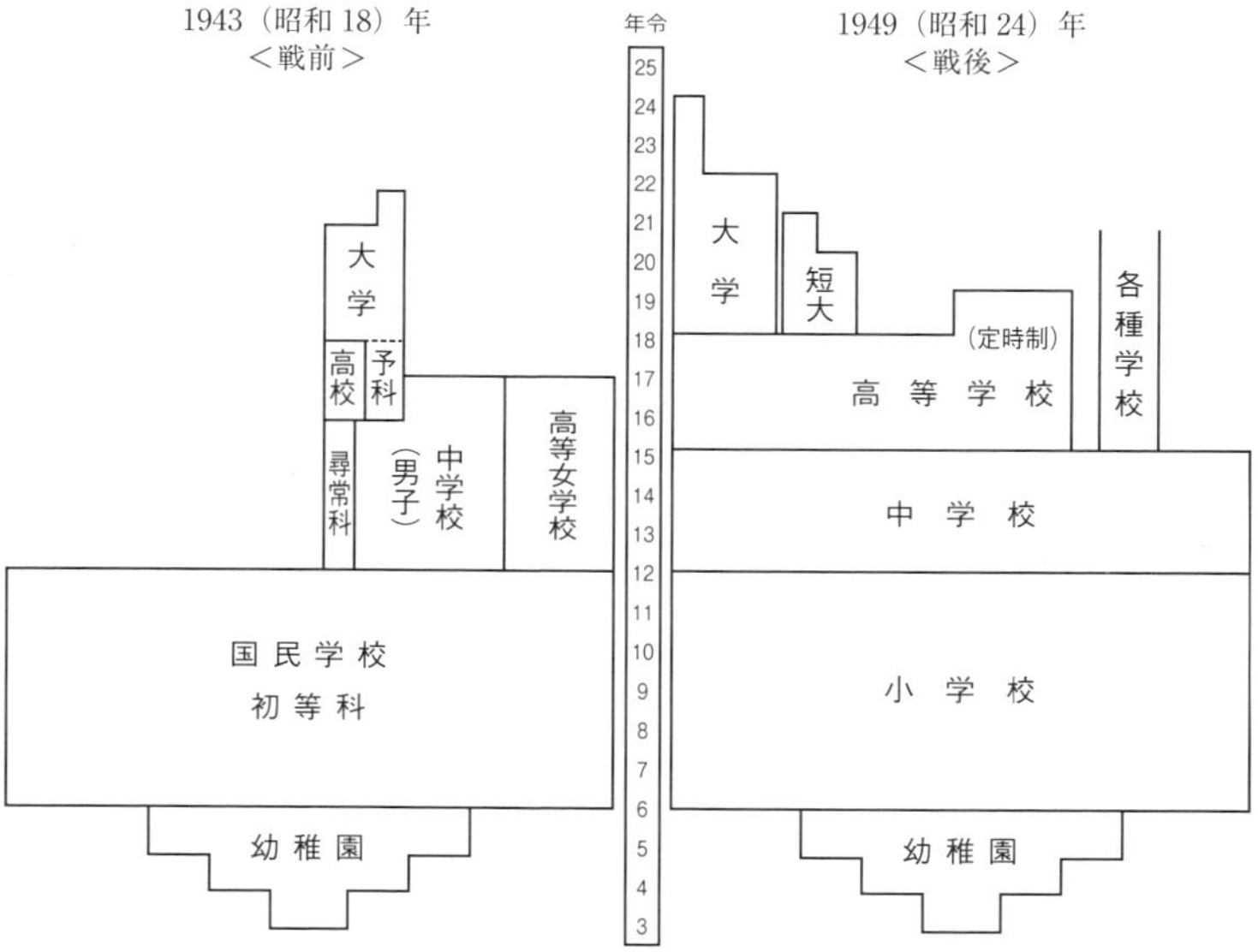

出典：『学制百年史』（帝国地方行政学会，1972）による

終章

楽しきまどい　永久《とこしえ》に

「楽しきまどい　我らが学び舎」。本校校歌二番の歌詞の一節である。「団居《まどい》」、穏やかで温かな日常を何と豊かに表現したことばか…。

三月十日未明の東京大空襲より七〇年。『東京大空襲をくぐりぬけて　中村高等女学校執務日誌』（以下、『日誌』と略記）を刊行することになった。

七〇年前のあの日、本校には四人の宿直教職員がいた。重要書類等を防空壕へ移す傍ら、懸命の消火活動もむなしく、火勢に抗することあたわず、「我らが学び舎」は灰燼に帰した。夜間の焼夷弾攻撃は軍事拠点を標的とする精密爆撃ではなく、東京下町一帯を焼き尽くす絨毯《じゅうたん》爆撃であった。推定一〇万人の生命が三時間で奪われた。芳名帳に記した、お一人お一人に名前があり、家族がいて、可能性に満ちた未来があった。本校昭和二〇年卒業東組石井富美子さんは深川区扇橋二丁目四番地の自宅で戦災死された。お母さん、お姉さんお二人、妹さんお一人も犠牲になった。北砂の妙久寺に仮埋葬され、今は東京都慰霊堂に眠る。兄の暁二さん一人が生き残った（現在でも、東京大空襲戦災・資料センターでは『都内戦災殉難者《じゅんなんしゃ》霊名簿』の記載内容をもとに空襲犠牲者の情報整理が進められている）。

残された人々は目の前で助けを求める母や妹、子を置き去りにせざるを得なかった。生きようとすれば己の人間性を保持することができない極限の状態にまで彼らは追い込まれた。なぜあのとき、手をさしのべることが出来なかったのかと自らを責める彼らの戦後は終わらない。

三月十日の空襲で多くの犠牲者を出した要因として改正防空法の存在を無視することは出来ない。第三章でも述べたように、四一年の改正で都市からの住民退去を禁止した。その目的は国民に応急防火義務を履行させることにあった。政府は軍防空の限界を意識し、市民に「民防空」を担わせようとしていたのだ。そして何よりも戦争継続意思の破綻なく、全国民の総力戦体制を維持することを優先した。その手段として国民に「死の覚悟」を強制し、彼らの退路を断った。政府は「勝手に退去した者の食糧には責任を持たない」とした。すでに米配給制となっており、国民は都市から逃げずに政府にすがるしか食糧を得る道はなかった。

あの日の貴い犠牲は後の防空政策に活かされることは決してなかった。少なくとも名古屋大空襲までは二日間、大阪大空襲までは三日間の猶予があった。しかし、政府は大量の死者を出した反省もなく、教訓を得て緊急の措置を執ろうとしなかった。事実すら伝えなかったのだ。国民に「最後まで逃げるな」と要求し続けた。八月十五日の敗戦までに、全国約一二〇の都市が大きな空襲の被害を受け、原爆を除く空襲による死者約一九万人、負傷者約二六万人、被災家屋約二四四万戸という甚大な被害が生じた。「逃げずに火を消せ、逃げたら食べさせない」という国策と結びついた防空法は戦争が明らかに人災であったことを私たちに気づかせる。東京大空襲訴訟はじめ、国の賠償が求められてきたが、「戦争被害は国民が等しく受忍（我慢して受け入れること）しなければならない」との理由でいずれの訴えも退けられてきた。しかし、裁判を通じて各地の空襲の被害が明らかになり、二度と戦争をしてはならないということが改めて明らかになっている。また、近年、大阪空襲訴訟高裁判決（二〇一三年一月一六日）で、「戦争損害受忍論」を採用せず、防空法により「事前退去をすることが事実上困難といい得る状況を作出していたと認められる」との判断が示されたことは注目される。

さて、今回の『日誌』復刻に当たり、どのような点を学ぶことが可能か。まず、学徒勤労動員の仕組みを知る手がかりとして日誌を位置づけることができる。四四年八月の学徒勤労令発令以後、諸規定が矢継ぎ早に出され、四五年三月に示された「決戦教育措置要綱《けっせんきょういくそちようこう》」により、高等女学校一・二年生も軍事動員に組み込まれていく。同年三月の時点での本校生徒動員先は興亜航空・ライオン製薬・三田土ゴム、藤倉導線の各工場であった。報酬は会社から学校宛に送られ、本人や保護者に手渡された経緯も確認できる。

一方、東京に住む住民は防空法の規定により、疎開の足止めにあっていた。四五年度の本校在籍者数は一五七名。多くの生徒が東京に残留していた。退去の機会を奪われた本校は自衛の手段に出た。小林先生を中心に工場移転に伴う学校ぐるみの疎開を模索したのだ。小林先生が四月三日の日誌に自ら記した通り、まさに「下から盛り上がる創意」であった。困難な時局の中で、第一高女の実例など内外の事情を収集していた小林先生の努力の賜物であろう。東京都との交渉を綴る場面は読み手に痛快な思いすら与える。

しかし、工場移転に伴う疎開交渉はなかなか進展せず、勤労動員先の選定に追われる日々が続く。やがて動員先の候補として「日立製作所村山工場」（五月二五日の記載では日立立川となっている。日立航空機立川工場のことか）と「平田製薬」（六月五日の記載）が浮上した。検討の結果、日立製作所については「大いに危険」との理由で不適当と決められた。恐らく立川飛行場に近いことや、飛行機製作との関連で空襲目標とされると警戒したのだろう。「平田製薬」も候補から除外された。小林先生を中心に教職員が動員先の選定にも積極的に関与していた事実が見えてくる。この意味では、日誌は生徒のために国策に負けまいと奮闘する教師たちの記録とも言えよう。

また、戦争末期は「戦災地戦力化」の方針がとられた。当時、「自分で食べて自分で戦え」という状況に本校も追いつめられていたことを日誌は伝えている。四五年八月には本土決戦に備え、本校でも国民義勇戦闘隊が編成されていた。戦争がもう少し長引いていれば、地上戦の悲劇が繰り広げられ、多数の犠牲者を出していただろう。日誌は、愚かな精神主義の結末として起こりえた惨劇を私たちに想起させる戒めの記録でもある。

戦時下の証言には飢餓に関するものも多い。前途ある若者が補給無き戦場へ送られ、二三〇万とも二四〇万とも言われる将兵が犠牲になった。六割以上が飢餓と栄養失調による死であったという報告もある。英霊などではなく、現実は地獄絵、まさに草むす屍であった。空襲、沖縄地上戦、原子爆弾の投下による被害は、戦争末期の一年余りの時期に集中した。犠牲になったのは最も弱い立場の女性・子供・高齢者などであった。惨状を招き、早期停戦を実現できなかった国の指導者と軍の責任を問うことが重要だ。そして、なぜ、戦争への歩みを止めることが出来なかったのかという大きな問いに応える責任が私たちにはある。

ところで、日本国民は一方的に犠牲者であったわけではない。この戦争はアジア太平洋戦争と呼ばれるべき戦争であり、発端は日本軍のアジア諸国への侵攻にあった。戦勝気分のさなか、重慶へは日本軍による無差別爆撃が行われ、南京では多くの中国人が日本兵により虐殺された。一九四四年から四五年にかけて、仏領インドシナ（ベトナム）では日本軍の米供出により一〇〇万から二〇〇万の現地の人々が餓死した。これらの犠牲者に思いを巡らさずに今を語るべきではない。アジアへの眼差しを忘れず、自国の過去に真摯に向き合おうとするとき初めて未来への扉が開かれる。

さて、本書の第四章から第十二章には卒業生を始め、本校関係者による証言や回想が数多く集められている。これらを通じて読み取っていただきたいのは本校の「楽しきまどい」の営みを続けようとする教職員の叡智と努力、生徒の逞しさである。一九三一年に始まった「歩こう会」は戦時中も「行軍」と名を変えながらも実施された。また、修学旅行も二泊三日に短縮されつつも戦況が厳しくなった一九四三年まで継続された。第十一章では、校誌『会報』の学事録の記事が紹介されている。講演会、美術館への見学会、排球大会など多彩な学校行事が継続されていたことに驚くのは私だけではないだろう。伊豆仁科での臨海錬成という名のもとに行われた水泳教室の合間に日がな一日、堂ヶ島に遊んだ光景に思いをはせると、暗い世相の中でこそ自由の気風を尊重し、「楽しきまどい」の営みを大切にした中村魂に思わず感嘆させられてしまう。

第四章五話では、勤労動員先のバラック小屋で行われた「珍ちゃん先生」による敵性語の英語授業、笑顔で水まんじゅうを配給する長浜先生とのやりとりが綴られている。そこには戦時下においても教育の本質を忘れない教師たちの温かで確かな眼差しがあり、その思いが生徒たちを支えていた。

再び、日誌に目を転じてみよう。空襲後の復旧に向けての本校教師の対応は驚くほど迅速であった。罹災から五日後に明治第二国民学校校舎使用について関係諸機関と交渉に入り、二十日には移転を完了した。四月二一日の日誌の記述からは、戦局が悪化する中、廃校の可否も検討される危機に瀕していたことがわかる。その中で、入学式、卒業式が行われた。生徒と教師がいて、交流の場が生まれ、学びの場が成立する。それが一日、いや午後の一時間であったとしても生徒にとっては本来あるべき「楽しきまどい」であったはずだ。登校日以外でも生徒は自らの意思で登校し、焼け跡の整理に汗を流した。証言や回想と日誌を読み重ねる時、時局に抗いながら学びの場を取り戻そうとする教師と生徒のひたむきな姿を頁の向こうに見ることができる。

八月一五日、戦争が終わった。食糧事情は更に悪化し、授業実施が困難な日も多くなっていく。そんな中、焼け跡のコートで毎日練習するバレーボール部の活動はまさに中村復活の象徴であった。飢えの苦しみは続いたが、日誌の「異状なし」の記載が徐々に増えていく。「歩こう会」（一九四六年一〇月三一日大宮にて実施）も発足時と同じ形で復活し、日誌を読み進める私たちもあたり前の日常を確認して安堵する。

図書部の活動も再開し（一九四八年）、書読む時も戻ってきた。詳しくは第六章等に記されている通りであるが、本書一四九頁の岩井さんの「活字に飢えていたのよ」の言葉は、知識欲の旺盛な年齢で学業を放棄させられた者の魂の叫びとして私たちの心を打つ。一九四三年以来途絶えていた校誌『会報』は一九四七年に復刊された。第十二章一八九頁に引用されている「発刊の言葉」こそ、本校の「楽しきまどい　我らが学び舎」の復活宣言であった。

東京大空襲をくぐり抜けて七〇年。時代は重大な局面にある。内閣は憲法解釈変更により、集団的自衛権行使に道を開いた。歴史の歯車は着実に逆戻りしているのではないか。あの日、街からは燃料がなくなり、野菜が消えた。「私だけではない、皆がそうだから」「今しばらくの我慢だから」と現実をやり過ごしたり、見過ごしたりするうちに人々の自由が奪われ、破局への道をたどった。あたり前の日常の営みは思うより脆く壊れ易い。やり過ごすとは、違和感や疑問を自ら封印し、思考停止になることだ。そうならないためには、一人一人が時代をしっかりと見つめ、考え続けて判断することが必要だ。その行為によって「楽しきまどい」は末永く守られ、「我らが学び舎」も真の学び舎たり得ていく。

戦後生まれが国民の八割を超えた。戦争体験とどう出会い、どう伝えるかが問われている。若い世代の皆さんには、是非、可能な限り、ご家族の方、知人の方と対話し、体験者の記憶を記録していって欲しい。それが歴史を受け継ぐということだ。また、本書を読み終えた皆さんには、是非、校史『中村学園八十年史』及び『中村学園百年誌全三巻』をお読みいただきたい。本校一〇五年の「楽しきまどい」の歩みを実感していただけるはずである。
本書刊行にあたって最初の編集会議はおよそ一年半前に行われた。以来、銀の鈴社代表西野真由美氏には毎回鎌倉から東京まで足を運んでいただき、編集の労をお取りいただいた。末尾ながら、改めて深謝申し上げる次第である。

二〇一五年三月十日

東京大空襲をくぐり抜けて七〇年、記念すべき日に記す

早川則男

東京大空襲をくぐりぬけて

編集委員会

代　表　小林和夫
委員長　瀧澤潔
委　員　早川則男　岡﨑倫子　布山夏希　北川峻
編集協力　菊地貞志　岩田真瑠美
写真提供　竹内絵視　鈴木喜久子　山田喜美子　石橋昭宏　伊藤義夫
イラスト　石井寛子　今宮加奈未　伊藤愛華　中村美紗　中島一美　布山夏希

編集委員の略歴、執筆・編集担当

瀧澤潔　元本校社会科教諭　「中村学園百年誌」平成二十一年発行編集長
　編集会議の日に登校すると生徒が元気よく挨拶をしてくれます。こんな可愛い生徒たちと一緒に生活していたのかと感慨にふけります。手にしている宝物、失わなければわからないものです。この本、私たちからのささやかな贈り物です。
序章　第四章　第五章　第六章一および二　第七章～十一章　執務日誌中の主たる人物　脚注　口絵・文中のキャプション

早川則男　地歴公民科教諭
　在英時代、「日英和解」を目的に戦争体験の聞き取りを行う。現在は、絵本を読むワークショップなどで戦争体験を語り継いでいる。主著『生徒とともに学ぶ戦争体験』（グローバルメディア刊・銀の鈴社発売）。
第三章　終章

岡﨑倫子　国語科教諭
「執務日誌」は慎ましく短い文章で綴られている記録であるからこそ、その行間にある想いを読み取らずにはいられなかった。開く度に発見がある不思議なテクストである。時間をかけて読み込み続けたい。
第一章　第二章　第六章三　第十二章

布山夏希　事務主任　「写真で見る中村バレー80年記念誌」２０１０年発行、および「新館LADYハッピーバースデイ」２０１３年発行編集委員。
家族・友人・周りの人を大切にする事。当たり前の事のように聞こえますが、一番大切な事だと改めて気がつきました。
第六章三　第七章伊藤宅訪問記　口絵・編集

北川峻　国語科教諭
学生時代は、日本教育史（戦時下から戦後初期）を研究のテーマとした。特に、学校カリキュラムの変遷を辿ることに力を注いだ。
学校周辺地図　中村高等女学校から中村中学校、中村高等学校へ

挿絵作品紹介

石井寛子　昭和十三年卒
「お不動様の参道にて」P111
今宮加奈未　平成二十二年卒
「祈りとパッション」表紙　「勤労動員で働く本校の生徒」P83
伊藤愛華　平成二十五年卒
「古ぼけた大学ノート」P28　「漱石全集と少女」P154　「演劇部」P192

中村美紗　元本校数学科教諭
「焼け跡の清澄町」Ｐ42　「学び舎を想う」Ｐ45　「水まんじゅうと長浜先生」Ｐ103
中島一美　元本校国語科教諭
「東に向かって手を合わせる西岡照枝」Ｐ120　「ピカピカの一年生」Ｐ123
布山夏希　事務職員
「昭和十八年箱根修学旅行　箱根の山々」Ｐ18　「勤労動員」Ｐ68　「西伊豆での海の家」Ｐ187
「二〇一四年ツツジの咲く頃」Ｐ237
竹内絵視　昭和十九年卒
油彩「戦災」本扉
俳人、現代俳句協会会員　現在「海程」、「吟遊」同人　句集に「霧の塔」「天の波地の波」詩集に「湖の館」がある。
油彩「戦災」は回想録「ユーラシアの長い衿巻　竹内絵視回想録」より転載。

＜原本の閲覧について＞
中村高等女学校執務日誌原本の閲覧は、劣化が著しいため応じかねますが、これを全てPDFデータで閲覧できるようにいたしました。
この原資料を研究や学習の対象としてご覧になりたい場合は、本校へお問い合わせください。

NDC　370
神奈川　銀の鈴社　2015
268P　12.8 cm　四六判（東京大空襲をくぐりぬけて　中村高等女学校執務日誌）

東京大空襲をくぐりぬけて
中村高等女学校執務日誌
昭和二十年三月九日～昭和二十二年九月十三日

銀鈴叢書

2015年3月10日初版発行　定価：本体価格1,800円＋税

編著者――学校法人 中村学園　中村中学校 中村高等学校
理事長　小林和夫
〒135-8404　東京都江東区清澄 2－3－15
電話　03(3642)8041・FAX 03(3642)8048
URL/http://www.nakamura.ed.jp/

発行者――柴崎　聡・西野真由美
発行所――㈱銀の鈴社
〒248-0005　神奈川県鎌倉市雪ノ下 3－8－33
電話　0467(61)1930・FAX 0467(61)1931
URL/http://www.ginsuzu.com

印刷：電算印刷㈱・製本：渋谷文泉閣　ISBN978-4-87786-339-5　C0037
Printed in Japan